COLLECTION « LES ÉTRANGÈRES »
DIRIGÉE PAR FRANÇOISE TRIFFAUX

Le Poids de l'eau, Anita Shreve, 1997
Mauvaise mère, A. M. Homes, 1997
Appelle-moi, Delia Ephron, 1997
Un été vénéneux, Helen Dunmore, 1998
De l'autre côté du paradis, Dawn Turner Trice, 1998
Les Consolatrices, Nora Okja Keller, 1998
Le Don de Charlotte, Victoria Glendinning, 1999
L'Africaine, Francesca Marciano, 1999
La Femme perdue, Nicole Mones, 1999
Ils iraient jusqu'à la mer, Helen Dunmore, 2000
Céleste et la chambre close, Kaylie Jones, 2000
Cafard, vertiges et vodkas glace, Kate Christensen, 2000
Un seul amour, Anita Shreve, 2000
Le torchon brûle, A. M. Homes, 2001
Malgré la douleur, Helen Dunmore, 2001
Oublier Cuba, Ivonne Lamazares, 2001
Nostalgie d'amour, Anita Shreve, 1994, rééd. 2001
Pénélope prend un bain, Gohar Marcossian, 2002
Fuji nostalgie, Sara Backer, 2002
Ultime rencontre, Anita Shreve, 2002
Je ne suis pas là, Slavenka Drakulic, 2002
La Faim, Helen Dunmore, 2003
L'Envers du miroir, Jennifer Egan, 2003
Casa Rossa, Francesca Marciano, 2003
Petite musique des adieux, Jennifer Johnston, 2003
La Maison du bord de mer, Anita Shreve, 2003
Les Insatiables, Diane McKinney, 2003
L'Égale des autres, Laura Moriarty, 2004
Imani mon amour, Connie Porter, 2004
L'Objet de son désir, Anita Shreve, 2004
Les Petits Avions de Mandelstam, Helen Dunmore, 2005
Jours de fièvre et d'attente, Annie Ward, 2005

UNE LUMIÈRE
SUR LA NEIGE

La Longue Nuit d'Eden Close, Belfond, 1995, et Pocket, 2003
Le Poids de l'eau, Belfond, 1997, et LGF (Le Livre de Poche n° 14 594), 1999
La Femme du pilote, Belfond, 1999, et Pocket, 2001
Un seul amour, Belfond, 2000, et Pocket, 2002
Nostalgie d'amour, Belfond, 1994, rééd. 2001, et J'ai Lu, 1996
Ultime rencontre, Belfond, 2002
La Maison du bord de mer, Belfond, 2003, et Pocket, 2004
L'Objet de son désir, Belfond, 2004

ANITA SHREVE

UNE LUMIÈRE
SUR LA NEIGE

*Traduit de l'américain
par Michèle Valencia*

belfond
12, avenue d'Italie
75013 Paris

Titre original :
LIGHT ON SNOW
publié par Little, Brown and Company,
New York

Si vous souhaitez recevoir notre catalogue
et être tenu au courant de nos publications,
vous pouvez consulter notre site internet :
www.belfond.fr
ou envoyer vos nom et adresse,
en citant ce livre,
aux Éditions Belfond,
12, avenue d'Italie, 75013 Paris.
Et, pour le Canada,
à Interforum Canada Inc.,
1050, bd René-Lévesque-Est,
Bureau 100,
Montréal, Québec, H2L 2L6.

ISBN 978-2-7144-4145-4

À ma mère

Derrière la fenêtre de l'atelier, la lumière hivernale frôle la neige. Mon père se redresse.

« Comment ça s'est passé au lycée ? » me demande-t-il.

Je lui réponds : « Bien. »

Il pose la ponceuse et attrape son manteau suspendu à une patère. Je laisse courir ma main sur la table. Le bois est saupoudré de poussière, mais, en dessous, satiné.

« Tu es prête ? me lance-t-il.

— Oui. »

Mon père et moi sortons dans le froid. Sec et immobile, l'air me brûle les narines dès que j'inspire. Nous attachons nos raquettes et nous marchons en les abattant violemment sur la neige durcie. L'écorce des arbres est couleur rouille, et le soleil dessine des ombres pourpres derrière les troncs. De temps en temps, la lumière envoie vers le ciel un éclat de verre grêlé.

Nous avançons vite, nous faufilons sous les branches des pins, recevons parfois une averse sur la nuque. Mon père me dit : « J'ai l'impression d'être un chien qu'on laisse s'ébattre dehors à la fin de la journée. »

Le calme de la forêt surprend toujours, on dirait un public qui se tait avant un spectacle. Sous le silence, j'entends le bruissement des feuilles mortes, le craquement d'une brindille, la course d'un ruisseau dissimulé par une mince couche de glace. Derrière la forêt, un camion lâche son gémissement caverneux sur la route 89, un avion vrombit en se dirigeant vers Lebanon. Nous suivons un chemin familier qui se terminera au sommet de la colline, devant un muret de pierre. Il forme trois côtés d'un carré qui entourait jadis la propriété d'un fermier. La maison et la grange ont disparu, il n'en reste que les fondations. Parfois, quand nous arrivons au muret, mon père s'y assied pour fumer une cigarette.

En cet après-midi de mi-décembre, j'ai douze ans (j'en ai trente à présent) ; j'ignore encore que la puberté est très proche, et que, en raison du narcissisme propre à toute adolescente, aller me promener dans les bois avec mon père sera bientôt la dernière chose que j'aurai envie de faire en rentrant de l'école. Mon père et moi avons pris l'habitude de nous balader tous les deux. Il passe trop de temps courbé sur son travail, et je sais qu'il a besoin de sortir.

Une fois la table terminée, mon père la mettra dans le salon, avec les autres meubles qu'il a fabriqués. Quatorze en deux ans, ce n'est pas très productif, mais il a dû apprendre le métier dans des livres. Ce qu'il n'y a pas trouvé, il l'a demandé à un certain Sweetser, qui tient la quincaillerie du village. Le mobilier que fabrique mon père est simple, rudimentaire, ce qui lui convient tout à fait. La ligne n'est pas vilaine, la finition assez soignée, mais là n'est pas le plus important. L'essentiel, c'est que cette tâche l'occupe et ne ressemble en rien à ce qu'il faisait avant.

Une branche se casse et me griffe la joue. Le soleil se couche. Il nous reste peut-être vingt minutes de clarté. Le chemin du retour pose moins de problèmes : il suffit de redescendre, on peut le parcourir en moins de dix minutes. Nous avons donc le temps d'arriver au muret.

Quand j'entends le premier cri, je le prends pour le miaulement d'un chat. Je m'immobilise sous une voûte de pins et tends l'oreille. Il se manifeste de nouveau, vagissement rythmé.

« Papa ! »

J'avance d'un pas vers le bruit, mais il cesse aussi soudainement qu'il avait commencé. Derrière moi, la neige tombe, martèlement étouffé sur la couche durcie.

« Un chat », dit mon père.

Nous abordons la montée. Mes pieds se font lourds au bout de mes jambes. Lorsque nous arriverons au sommet, mon père scrutera la lumière et, s'il estime que nous en avons encore le temps, il s'assiéra sur le muret et cherchera des yeux notre maison, minuscule point jaune derrière les arbres. « Là, dira-t-il en désignant le bas de la colline. Tu la vois, maintenant ? »

Mon père a perdu les kilos accumulés pendant sa vie sédentaire. Son jean est élimé sur les cuisses et incrusté de sciure rouillée et duveteuse. Il ne se rase que tous les deux jours, et encore. Sa parka est beige, tachée d'huile, de graisse et de résine de pin. Il se coupe lui-même les cheveux, et ses yeux bleus surprennent toujours.

J'avance sur ses traces, toute fière de ne plus avoir de difficultés à le suivre. Par-dessus son épaule, il me lance un bonbon Werther's que j'attrape au vol. Je retire mes moufles, les coince sous mon bras et commence à dérouler la Cellophane. J'entends alors une portière claquer au loin.

Nous tendons l'oreille : un moteur s'emballe. Le bruit semble venir du nord-est de la colline, là où se trouve un motel. Son entrée se situe plus à l'écart du village que la route qui mène chez nous, et nous avons rarement l'occasion de passer devant. Je sais néanmoins qu'il est là, je l'aperçois parfois à travers les arbres quand nous nous promenons : un bâtiment bas, à bardeaux rouges, dont les affaires sont plutôt bonnes pendant la saison de ski.

Pour la troisième fois, j'entends le cri déchirant, implorant, qui faiblit bientôt, simple frémissement.

« Ohé ! » s'écrie mon père.

Chaussé de ses raquettes, il s'élance de son mieux dans sa direction. Tous les dix pas, il s'arrête pour s'orienter à l'oreille. Je le suis, et le ciel s'assombrit pendant que nous avançons. Mon père sort de sa poche une lampe électrique et l'allume.

« Papa ! » L'affolement monte dans ma poitrine.

Le pinceau de lumière saute sur la neige, au rythme des pas précipités de mon père, qui se met bientôt à le promener d'avant en arrière, de droite à gauche. La lune décolle de l'horizon, compagne de nos recherches.

« Y a quelqu'un ? » lance mon père.

Nous contournons le bas de la pente. La torche vacille, s'éteint. Mon père la secoue pour rétablir le contact des piles. Elle glisse de son gant, s'enfonce dans de la neige molle, à côté d'un arbre, et son cône de lumière enseveli produit un effet sinistre. Mon père se penche pour la ramasser et, lorsqu'il se redresse, la lueur éclaire du tissu écossais bleu, derrière des arbres.

Mon père appelle encore. « Ohé ! »

Silencieux, les bois le narguent, semblent se livrer à un petit jeu.

Mon père promène le pinceau lumineux. Je me demande si nous ne devrions pas rebrousser chemin pour rentrer à la maison. Une fois la nuit tombée, les bois sont dangereux ; il est facile de s'y perdre. Mon père décrit un nouvel arc de cercle avec sa torche, un autre encore, et il doit bien recommencer vingt fois avant d'intercepter le tissu écossais bleu.

Un sac de couchage est déroulé sur la neige, un coin de flanelle dépasse de l'ouverture.

« Reste ici », m'ordonne mon père.

Je l'observe pendant qu'il s'élance sur ses raquettes, incapable de remuer les jambes assez vite, comme ça arrive parfois dans un cauchemar. Il se courbe pour mieux peser sur la neige et garde le cap sur le sac de couchage. Une fois devant la flanelle écossaise, il l'ouvre d'un geste brusque et lâche un son qui ne ressemble à rien de ce que j'ai entendu sortir de sa bouche. Il s'écroule à genoux dans la neige.

Je hurle : « Papa ! » et, déjà, je suis en train de courir vers lui.

Mes bras battent l'air, j'ai l'impression que quelqu'un m'écrase la poitrine. Mon bonnet tombe, mais je continue à marcher lourdement dans la neige. Lorsque j'arrive à côté de mon père, je suis hors d'haleine, et il ne me renvoie pas. Je baisse les yeux sur le sac de couchage.

Un minuscule visage est levé vers moi, les yeux grands ouverts malgré une multitude de plis tout autour. Les cheveux bruns hirsutes sont raidis par les mucosités de l'accouchement. Enveloppé dans une serviette tachée de sang, le bébé a les lèvres bleues.

Mon père approche sa joue de la bouche minuscule. J'ai assez de présence d'esprit pour ne pas faire de bruit.

D'un geste prompt, il ramasse le sac de couchage glacé, le serre contre lui et se lève. Mais le tissu bon marché, glissant, ne lui permet pas d'assurer sa prise.

Je tends les bras pour attraper le bébé au cas où il tomberait.

Mon père s'agenouille de nouveau dans la neige, dépose son fardeau, baisse la fermeture à glissière de sa parka et ouvre sa chemise en flanelle d'un mouvement brusque qui en arrache les boutons. Il sort le nourrisson de la serviette tachée de sang. Quinze centimètres de ce qui, je l'apprendrai plus tard, est le cordon ombilical pendent du nombril. Mon père serre le bébé contre sa peau en lui tenant la tête bien droite dans la paume d'une main. Sans même avoir conscience de mon regard, je m'aperçois qu'il s'agit d'une petite fille.

Mon père se relève en titubant. Il enveloppe le bébé dans sa chemise et, de ses deux mains, maintient sa parka bien fermée par-dessus. Puis il ajuste la position de son ballot pour mieux le caler, petit paquet fermé.

« Nicky ! »

Je lève le regard sur lui.

« Agrippe-toi à mon manteau s'il le faut, mais ne laisse pas plus de cinquante centimètres entre nous. »

J'attrape le bas de sa parka.

« Baisse la tête et ne lâche pas mes pieds des yeux. »

L'odeur de fumée nous guide. Tantôt nous la sentons, tantôt nous ne la sentons plus. J'aperçois vaguement des troncs, mais pas leurs branches.

« Accroche-toi bien », dit mon père. J'ignore s'il s'adresse à moi ou au nourrisson plaqué contre sa poitrine.

Nous descendons la longue pente, mi-glissant, mi-courant. J'ai les cuisses endolories par l'effort. Mon père a perdu la lampe électrique quand il a abandonné le sac de couchage dans la neige, et nous n'avons plus le temps d'aller la chercher. Nous avançons au milieu des arbres, dont les branches m'égratignent le visage. J'ai les cheveux et le cou trempés de neige fondue qui redevient givre sur mon front. Parfois je sens monter une frayeur en moi : nous sommes perdus, nous n'allons pas réussir à sauver le bébé. Il va mourir dans les bras de mon père. Mais non, mais non, me dis-je, pas question. Si nous manquons la maison, nous pourrons toujours retrouver la route. Il le faut.

J'aperçois la lumière d'une lampe qui brûle dans l'atelier de mon père. « Papa, regarde ! »

Les cent derniers mètres me paraissent les plus longs que j'aie parcourus de toute ma vie. J'ouvre la porte et la bloque pour laisser entrer mon père. Nous allons dans la grange avec nos raquettes, bambou et boyaux claquent pendant que nous nous dirigeons vers le poêle à bois. Mon père s'assied dans un fauteuil. Il ouvre sa parka et regarde le minuscule visage. La petite fille a les yeux fermés, les lèvres encore bleuâtres. Il approche de sa bouche le dos de sa main et, à la manière dont il ferme les yeux, je comprends qu'elle respire.

Je détache mes raquettes, puis celles de mon père.

« Je ne suis pas sûr qu'une ambulance réussirait à grimper la pente », dit mon père. Serrant le nourrisson sur sa peau, il se lève. « Viens avec moi. »

Nous franchissons la porte de la grange, suivons le passage qui la relie à la maison et entrons par-derrière. Mon père grimpe les marches deux par deux pour se rendre dans sa chambre. Des vêtements jonchent le sol, des magazines s'étalent en éventail sur le lit. Je ne mets presque jamais les pieds dans sa chambre. Il attrape un pull mais le rejette aussitôt à cause de sa laine grossière. Il ramasse ensuite une chemise en flanelle mais s'aperçoit qu'elle doit être lavée. Dans un coin de la pièce se trouve un panier à linge en plastique bleu que nous emportons tous les deux à la laverie automatique environ une fois par semaine. Le reste du temps, mon père l'utilise plus ou moins comme un tiroir de bureau.

« Passe-moi ça », dit-il en me le montrant.

D'une main, il balaie les magazines loin du lit. Je hisse le panier à linge sur le matelas. Mon père allonge le bébé, l'enveloppe dans deux chemises de flanelle propres, dos devant. Le petit visage émerge au-dessus des plis. Après avoir formé un nid avec des draps dans le panier, mon père y dépose délicatement le nourrisson.

« Bon, dit-il pour se calmer. Bon, ça va aller maintenant. »

Je grimpe dans la camionnette. Mon père me met le panier sur les genoux.

« Ça va ? » me demande-t-il.

J'acquiesce, comprenant qu'aucune autre réponse n'est possible.

Mon père monte et tourne la clé de contact. Je sais qu'il prie pour que le véhicule démarre. En hiver, ça ne réussit du premier coup qu'une fois sur deux. Le moteur tousse et, à force de cajoleries, se met à gémir. J'ai peur de regarder le bébé dans le panier en plastique, peur de ne plus voir la minuscule haleine blanche dans l'air glacial, imitant la mienne.

Mon père conduit aussi vite qu'il le peut. Je serre les dents dans les ornières. La route de terre est gelée, défoncée par la neige précoce qui tombe et fond dès l'automne. Au printemps, avant que la municipalité soit en mesure de la niveler, elle est presque impraticable. L'année dernière, pendant les quinze jours de dégel, j'ai été obligée de me faire héberger chez mon amie Jo pour pouvoir aller à l'école. Après tout le mal qu'il s'était donné pour rester seul, mon père a fini un jour par descendre au village à pied, à la fois pour voir sa fille et pour rompre l'isolement qui commençait à le rendre fou. Marion, la caissière de Remy, a essayé de le ramener ensuite chez lui dans son Isuzu, mais elle n'a pas réussi à dépasser le premier virage. Il a dû parcourir le reste du chemin à pied, et les muscles de ses mollets l'ont fait souffrir pendant plusieurs jours.

Le bébé lâche un ronflement qui me fait sursauter. Il gémit et, même à la faible lueur du tableau de bord, j'aperçois sa peau rouge, irritée. Mon père tend la main pour le toucher. « Tiens bon, petite ! » murmure-t-il dans l'obscurité.

Il laisse une main légère posée sur le monticule moelleux des chemises en flanelle. Je me demande si ses gestes pour apaiser Clara lui reviennent à l'esprit et l'oppressent. Je ne me souvenais pas que la pente de la colline était aussi longue. J'espère que le bébé va continuer à se manifester jusqu'à Mercy.

Mon père accélère dès qu'il arrive sur la chaussée et la camionnette chasse à cause de la glace prise dans les pneus. Il fait grimper l'aiguille du compteur autant qu'il le peut sans perdre le contrôle du véhicule. Nous passons devant la station-service Mobil, la banque, l'école élémentaire à classe unique que j'ai quittée pour le secondaire l'année dernière à peine. Je me demande si mon père va s'arrêter chez Remy pour remettre le bébé à Marion, qui pourrait appeler une ambulance. Mais il dépasse le magasin, car cet arrêt ne ferait que retarder ce qu'il est déjà en train de faire – à savoir, confier le nourrisson à quelqu'un qui saura s'en occuper.

Nous traversons la petite place du village qui sert de patinoire en hiver. Un mât se dresse en son milieu, avec un projecteur.

Qui a abandonné le bébé dans le sac de couchage ?

Mon père bifurque au panneau indiquant Mercy. L'entrée de l'hôpital est bordée de lampes jaunes et je peux alors voir le bébé, avec son visage tout crispé, affreux à présent. Mais je me rappelle les yeux levés vers moi dans les bois – des yeux sombres, paisibles, attentifs. Mon père freine devant les urgences et appuie sur l'avertisseur.

La porte qui se trouve de mon côté s'ouvre, un gardien en uniforme passe la tête par la vitre de la camionnette.

« Qu'est-ce que vous avez à klaxonner comme ça ? »

Je vois le bébé disparaître derrière les énormes portes automatiques. Mon père renverse la tête en arrière et ferme les yeux. En entendant le hurlement lointain d'une sirène, il se redresse et s'essuie le nez avec la manche de sa parka. Depuis combien de temps pleure-t-il ? Il remet le contact, sans appuyer sur le démarreur car le moteur est déjà chaud. En conduisant comme un débutant, il suit les flèches qui indiquent le parking. Quand nous descendons, il baisse les yeux, et c'est seulement à ce moment-là qu'il se rend compte que, sous sa parka, sa chemise est toujours ouverte.

Sur le trottoir, devant l'entrée des urgences, mon père hésite.

« Papa ? »

Il passe un bras autour de mes épaules, et nous avançons vers la porte, avec nos bottillons qui glissent sur les grumeaux de sel.

Le hall beige et vert est vide, et semble regorger de métal. Je plisse les paupières à cause des lumières trop vives qui clignotent comme un stroboscope. Je me demande où est le bébé et où nous devrions aller.

Mon père suit la flèche et chaque pas sur le carrelage lui coûte un effort. Nous ne nous sentons pas à notre place ici. Personne ne s'y sent à sa place.

Nous bifurquons dans un couloir et apercevons une petite salle dans laquelle une demi-douzaine de personnes sont assises sur des chaises en plastique scellées au mur. Une femme en jean et en pull fait les cent pas, ses cheveux jaunes portent encore la marque de ses bigoudis. Elle paraît impatiente, irritée par un gamin renfrogné, son fils, peut-être, qui, assis sur sa chaise en plastique, emmitouflé dans son manteau, a le menton assailli de boutons enflammés. Je crois déceler la raison de sa présence en remarquant la manière dont il soutient sa main droite : un problème aux doigts ? au poignet ? Mon père s'approche de l'accueil et se tient devant l'ouverture de la cage vitrée tandis qu'une hôtesse parle au téléphone et l'ignore.

J'enfonce les mains dans mes poches et regarde au bout du hall. Quelque part, il y a une chambre, un lit et un médecin qui s'occupe d'un bébé. Est-il encore en vie ? L'hôtesse frappe contre la vitre pour attirer l'attention de mon père.

« J'ai amené un bébé, lui dit-il. Je l'ai trouvé dans les bois. »

Elle garde un instant le silence, puis demande : « Vous avez trouvé un bébé ?

— Oui. »

Elle note quelque chose sur un bloc. « Est-il blessé ?

— Je n'en sais rien.

— Vous êtes le père ?

— Non. Je l'ai trouvé dans les bois. Je ne suis pas de la famille. J'ignore complètement qui est cet enfant. »

L'hôtesse l'examine de nouveau, et je sais ce qu'elle voit : un homme assez grand dans une parka tachée ;

la quarantaine, quarante-cinq ans peut-être ; une barbe de trois jours au menton ; des cheveux châtain foncé qui grisonnent par endroits ; des rides verticales prononcées entre les sourcils. Soudain, je me rends compte que mon père n'a pas dû prendre de douche depuis avant-hier matin.

« Votre nom ?

— Robert Dillon. »

Elle écrit vite, à l'encre rouge. « Adresse ?

— Bott Hill.

— Avez-vous une assurance maladie ?

— J'ai une assurance personnelle.

— Puis-je voir votre carte ? » demande-t-elle.

Mon père tâte toutes ses poches, puis s'immobilise. « Je n'ai pas mon portefeuille sur moi. Je l'ai laissé à la maison, sur une étagère, dans l'entrée.

— Pas de permis de conduire non plus ?

— Non », répond mon père.

Le visage de l'hôtesse se fige. Elle pose son stylo et joint les mains avec une lenteur calculée, comme si elle redoutait tout geste brusque. « Asseyez-vous, dit-elle. Quelqu'un va venir vous voir tout de suite. »

Je suis assise à côté d'un homme âgé au teint terreux, qui tousse sans bruit dans le col d'une parka matelassée, vert jaunâtre. Sous cette lumière crue, peu flatteuse, on dirait presque qu'il est déjà mort. Même les imperfections des enfants ressortent. Au bout d'un moment – vingt minutes ? une demi-heure ? –, un jeune médecin en blouse blanche entre dans la salle, un masque accroché autour du cou, un stéthoscope glissé dans sa poche de poitrine. Un policier en tenue se tient derrière lui.

« Monsieur Dillon ? » appelle le médecin.

Mon père se lève et rejoint les deux hommes au milieu de la salle. Je me mets moi aussi debout et le suis. Pâle, blond, le médecin a l'air trop jeune pour être docteur. « C'est vous qui avez trouvé le bébé ? demande-t-il.

— Oui, répond mon père.

— Je suis le Dr Gibson, et voici M. Boyd, le chef de la police. »

Boyd, l'un des deux seuls officiers de police que compte le village de Shepherd, est, je le sais, le père de Timmy Boyd. Tous deux sont très corpulents et ont les mêmes sourcils bruns rectangulaires. Boyd sort d'une de ses poches un carnet et un petit crayon.

« Elle va s'en sortir ? demande mon père au médecin.

— Elle va perdre un doigt, peut-être aussi des orteils, répond-il en se frottant le front. Et il se peut que les poumons soient atteints. Il est trop tôt pour le dire.

— Où l'avez-vous trouvée ? lance le policier à mon père.

— Dans les bois, derrière chez moi.

— Par terre ?

— Dans un sac de couchage. Enveloppée dans une serviette.

— Où sont la serviette et le sac de couchage ? » demande Boyd en léchant la pointe du crayon, geste que fait ma grand-mère avant de dresser sa liste de commissions. Il a l'accent de la plupart des gens originaires du New Hampshire – « a » appuyés, « r » inexistants, phrases légèrement rythmées.

« Dans les bois. Je les ai laissés là-bas.

— Vous habitez Bott Hill, c'est ça ?

— Oui.

— Je vous ai déjà vu dans le coin, dit Boyd. Chez Sweetser.

— Je crois que c'était près du motel qui se trouve là-haut. Je ne me souviens plus de son nom. »

Le policier se détourne et parle dans une radio accrochée à son épaule. Je passe en revue tout l'attirail joint à son uniforme.

« Combien de temps le bébé est-il resté là-bas ? demande le médecin à mon père.

— Je l'ignore », répond-il.

Je pense alors au bébé dans la neige, une fois la nuit tombée. Je me manifeste. Mon père me pose la main sur l'épaule.

« Racontez-moi comment vous l'avez trouvé, lui dit Boyd.

— Ma fille et moi étions en train de nous promener, et nous avons entendu des cris. Au début, nous ne savions pas de quoi il s'agissait. Nous pensions que ça pouvait être un chat. Bientôt les cris ont eu quelque chose d'humain.

— Avez-vous vu quoi que ce soit ? Quelqu'un près du bébé ?

— Nous avons entendu une portière se fermer. Puis un moteur démarrer. »

La radio glapit. Boyd parle en penchant la tête vers son épaule. Il semble agité et s'éloigne. Je l'entends dire : « Vingt-huit ans d'expérience » et : « Il est là ».

Je remarque qu'il jure entre ses dents.

Il revient vers nous, et rempoche carnet et crayon en prenant tout son temps. « Y a-t-il un endroit où je pourrais installer M. Dillon ? demande-t-il au médecin. Un inspecteur de la criminelle arrive de Concord. »

Le médecin se pince la racine du nez. Il a les yeux rougis d'épuisement.

« Il peut aller dans la salle de repos du personnel.

— Je vais ramener la petite chez elle, dit Boyd comme si je n'étais pas là. De toute façon, c'est sur mon chemin. »

Je me colle à mon père et lui souffle : « Je veux rester avec toi. »

Mon père me scrute. « Elle va rester avec moi. »

Nous suivons le médecin dans un réfectoire proche de la salle d'attente. À l'intérieur se trouvent de hauts casiers métalliques fermant à clé, une paire de skis de randonnée posés debout dans un coin, des manteaux entassés sur une table en Formica poussée contre le mur. Je m'assieds à une autre table et examine les distributeurs automatiques. Je me rends compte que j'ai faim, mais je me rappelle que mon père n'a pas son portefeuille sur lui.

Puis je pense au bébé qui risque de perdre un doigt et peut-être des orteils. Je me demande s'il sera handicapé. La petite fille aura-t-elle des difficultés pour apprendre à marcher sans ses orteils ? Sera-t-elle capable de jouer au basket, avec un doigt en moins ?

« Je peux appeler la mère de Jo, propose mon père. Elle viendrait te chercher. »

Je secoue la tête.

« Je passerais te prendre une fois tout ça réglé, ajoute-t-il.

— Non, ça va. » Je ne dis pas que j'ai faim, sinon je me retrouverais à coup sûr chez Jo. « Tout ira bien pour le bébé ?

— Nous devrons nous en assurer.

— Papa ?

— Quoi ?

— C'était bizarre, hein ?

— Oui. »

Je remue sur ma chaise et glisse les mains sous mes cuisses. « Et terrifiant.

— Un peu. »

Mon père sort ses cigarettes de la poche de son manteau, puis se ravise.

Je lui demande : « À ton avis, qui l'a abandonné là-bas ? »

Il frotte son menton hérissé de poils. « Je n'en ai pas la moindre idée.

— Tu crois qu'on va nous le donner ? »

Cette question semble le surprendre. « Ce bébé n'est pas à nous, répond-il prudemment.

— Mais c'est nous qui l'avons trouvé. »

Mon père se penche en avant et joint les mains entre ses genoux. « Nous l'avons trouvé, d'accord, mais il ne nous appartient pas. Ils vont essayer d'identifier la mère. »

Je proteste : « Sa mère n'en veut pas.

— Rien ne le prouve. »

Je secoue la tête avec toute la conviction d'une enfant de douze ans. « Bien sûr que si. Quelle mère laisserait son bébé mourir dans la neige... J'ai faim. »

Mon père sort de sa parka un bonbon Werther's et le fait glisser sur la table.

Tout en déroulant la Cellophane, je demande : « Qu'est-ce qui va arriver au bébé ?

— Je ne sais pas exactement. Nous pouvons poser la question au médecin. »

Je me fourre le bonbon dans la bouche et le coince dans une joue. « Mais, papa, si jamais ils nous le permettaient, tu prendrais le bébé ? »

Mon père ôte le papier de son bonbon. Il en fait une boule qu'il glisse dans sa poche. « Non, Nicky, je ne le prendrais pas. »

Les minutes passent. Une demi-heure passe. Je demande un autre bonbon à mon père. Sur un écran de télé accroché au-dessus de notre tête, un présentateur du journal annonce des réductions budgétaires. Trois adolescents de White River Junction ont été appréhendés après une tentative de cambriolage. La tempête arrive. J'étudie la carte météo, puis jette un coup d'œil à la pendule : six heures dix.

Je me lève et me promène dans la pièce. Le tour est vite fait. Au bout de la rangée de casiers, il y a un miroir pas plus grand qu'un livre. Mes lèvres sont saillantes à cause de mon appareil dentaire. J'essaie de ne pas sourire, mais parfois je ne peux pas m'en empêcher. Ma peau est lisse, sans un seul bouton. J'ai hérité de ma mère des yeux marron et des cheveux bouclés qui, à cet instant, sont entortillés au sommet de mon crâne. J'essaie de ne pas les démêler avec mes doigts.

Un homme en manteau bleu marine et écharpe rouge entre sans frapper, et je le prends pour un autre médecin. Il déroule son écharpe et la pose sur une chaise. Je m'aperçois que mon père aimerait bien descendre la fermeture à glissière de sa parka, mais ne peut pas. Il n'a plus de boutons à sa chemise.

L'homme retire son manteau et le met par-dessus l'écharpe. Il se frotte les mains, comme s'il s'attendait à passer un bon moment. Il porte un pull torsadé noir et un blazer, son visage est grêlé de cicatrices d'acné. À droite de son menton pend un petit morceau de peau, résultant peut-être d'un accident de voiture ou d'une bagarre au couteau.

« Robert Dillon ? » demande-t-il.

Le fait que cet autre docteur connaisse le nom de mon père m'étonne, puis je me rends compte qu'il ne s'agit pas d'un médecin. Je me redresse sur mon siège. Mon père répond d'un signe de tête.

« George Warren. Vous n'aurez qu'à m'appeler Warren. Vous voulez un café ? »

Mon père secoue la tête et dit : « C'est ma fille, Nicky. »

Warren me tend la main et je la serre.

« Elle était avec vous quand vous avez trouvé le bébé ? » s'informe-t-il.

Mon père le confirme.

« Je suis enquêteur dans la police du New Hampshire. » Warren sort des pièces de sa poche et les introduit dans la machine à café. « Vous avez dit à Boyd que vous aviez trouvé le bébé à Bott Hill, poursuit-il en tournant le dos à mon père.

— C'est bien ça. »

Un gobelet en polystyrène se met en place. J'observe le café qui s'écoule du robinet. Warren attrape le gobelet et souffle dessus.

« Le sac de couchage et la serviette devraient encore être là-bas, ajoute mon père. Le bébé était dans un sac de couchage. »

Warren remue son café avec un bâtonnet. Malgré ses cheveux gris, il a un visage jeune. « Pourquoi l'avoir laissé là-bas... le sac de couchage ?

— Il était trop glissant. J'avais peur de lâcher le bébé.

— Alors comment l'avez-vous porté ?

— À l'intérieur de ma veste. »

Warren baisse les yeux sur la parka de mon père. Du bout de son bottillon Timberland, il tire une chaise et s'assied. « Puis-je voir une pièce d'identité ?

— J'ai laissé mon portefeuille chez moi, répond mon père. Je me dépêchais, j'essayais d'emmener le bébé à l'hôpital le plus vite possible.

— Vous n'avez pas appelé la police ? Ou une ambulance ?

— Nous habitons au sommet d'une longue côte. La municipalité ne l'entretient pas très bien. J'ai eu peur qu'une ambulance reste bloquée. »

Warren scrute mon père par-dessus son gobelet. « Parlez-moi du sac de couchage.

— Il était d'un bleu luisant à l'extérieur, et écossais à l'intérieur. Un article bon marché, comme on peut en trouver chez Ames. Il y avait aussi une serviette de toilette. Blanche, tachée de sang.

— Il y a longtemps que vous habitez Bott Hill ? » demande Warren en avalant avec précaution une gorgée de café. Ses yeux sont à la fois vigilants et distants, comme si l'essentiel se jouait ailleurs.

« Deux ans.

— D'où êtes-vous ?

— Je suis originaire de l'Indiana, mais je vivais à New York avant de venir ici.

— En ville ? demande Warren en tirant sur le lobe d'une de ses oreilles.

— Je travaillais en ville, mais nous habitions en banlieue nord.

— Si vous n'aviez pas été là, monsieur Dillon, nous aurions retrouvé des os au printemps. »

Mon père me regarde. Je retiens mon souffle. Je préfère ne pas penser aux os.

« Vous avez chaud ? Enlevez donc votre veste. »

Mon père hausse les épaules, mais tout le monde voit bien qu'il transpire dans cette salle surchauffée.

« Que faisiez-vous quand vous avez découvert le nourrisson ? demande l'inspecteur.

— Nous nous promenions.

— C'était à quel moment ? »

Mon père réfléchit une minute. Quelle heure était-il ? Il ne porte plus de montre parce qu'il l'accroche sans arrêt à ses outils. Je jette un coup d'œil à la pendule suspendue au-dessus de la porte : six heures vingt-cinq. J'ai l'impression qu'il est minuit.

« C'était après le coucher du soleil, dit mon père. Il venait de basculer derrière la colline. Nous avons trouvé le bébé dix à quinze minutes plus tard, je dirais.

— Vous étiez donc dans les bois.

— Oui.

— Allez-vous souvent vous promener dans les bois après le coucher du soleil ? »

L'inspecteur pose le gobelet de café sur la table, plonge la main dans la poche de son manteau et en sort un carnet. Il l'ouvre et note quelque chose avec un petit crayon. Je voudrais bien avoir un de ces petits crayons.

« Quand il fait beau, dit mon père. En général, je m'arrête de travailler vers quatre heures moins le quart. Nous essayons d'aller nous promener avant qu'il fasse complètement nuit.

— Votre fille et vous ?

— Oui.

— Quel âge as-tu ? me demande l'inspecteur.

— Douze ans.

— Tu viens d'entrer dans le secondaire ?

— Oui.

— Par ici ? »

J'incline la tête.

« À quelle heure est-ce que tu descends du car ?

— À trois heures et quart.

— Il faut quinze minutes de plus pour grimper la colline à pied », précise mon père.

Warren se retourne vers mon père. « Comment avez-vous découvert le bébé, monsieur Dillon ?

— Avec une lampe électrique. Nous l'avons entendu pleurer. Nous le cherchions donc... Enfin, nous cherchions un bébé.

— Depuis combien de temps marchiez-vous ? »

Une voix diffusée par haut-parleur, réclamant le Dr Gibson, les interrompt. Je me demande si le bébé est dans un état critique. « Depuis une demi-heure environ, répond mon père.

— Avez-vous entendu quelque chose d'inhabituel ?

— Au début, j'ai pensé qu'il s'agissait d'un chat. J'ai entendu une portière de voiture se fermer. Et ensuite un moteur s'est mis à tourner.

— Celui d'un véhicule utilitaire ? D'une voiture de tourisme ?

— Je ne pourrais pas dire.

— C'était après avoir découvert le nourrisson ?

— Non, avant.

— Avant ou après avoir entendu le premier cri ?

— Après. Je me rappelle avoir pensé qu'un homme ou une femme se promenait sans doute avec un bébé.

— Dans les bois ? En plein hiver ? »

Mon père hausse les épaules. « Je me dirigeais vers la face arrière de la colline. Il y a là-bas un muret de pierre. Nous en faisons souvent un but de promenade. »

Je repense à toutes les fois où mon père s'est assis sur ce muret pour fumer une cigarette et je me demande si nous y retournerons.

« Pourriez-vous le retrouver ? interroge Warren. Je veux parler de l'endroit où était le bébé.

— Je n'en suis pas sûr, dit mon père. Il est possible qu'il reste quelques traces. Nous marchions sur des raquettes mais la neige formait une croûte dure. Demain matin, je réussirai peut-être à vous l'indiquer approximativement. »

L'inspecteur Warren s'appuie à son dossier. Il me jette un coup d'œil, puis détourne le regard. « Monsieur Dillon..., dit-il avant de s'interrompre, savez-vous qui aurait pu donner naissance à ce bébé ? »

Mon père tressaille – à cause du contenu de cette question, et parce qu'elle a été posée devant moi. « Non », répond-il. Le mot passe difficilement ses lèvres.

« Êtes-vous marié ? »

Je détourne les yeux.

« Non.

— Avez-vous d'autres enfants ? »

Un souffle brûlant m'étreint la poitrine.

« Ma fille et moi vivons seuls, dit mon père.

— Qu'est-ce qui vous a incité à aller habiter là-haut ? » demande l'inspecteur.

Un bref silence s'installe, et je regrette qu'on m'ait permis de rester dans la pièce. J'entends mon père répondre : « À l'époque, ça me paraissait une bonne idée.

— Vous n'aimiez pas être sous pression ? » suggère Warren.

Je lève les yeux. Mon père regarde fixement les skis posés debout dans l'angle. « Quelque chose dans ce goût-là.

— Que faisiez-vous à New York ?

— Je travaillais dans un cabinet d'architectes. »

Warren incline la tête, assimile ces informations. « Et maintenant, que faites-vous ? Là-haut, à Bott Hill ?

— Je fabrique des meubles.

— Quel genre de meubles ?

— Des trucs simples. Des tables. Des chaises. »

Derrière moi, j'entends la porte du hall s'ouvrir. Le Dr Gibson entre en retirant sa blouse blanche. Il la jette dans un bac, dans un coin, et adresse un signe de tête à l'inspecteur. Soit ils se connaissent, soit ils se sont parlé avant l'entrée de l'inspecteur dans cette pièce. « Je m'en vais, dit le médecin, visiblement épuisé.

— Comment va le bébé ? demande mon père.

— Mieux. Son état se stabilise.

— Pourrais-je le voir ? »

Le Dr Gibson sort d'un vestiaire une parka jaune et noir. « Il dort dans le service de réanimation. »

Je surprends le regard qu'il échange avec l'inspecteur avant de consulter sa montre.

« D'accord, juste un petit coup d'œil, ajoute-t-il. Je n'y vois pas d'inconvénient. »

Nous suivons le Dr Gibson dans une série de couloirs peints des mêmes beige et vert déprimants. L'inspecteur reste à la traîne et je l'imagine en train de nous observer, mon père et moi, pendant que nous avançons.

Le service de réanimation pour enfants évoque une roue dont la salle des infirmières constituerait le moyeu et les chambres les rayons. Je passe devant des parents assis sur des sièges de plastique, en train de fixer des moniteurs et des lumières rouges clignotantes. Que quelqu'un se mette à hurler ne m'étonnerait pas.

Le Dr Gibson nous fait signe d'entrer dans une chambre qui paraît immense comparée au nourrisson minuscule dans son caisson de plastique. Il nous donne un masque et nous enjoint de le placer devant notre bouche.

« Je pensais qu'il serait dans le service de puériculture, dit mon père à travers le papier bleu.

— Une fois qu'un nourrisson s'est trouvé à l'extérieur de l'hôpital, il ne peut plus être admis en puériculture. Il risquerait de contaminer les autres nouveau-nés », explique le médecin. Il se penche au-dessus du lit, ajuste un tuyau et étudie un écran.

Petite poupée de chiffon, le bébé est couché dans un cube en Plexiglas chauffé. Une main et un pied bandés pointent du corps étique. Telle une huppe d'oiseau, les cheveux, noirs, duveteux, couvrent le crâne ridé. Pendant que nous l'observons, il fait de délicats petits mouvements de succion.

J'ai envie d'approcher la joue de sa bouche et de sentir son souffle chaud sur ma peau. La découverte de ce bébé pourrait bien être l'acte le plus important accompli par mon père et moi.

« Que va-t-il devenir ? demande mon père.

— La direction de la Jeunesse et de la Famille va le prendre en charge, répond le Dr Gibson.

— Et ensuite ?

— Placement dans une famille. Adoption s'il a de la chance. »

Nous gardons tous les quatre le silence pendant le trajet en ascenseur. Je me rends compte que mon père pue. Quand nous sortons de la cage, le Dr Gibson lui tend la main. « Je vais chercher ma voiture sur le parking de derrière... Je suis content que vous l'ayez trouvé, monsieur Dillon. »

Mon père lui serre la main. « J'aimerais vous téléphoner demain. Pour savoir comment il va.

— Je serai là toute la journée. » Il tend une carte à mon père, et nous le suivons des yeux pendant qu'il s'éloigne.

« Où est votre voiture ? » demande l'inspecteur Warren à mon père.

Mon père doit réfléchir un instant. « Sur le parking de devant.

— J'aimerais vous emmener avec moi. Je veux vous montrer quelque chose.

— Ma fille est fatiguée, objecte mon père.

— Nous pouvons la laisser ici. Vous la récupérerez une fois que je vous aurai ramené. Il n'y en a pas pour longtemps. »

Je m'empresse de dire : « Non, papa. »

L'inspecteur s'apprête à parler, mais mon père est plus rapide. « Elle va venir avec nous. »

Warren a une Jeep rouge, ce qui me paraît un choix curieux pour un officier de la police du New Hampshire. J'en déduis qu'il ne doit pas effectuer beaucoup de filatures. Peut-être a-t-il besoin de ce type d'engin pour poursuivre les malfaiteurs sur les routes de campagne.

« Il va falloir que vous m'indiquiez le chemin, dit-il. Je n'ai pas souvent l'occasion de venir par ici.

— Où voulez-vous aller ? demande mon père.

— Au motel. »

Nous traversons le village de Shepherd, qui tient son nom d'Asa Henry Shepherd, un fermier venu du Connecticut en 1763 pour labourer la terre. L'annuaire du coin compte plus de trente Shepherd.

« Nous allons avoir un sale temps demain, annonce Warren. Ça va geler, d'après la radio. Je déteste le verglas. »

Mon père se tait. Il règne un froid glacial dans la Jeep. Je suis assise derrière. L'inspecteur conduit manteau ouvert, son écharpe rouge dénouée.

« Le verglas est ce qu'il y a de pire, reprend Warren. Il y a deux ans, une famille de Caroline du Nord a pris la bretelle de sortie de Grantham. Ils étaient allés skier en montagne et ne se doutaient pas qu'il y avait du verglas. Leur Chevrolet s'est envolée. »

J'observe le rythme auquel mon père souffle son haleine blanche.

« Un couple est descendu au motel en face de chez vous, poursuit Warren. La propriétaire nous a donné la description du type mais dit qu'elle n'a pas vu la femme. Un Blanc, un mètre soixante-dix-huit, vingt et un ans, cheveux bruns bouclés, vêtu d'un caban marine. Elle pense qu'il conduisait un modèle Volvo datant de six ou sept ans. Les hôtels sont censés demander le numéro d'immatriculation, mais elle ne l'a pas fait.

— Une Volvo ? » répète mon père, étonné.

L'inspecteur dépasse la route qui mène chez nous et continue vers l'est pour emprunter l'allée du motel. Les phares nous donnent de petits aperçus de la forêt, la même qui borde notre propriété. Derrière le pare-brise, je distingue une lueur curieuse dans le ciel nocturne, comme si une petite ville nous attendait au sommet de la colline.

Warren conduit avec brutalité. Mon père n'a jamais aimé être passager, et il n'en a pas eu l'occasion depuis des années. L'odeur de l'inspecteur me parvient – un mélange de laine humide et de café, avec un soupçon de menthe.

« Tournez ici », dit mon père.

Warren bifurque sur une allée pavée qui grimpe une courte pente jusqu'à un motel bas, en bardeaux rouges. Deux voitures de police et trois autres véhicules sont garés sur le parking. Derrière le motel, les bois sont éclairés par une série de projecteurs puissants.

Warren descend de la Jeep et fait signe à mon père de l'accompagner.

« Reste ici, me dit mon père.

— Je veux aller avec toi.

— Non, je reviens tout de suite. »

La porte d'une chambre est ouverte, et, à l'intérieur, j'aperçois deux policiers en tenue, dont Boyd. Mon père traverse le parking à la suite de l'inspecteur.

Je ramène mes genoux contre moi et les entoure de mes bras. De mon côté, la vitre est toute sale, mais je vois quand même mon père franchir le seuil de la chambre éclairée. Je ne comprends pas pourquoi on m'a laissée seule dans la voiture. Et si la personne qui voulait laisser mourir le bébé était toujours dans les parages ?

Je me penche d'un côté et m'affaisse sur la banquette en position fœtale. Je suis dans la voiture d'un policier. Une petite bouffée d'excitation et de peur mêlées me picote la nuque.

À la lueur du parking, j'examine le plancher de la Jeep. Une canette vide de Coca, un mouchoir en papier utilisé, plusieurs pièces de monnaie éparpillées. Dans le vide-poche du dossier, devant moi, un atlas et une cassette. Tiens, et ça, qu'est-ce que c'est ? Je tends la main et effleure une barre Snickers intacte. Je retire la main. Sous le siège du passager se trouve un objet métallique, long, qui pourrait être un outil. À part ça, la Jeep est assez propre, contrairement à la cabine de la camionnette de mon père, où traînent chiffons, morceaux de bois, sciure, outils, manteaux et chaussettes. De plus, elle sent... une odeur qui évoque de vieilles pommes. Mon père jure qu'il n'y en a pas, qu'il a cherché partout, mais je suis sûre qu'il y en a au moins une en train de pourrir dans un coin.

Je m'abandonne aux larmes pendant une minute. Ça fait du bien, même si je n'ai que ma manche pour m'essuyer le nez. Je me rappelle la façon dont mon père a pleuré sur le parking. Il semblait avoir oublié ma présence.

Mon père et moi avons sauvé une vie humaine. Demain je serai célèbre en classe. J'espère que mon père ne m'interdira pas d'en parler. Je me demande si la nouvelle sera dans les journaux. Mes dents se mettent à claquer, même si je les aide peut-être un peu. Je repense à notre promenade, à la découverte du bébé dans les bois, à la manière dont mon père est tombé à genoux. Avec ce froid, je vais attraper mal. Je ne sais pas si ça constitue une raison suffisante pour descendre de voiture et entrer dans le motel.

Je me redresse et regarde par la vitre, où de la buée s'est accumulée. Depuis combien de temps mon père est-il parti ? J'ai les doigts glacés. Que sont devenues mes moufles ? Je meurs de faim. Je n'ai rien mangé depuis le déjeuner à la cantine, à onze heures et demie. La barre Snickers me revient à l'esprit. Est-ce que l'inspecteur s'en apercevrait si je la mangeais ? Et, s'il s'en apercevait, est-ce que ça l'embêterait ? Je tends la main vers le vide-poche et j'en retire la barre chocolatée. Je la garde un instant sur mes genoux, un œil fixé sur la porte de la chambre. Il va falloir que je me dépêche de la manger et que je cache le papier. Je n'ai pas envie qu'on me surprenne avec une moitié de Snickers dans la bouche.

Je déchire le papier. La barre est dure à cause du froid, mais délicieuse. Je la mange le plus vite possible, m'essuie la bouche avec les doigts, fourre le papier dans la poche de mon jean. Enfin, je me redresse, légèrement essoufflée.

Les épaules voûtées, m'attendant à être grondée, je descends de la Jeep et referme la portière. Je traverse le parking labouré par les traces de pneus. J'entends à présent des voix – les voix mesurées de techniciens au travail. J'hésite sur le seuil, car j'anticipe une réprimande.

La petite chambre serait déprimante même sans les draps tachés de sang et les couvertures souillées arrachés au lit. Les murs sont recouverts de minces lambris imitant le pin. Il y a aussi une commode et une télé dans cette pièce à la forte odeur de moisi. Un drap ensanglanté se trouve sous l'unique fenêtre, qu'on a ouverte. À travers la vitre, j'aperçois les projecteurs sur la neige.

Un technicien s'active, penché au-dessus du lit.

« Une femme a accouché ici », est en train de dire Warren.

Sur une table de chevet, un verre d'eau est à moitié plein. Une chaussette traîne sur la descente de lit.

« Il doit y avoir des empreintes, remarque mon père.

— Il doit y en avoir partout, mais ça ne nous avancera à rien, sauf si l'une d'elles appartient à quelqu'un qui a un casier judiciaire, ce dont je doute franchement », réplique Warren. Il sort un mouchoir d'une poche arrière et se mouche. « La petite que vous avez trouvée est venue au monde dans cette chambre. Ensuite, quelqu'un, probablement le père, est sorti par cette fenêtre pour essayer de la tuer. Personne n'a déposé le bébé dans un endroit chaud où on le verrait. Personne n'a téléphoné pour prévenir. Un homme a pris ce nourrisson, né à peine quelques

39

minutes plus tôt, l'a emmené dans les bois un soir de décembre, par une température glaciale, et l'a laissé nu dans un sac de couchage. Si vous ne l'aviez pas découvert, quand l'aurions-nous trouvé ? En mars ? En avril ? Et encore. Un chien serait sûrement tombé dessus avant nous. »

Je m'imagine un chien avec un os dans la gueule ; il le traîne dans la neige. Mon père est à côté de l'inspecteur, lequel s'entretient avec un technicien. Boyd s'appuie au mur, les lèvres pincées. De l'endroit où il est, il ne peut pas me voir. J'essaie de me représenter ce qui s'est passé dans cette pièce. Je ne connais pas grand-chose à l'accouchement, mais je perçois de l'hystérie dans les murs, les draps fripés, les vêtements abandonnés. La mère savait-elle ce que l'homme allait faire du nouveau-né ? La chaussette est gris perle, peut-être en angora, avec une torsade sur le côté. Une chaussette de femme, à en juger par la taille. Un technicien la ramasse et la fourre dans un sac en plastique.

« Depuis quinze ans que je suis dans la police du New Hampshire, j'ai bien dû être confronté à vingt-cinq abandons d'enfants, dit Warren. Voilà trois mois, à Lebanon, une femme a déposé un nourrisson dans une grosse poubelle devant chez elle. Elle avait rompu avec son petit ami. Le bébé était mort quand nous l'avons trouvé. Il avait de la soupe Campbell dans les narines. »

Un technicien l'interrompt pour lui poser une question.

« L'année dernière, une petite de quatorze ans a jeté son bébé par la fenêtre du premier étage, reprend Warren. Elle est accusée de tentative d'homicide. » Warren examine le verre et le sac en plastique placés sur la table de chevet. « À Newport, nous avons retrouvé une petite fille, qui venait de naître et était encore en vie, sur un rayon du magasin Ames. À Conway, la police a découvert un nouveau-né dans une poubelle, derrière un restaurant. La mère avait vingt ans. Il faisait un froid de canard. Elle a été inculpée de tentative d'homicide. » L'inspecteur s'accroupit pour regarder sous le lit. « Quoi d'autre ? Ah ! oui. À Manchester, une mère âgée de dix-huit ans a abandonné son bébé dans un parc. Elle avait mis sa petite fille dans un sac en plastique, et deux fillettes de dix ans l'ont découverte en traversant le parc à vélo. Vous vous imaginez un peu ? La mère est accusée de tentative d'homicide et de cruauté. » Warren se relève. Il montre quelque chose sous le lit et pose une question à un technicien. « Et je ne vous ai pas encore raconté la meilleure : il y a deux ans, une élève de terminale s'est aperçue qu'elle était enceinte. Elle n'a rien dit à personne. Elle a caché son état en portant des pantalons larges et des grands pulls, et espérait faire une fausse couche. Mais ça n'a pas été le cas. À la rentrée, elle est allée à l'université. La veille de Thanksgiving, alors que tout le monde était retourné dans sa famille pour y passer les fêtes, elle a accouché d'une petite fille sur le sol de sa chambre. Elle a enveloppé le nourrisson dans un tee-shirt et un pull, l'a fourré dans un sac en plastique, et a descendu trois étages pour le mettre dans une pou-belle, juste devant la résidence universitaire. »

Warren s'approche de la fenêtre et jette un coup d'œil au-dehors.

« Mais notre étudiante a été prise de remords. Elle a passé un coup de fil anonyme aux gardiens du campus. Ils sont arrivés et ont retrouvé le bébé. Il ne leur a pas fallu bien longtemps pour remonter jusqu'à elle. Elle a invoqué le danger qu'elle courait et a été condamnée à un an de résidence surveillée.

— Comment savez-vous qu'il s'agit d'un homme ? demande mon père. Dans tous les exemples que vous avez cités, c'est une femme qui a abandonné son enfant.

— Suivez-moi. Vous comprendrez. »

Les deux hommes se retournent et m'aperçoivent, plantée de l'autre côté du seuil.

Mon père vient se placer devant moi, voulant apparemment me boucher la vue, mais, l'un comme l'autre, nous savons que c'est trop tard : j'ai déjà vu ce qu'il y avait à voir.

« Je croyais t'avoir dit de rester dans la voiture, lâche mon père, à la fois surpris et furieux.

— Il faisait froid.

— Quand je te dis de rester dans la voiture, je tiens à ce que tu y restes. »

Warren se faufile devant mon père. « Ce n'est pas grave. Elle peut venir avec nous. »

Mon père me lance un regard dur. Il m'oblige à marcher devant lui, sur les talons de l'inspecteur, qui contourne l'arrière du motel. La couche de neige est épaisse et Warren nous fait signe d'avancer sur les traces de bottillons qu'il laisse de sa démarche lente et précise. Une autre série d'empreintes s'étire entre les bois et une fenêtre arrière du motel. Les projecteurs sont tellement puissants que je suis obligée de m'abriter les yeux. Cinquante pas plus loin, deux policiers sont penchés sur la neige.

« Des empreintes de bottillons, dit Warren. Certaines s'enfoncent jusqu'à soixante centimètres. Pointure : quarante-quatre. Tous les cinq ou six mètres, le type s'est écroulé à genoux dans la neige. Les traces vont loin, en tout cas, au moins à cinq cents mètres, puis reviennent sur les premières. Vous savez à quel point c'est difficile de retomber pile sur les traces qu'on a laissées ? »

Mon père répond qu'il le sait.

« On peut se casser une jambe en s'amusant à ça », ajoute Warren.

Mon père incline la tête.

« Un type de la ville, à votre avis ? demande l'inspecteur.

— Possible.

— Une femme qui vient d'accoucher n'aurait pas pu y arriver.

— En effet, je ne crois pas », dit mon père.

Warren se tourne vers lui et pose une main sur son épaule. Mon père tressaille.

« Malgré le fait que vous refusiez d'ouvrir votre veste, malgré le sang sur le col, malgré votre allure, qu'on ne peut pas qualifier de très soignée, et votre maison au bout d'une route déserte, près du motel, vous serez content de savoir que je ne vous soupçonne pas. »

Boyd nous ramène dans sa voiture. Demain matin, tout le monde apprendra la nouvelle en se réveillant. J'essaie une fois de plus de me représenter l'homme et la femme qui sont allés au motel pour mettre un bébé au monde et le tuer ensuite. Où sont-ils maintenant ?

« C'est ma camionnette, là-bas », dit mon père quand nous arrivons sur le parking de l'hôpital. Boyd nous y conduit et nous descendons. « Merci de nous avoir raccompagnés », ajoute mon père, mais Boyd, qui a toujours les lèvres pincées, ne répond pas. Il quitte le parking glissant.

Nous grimpons dans la camionnette et mon père tourne la clé de contact. Le moteur part du premier coup. C'est la deuxième fois. Pendant que nous attendons que la camionnette chauffe, je regarde dehors à travers une fine couche de cristaux qui luisent sous l'éclairage du parking. Derrière le givre, il y a la porte des urgences, et encore derrière, un lit sur lequel une petite fille qui vient de naître essaie de commencer sa vie.

« Tu n'avais pas besoin d'entendre toute cette conversation, dit mon père.

— Ce n'est pas ça.

— C'est quoi, alors ?

— Je pensais à Clara. »

La camionnette tressaute un peu à cause du moteur qui tourne. Sous mes pieds, une canette vide de Coca m'embête. Mon père met les gaz. Il fait un demi-tour serré sur le parking presque vide, et nous partons dans la nuit.

Les traces de dérapage s'étiraient sur douze mètres. Le semi-remorque poussa la Volkswagen sur la route comme s'il s'agissait d'un tas de neige à déblayer.

Ma mère fut tuée sur le coup. Clara, qui était encore en vie quand les secouristes la dégagèrent de l'épave, mourut avant l'arrivée de l'ambulance à l'hôpital. Noël tombait dix jours plus tard, et ma mère allait faire ses emplettes au centre commercial avec la petite. Pour une raison que nous ne connaîtrons jamais – une Clara charmeuse ou suppliante l'obligea-t-elle à tourner la tête, ne serait-ce qu'une seconde ? –, ma mère se déporta vers le camion qui venait en sens inverse. Le chauffeur, qui en fut quitte pour une épaule démise, affirma qu'il ne roulait pas à plus de cent kilomètres lorsque la Volkswagen verte avait surgi devant lui.

Mon père s'était attardé à Manhattan pour fêter Noël avec ses collègues de bureau, et il buvait son deuxième dry martini pendant que sa femme et sa fille basculaient dans l'oubli. Il n'apprit l'accident que peu avant minuit. Quand il rentra et trouva la maison vide, il patienta environ une heure avant de se mettre à appeler d'abord les amies de sa femme, puis les hôpitaux de la région, et enfin la police. Il obtint alors une réponse dont il mit plusieurs semaines à saisir la portée. Des mois durant, il s'imagina que, s'il n'avait pas téléphoné, il n'aurait jamais appris la terrible nouvelle.

Cette nuit-là, il se rendit à l'hôpital dans sa Saab vieille de dix ans, qui le défiait avec sa robustesse. Les internes l'arrêtèrent au passage et durent se battre pour lui ôter sa cravate, qui l'empêchait de respirer. Une fois qu'il eut identifié ma mère, l'équipe médicale lui accorda une minute avec Clara, curieusement intacte, hormis une ecchymose ovale et violette sur le côté du front. L'ampleur de la perte était insupportable, et le corps parfait de Clara un supplice inouï que seul un dieu jaloux aurait pu imaginer.

L'accident se produisit un vendredi soir, alors que je passais la nuit chez Tara Rice. Mme Rice, qui n'avait pas entendu la nouvelle, s'étonna de voir mon père planté sur le seuil de sa maison à une heure aussi matinale, un samedi. On me dénicha dans l'un des sacs de couchage éparpillés sur le sol, dans la chambre de Tara, et on me demanda de rassembler mes affaires. Lorsque j'entrai dans la cuisine et vis mon père, je compris que quelque chose d'épouvantable venait de se passer. Son visage qui, la veille encore, paraissait normal, semblait avoir été remodelé par un sculpteur fou ; l'alignement de ses traits était modifié. Mon père m'aida à enfiler mon manteau et m'entraîna vers la voiture. À mi-pente de l'allée, je me mis à le harceler comme un chien sur ses talons.

« Enfin, papa ! Qu'est-ce qui se passe ? »

« Dis-moi pourquoi je dois partir, papa ! »

« Qu'est-ce qu'il y a ? Qu'est-ce qu'il y a ? »

Lorsque nous arrivâmes à la voiture, j'arrachai mon épaule à sa poigne et retournai en courant vers la maison. Peut-être me disais-je qu'en pénétrant chez Tara je pouvais arrêter le temps, que je n'aurais jamais besoin d'apprendre l'horreur qu'il était venu m'annoncer. Il me rattrapa sans difficulté et m'enfonça le visage dans son manteau. Je me mis à sangloter alors qu'il n'avait pas encore prononcé un seul mot.

Au fur et à mesure que les jours passaient, mon chagrin, que j'étais tout d'abord incapable d'exprimer autrement que par un chapelet de mots impuissants sur fond de gémissements, bouche grande ouverte, se manifesta par des hurlements brefs et violents. Je me penchais en avant et martelais le sol, j'arrachais les couvertures de mon lit. Une fois, je jetai un presse-papiers contre ma porte, que je fendis en son milieu. Moins spectaculaire que le mien, le chagrin de mon père était d'autant plus massif, il constituait une entité autonome. Le corps affreusement rigide, les mâchoires serrées, le dos voûté, les coudes sur les genoux, sa posture était plus facile à prendre sur une chaise de cuisine, à la table où de l'eau, du café, et, de temps en temps, des repas lui étaient apportés.

Mon père resta plusieurs jours enfermé dans notre maison de Westchester, incapable de se rendre à son bureau. Après les vacances de Noël, il m'obligea à retourner à l'école en arguant que cela me changerait les idées. Ma grand-mère vint s'occuper de nous, mais il souffrait de la voir là, car elle lui remémorait les moments heureux passés chez elle durant l'été, dans l'Indiana. Nous paressions le matin, Clara dans un bassin en plastique, ma mère allongée avec reconnaissance, dans un maillot de bain noir classique. Dans la chaleur de l'après-midi, pendant que ma grand-mère nous surveillait, Clara et moi, mes parents s'esquivaient parfois pour faire la sieste dans l'ancienne chambre de mon père, et je me sentais soulagée d'avoir échappé aux colonies de vacances tant redoutées.

Un jour, plusieurs semaines après l'accident, je revins de l'école en car et trouvai mon père à la place qu'il occupait quand je l'avais quitté après le petit déjeuner, assis sur une chaise en bois, à la table de cuisine. J'étais sûre que la tasse de café posée devant lui, avec un dépôt sombre au fond, était celle qu'il s'était servie à huit heures du matin. Cela m'effrayait de penser que, pendant toute ma journée de classe – pendant le cours de maths, de sciences, et un film appelé *Charlie*, que nous avions regardé en cours d'anglais –, il était resté assis sur cette chaise.

En mars, mon père m'annonça que nous déménagions. Quand je lui demandai où nous allions, il me répondit : « Vers le nord. » Quand je lui demandai où dans le Nord, il avoua qu'il n'en avait aucune idée.

Je me redresse dans le lit et aperçois de la lumière au bord des rideaux. Repoussant alors les couvertures, je pose un pied sur le parquet froid. Pour relever le store, je m'abrite les yeux d'une main. Chaque branche, chaque feuille encore accrochée est enrobée d'une glace luisante. J'en ai le vertige. Même dans le New Hampshire, les cars scolaires ne vont pas prendre le risque de déraper sur le verglas. J'allume la radio et écoute la liste des établissements qui n'ouvriront pas. Écoles publiques de Grantham : fermées. Écoles publiques de Newport : fermées. Établissement d'enseignement secondaire régional : fermé.

Je me douche, m'essuie, enfile un jean et un pull,

puis je me prépare un chocolat. Ma tasse à la main, je cherche mon père dans différentes pièces de ce cottage long et étroit, dans le style du cap Cod[1], avec une véranda orientée à l'ouest. La maison est peinte en jaune avec des bordures vert foncé et, en été, une plante grimpante sauvage pousse sur la balustrade de la véranda en formant une sorte de treillis. Défraîchie, la peinture doit être refaite, et mon père prévoit de s'y atteler cet été. L'été dernier, le deuxième que nous avons passé dans cette maison, mon père a nettoyé un petit carré de pelouse qu'il me demande périodiquement de tondre. Quant au reste du terrain, il le laisse à l'abandon. Là où il n'y a pas de forêt, il y a des buissons et des prés, et, les soirs d'été, nous nous installons parfois sur la véranda, mon père avec une bière et moi avec une citronnade, et nous observons des oiseaux que nous ne savons pas identifier et qui rasent l'extrémité des herbes immenses. Il nous arrive aussi de lire un livre.

J'entre dans un salon qui occupe toute la largeur de la bâtisse et possède deux longues fenêtres au sud. Lorsque mon père a acheté cette propriété, les fenêtres ne s'ouvraient pas, bloquées par la peinture, et deux lustres ternis étaient suspendus au plafond. Les murs étaient tapissés d'un papier imprimé, bleu délavé, qui se décollait, et la cheminée était bouchée. Mon père avait choisi cette maison uniquement parce que, isolée, elle promettait l'anonymat, puis, après avoir passé quinze jours assis sur une chaise à regarder par la fenêtre, il se

---

1. Cottage typique de la péninsule du cap Cod, au sud-est du Massachusetts : rectangulaire, bas, à pignons, avec une cheminée centrale. *(N.d.T.)*

mit à errer dans les pièces et décida de tout mettre à nu.

Commençant par le salon, il refit le plâtre du plafond, une surface affreuse qui ressemblait au glaçage durci d'un gâteau d'anniversaire rassis. Il décapa les murs et les peignit en blanc. Il acheta une ponceuse et polit les parquets, puis les cira d'une chaude couleur miel. Parfois, il me demandait de l'aider ; mais c'est lui qui a fait le plus gros du travail. À présent, le salon est uniquement occupé par les meubles qu'il a fabriqués au cours des deux dernières années : tables, bibliothèques, chaises aux dossiers et aux pieds droits. On se croirait dans une salle de classe tant tout est simple et propre, et j'ai l'impression que mon père souhaitait inconsciemment retourner aux pièces nues de son enfance. Il s'en sert de salle d'exposition quand M. Sweetser, le quincaillier, lui envoie des clients. La menuiserie est une sorte de profession pour mon père, encore que toute idée de carrière appartienne à son ancienne vie, pas à celle-ci.

Dans ce qui servait autrefois de salle à manger, mon père a aménagé des rayonnages du sol au plafond et les a garnis de livres. Il y a installé un fauteuil en cuir, un canapé, deux lampes et un tapis, et c'est là que nous mangeons et lisons parfois. Nous l'appelons notre tanière. Changer l'utilisation de chaque pièce a procuré à mon père une espèce de plaisir pervers – le salon est devenu salle d'exposition ; la salle à manger, tanière ; l'ancienne grange, atelier. Juste derrière la cuisine, un long couloir est revêtu de lambris crème à moulures, qui supportent une rangée de robustes patères installées à hauteur d'épaule. Un autre couloir donne dans une petite pièce dont mon père ne savait que faire. Il l'a nettoyée et remplie de cartons qu'il ne voulait pas ouvrir, et l'a transformée par là même en une sorte de mausolée. Nous n'y pénétrons jamais ni l'un ni l'autre.

À l'étage se trouvent trois chambres : la mienne, celle de mon père et celle qu'occupe ma grand-mère quand elle vient nous voir.

Mon père n'a pas touché non plus à la cuisine, équipée d'un plan de travail en Formica rouge et de portes coulissantes marron à bordure métallique donnant sur une véranda surélevée en séquoia. C'est l'endroit qui aurait le plus besoin d'être rénové, mais mon père n'y entre que pour se préparer rapidement une tasse de café, un sandwich, ou pour nous confectionner un repas sommaire que nous ne prenons jamais sur place. Si nous sommes ensemble, nous emportons notre assiette dans la tanière, sinon mon père mange dans son atelier, et moi dans ma chambre.

Nous ne mangeons jamais dans la cuisine parce que cet endroit représentait le cœur de notre foyer dans notre ancienne vie, à New York. Les deux cuisines ne se ressemblent pas beaucoup, mais les souvenirs attachés à la première sont capables de nous détruire l'un comme l'autre en un éclair.

La moitié de la table était toujours jonchée de magazines et de courrier. Ni mon père ni ma mère n'étaient des acharnés du ménage et, avec une Clara tout juste âgée d'un an, le plus petit désordre virait assez vite au chaos absolu. Ma mère préparait la nourriture de bébé avec un robot Cuisinart, sur un plan de travail envahi par les appareils ménagers : presse-agrumes, mixeur, micro-ondes, et un moulin à café qui faisait le boucan d'un marteau piqueur et ne manquait jamais de réveiller Clara. Entre la table et un vaisselier était installée une balançoire, engin sur lequel Clara, un filet de bave au menton, sautait avec bonheur jusqu'au moment où mes parents pouvaient mettre un repas sur la table. Pendant le dîner, elle était assise sur les genoux de mon père, qui lui présentait des cuillerées qu'elle se fourrait dans la bouche d'une main dodue. Quand elle s'agitait, il la faisait sauter sur ses genoux et, avant la fin du dîner, sa chemise était barbouillée de taches de carotte, de jus de viande et de petits pois au beurre.

Mon album contient une photo de ma mère tentant d'avaler son repas devant le plan de travail tout en portant Clara sur la hanche. Un doigt dans la bouche, Clara bave, et ma mère est un peu floue, le dos tourné, comme si elle la faisait tressauter pour la calmer. Juste derrière elle, la fenêtre de la cuisine renvoie le reflet aveuglant d'un flash. Au milieu de ce halo, je distingue à peine mon père, une bière à la main, la bouche ouverte, sur le point d'avaler une gorgée. Je ne sais pas pourquoi j'ai jugé nécessaire de prendre cette photo au milieu du dîner, pourquoi il m'a paru important de fixer sur la pellicule le dos de ma mère, ou Clara avec un doigt dans la bouche. Peut-être venais-je d'avoir l'appareil et voulais-je l'essayer. Peut-être cherchais-je seulement à contrarier ma mère. Je ne m'en souviens plus.

Je possède aussi une photo de ma mère qui tient dans ses bras le bébé que je suis, sous un obier, dans notre jardin de derrière. Ses cheveux sont longs, épais, châtain clair, ondulés, comme c'était peut-être la mode en 1972, quand j'avais un an. Elle est vêtue d'un chemisier écossais à col ouvert et d'une veste en daim couleur rouille. Je devine qu'on est en septembre. Sur cette photo, elle a l'air présente, elle sourit légèrement à mon père, qui devait se tenir derrière l'appareil. Je suis coiffée d'un chapeau rose plutôt ridicule et j'ai l'air de me mordiller les doigts. J'ai hérité des cheveux et de la grande bouche de ma mère, mais des yeux de mon père. Peu après la naissance de Clara, ma mère s'est coupé les cheveux, et je ne les lui ai plus jamais vus longs.

Je vais dans la grange et découvre mon père assis dans le fauteuil, près du poêle, son café à la main. Des traînées de sciure recouvrent le sol, et des sacs en plastique contenant des copeaux s'entassent dans les coins. L'air est alourdi de fines particules qui font penser à du brouillard en train de se dissiper par une journée d'été. Je vois mon père poser sa grande tasse sur le rebord de la fenêtre et pencher la tête. C'est un geste qu'il fait souvent quand il ignore que je me trouve dans la pièce. Il joint les mains, met les coudes sur ses cuisses, écarte les jambes. Son chagrin n'est plus tangible – fini les larmes, la gorge nouée, la colère. Ne reste que l'obscurité, me semble-t-il, une chape qui l'empêche parfois de respirer.

« Papa !

— Ouais, dit-il en levant la tête et en se tournant vers moi.

— Il n'y a pas classe aujourd'hui.

— Quelle heure est-il ?

— Dix heures, à peu près.

— Tu as dormi tard.

— Oui. »

Par la fenêtre de l'atelier, j'aperçois, juste derrière les pins, un fragment miroitant de lac – vert en été ; bleu en automne ; et, en hiver, simple éclat blanc. À gauche du lac s'étend une piste de ski abandonnée, équipée seulement de trois remonte-pentes. On distingue encore les vestiges d'une cabine, ainsi qu'une petite cabane au sommet. On raconte que, jadis, celui qui les faisait marcher, un type jovial dénommé Al, saluait chaque skieur au moment où il quittait son siège.

Derrière la clairière que mon père a dégagée, les bois redeviennent vite très denses. En été, ils sont remplis de moustiques et de mouches noires, et je suis toujours obligée de m'asperger de lotion Off. Mon père envisage de protéger la véranda par une moustiquaire, et j'imagine que, dans un an ou deux, il aura trouvé le moyen de s'y atteler.

« Tu as pris ton petit déjeuner ? me demande-t-il.

— Pas encore.

— Il y a des muffins et de la confiture.

— Parfois, j'aime bien les manger avec du beurre de cacahuète.

— Ta mère mélangeait dans un bol du beurre de cacahuète et du fromage blanc. J'en avais des haut-le-cœur, mais, comme elle adorait ça, je ne lui ai jamais dit à quel point c'était écœurant. »

Je retiens mon souffle et regarde au fond de ma tasse. Mon père ne parle presque jamais de ma mère, sauf pour répondre à l'une de mes questions.

Je serre les dents. Si les larmes me montent aux yeux, il ne s'autorisera plus à partager ses souvenirs avec moi avant longtemps.

Dans mon esprit, une petite pierre est délogée dans un mur et, poussée en avant, elle finit par tomber. Les autres bougent, se réorganisent pour essayer de combler le vide, mais il reste quand même un trou par lequel l'eau, à savoir la mémoire, suinte.

Eau qui suinte. Suage.

En septembre, ce mot figurait dans un concours d'orthographe. Un mot simple, même si j'ai fait une faute en l'écrivant « sue-âge », ce qui, en y réfléchissant, n'est pas complètement illogique.

« Je parie qu'on pourrait retrouver l'endroit. » J'annonce ainsi à mon père la raison pour laquelle je le cherchais. « En approchant, on verra les bandes orange. »

L'image du bébé dans le sac de couchage me revient à l'esprit. Et si nous n'étions pas allés nous promener hier ? me dis-je. Et si nous ne l'avions pas découvert ? La chance est aussi déroutante que la malchance, je commence à m'en apercevoir. Rien ne semble jamais la justifier – aucun sentiment de récompense ni de châtiment. Elle se manifeste, un point c'est tout – voilà une notion incompréhensible.

Je me demande si la police surveille encore les lieux, et je décrète que non. Quelle raison aurait-elle de rester là ? Le forfait est commis, tous les indices ont sans doute été relevés. J'imagine le sac de couchage et la serviette tachée de sang en sûreté dans des sacs en plastique rangés sur des étagères, au poste de police. Je repense à l'inspecteur avec ses cicatrices. En ce moment, il s'occupe sûrement d'un autre crime.

Mon père garde le silence.

« Bon, d'accord. J'irai toute seule. »

Dans le couloir de derrière, je décroche mon manteau, mets mon bonnet et mes moufles. Sur le seuil, j'attache mes raquettes et fais un pas en avant. Les raquettes n'ont aucune prise sur la glace. En vacillant, j'agite les bras, cherche à me raccrocher à quelque chose. Après une douzaine de pas et une chute plutôt rude, je rebrousse chemin en glissant, m'agrippe au mur de la maison et essaie d'empêcher les raquettes de déraper. Je les détache. Si mon père m'a vue patiner et a bien ri, il n'en dit mot.

Je rentre dans la maison, me prépare un muffin au beurre de cacahuète, et pense à ma mère avec son fromage blanc. Je monte dans ma chambre, décorée avec un fanion des Yankees et un poster du chat Garfield. Sur un mur, j'ai peint de toutes les couleurs les montagnes de Nouvelle-Angleterre réputées pour le ski – Sunday River, Attitash, Loon Mountain, Bromley, Killington, King Ridge, Sunapee et d'autres encore. Ça m'a pris toutes les vacances de Noël de l'année dernière pour en dessiner la ligne, et, à mon avis, ça donne une assez bonne carte du relief. Toutes les montagnes sur lesquelles j'ai skié sont recouvertes de neige ; celles qu'il me reste à visiter sont vertes. C'est aussi dans ma chambre qu'il y a le seul poste de radio autorisé dans la maison. Mon père et moi avons conclu un accord : je peux écouter ce que je veux tant qu'on n'entend rien à l'extérieur de ma chambre. Parfois, mon père me demande de monter écouter la météo, mais il n'éprouve pas la moindre envie de savoir autre chose.

Nous n'avons pas la télévision, nous n'achetons pas de journaux. Quand nous nous sommes installés dans le New Hampshire, mon père a essayé de lire le journal local. Un matin, un article à la une racontait qu'une jeune femme avait fait marche arrière avec son Oldsmobile Cutlass et écrasé son fils âgé de quatorze mois. Mon père est sorti de la tanière, entré dans la cuisine, et a mis le journal à la poubelle. L'affaire a été réglée.

Dans ma chambre, j'ai un chevalet, des tubes de peinture, et un fauteuil qui se transforme en lit d'une personne pour les rares occasions où une amie me rend visite. Lorsque je fabrique des bijoux en perles, je m'installe à mon bureau, et, pour lire, je m'allonge sur mon lit. Au début, mon père me demandait de faire mon lit, jusqu'au jour où je lui ai rétorqué qu'il ne faisait jamais le sien, si bien qu'il n'a plus insisté. Je déteste aller à la laverie automatique, et j'aimerais bien qu'on ait une machine à laver. Pour Noël, j'en ai demandé une.

Dans l'après-midi, pendant que je lis, j'entends goutter, comme une pluie d'été. Je vais regarder à la fenêtre. La glace s'est mise à fondre. Autour de la maison, le monde s'adoucit, la croûte de neige cède.

Je me rends dans la grange.

« D'accord, dit mon père en levant les yeux. Allons-y. »

Avancer avec des raquettes sur de la neige en train de fondre est presque aussi difficile qu'avancer sur de la glace. On s'enfonce à chaque pas, on perd l'équilibre. Nous n'avons pas parcouru trente mètres que je commence à avoir mal aux jambes. La lumière devient terne, ce qu'il y a de pire pour marcher ou pour skier. Je ne distingue ni bosses ni ornières, et nous avons parfois l'impression de nous mouvoir sur du brouillard. Nous traversons ce qui, en été, serait la pelouse, puis pénétrons dans les bois.

Plissant les yeux dans cette affreuse lumière, j'essaie de retrouver les fines empreintes laissées hier dans la neige. De temps à autre, il nous faut deviner le chemin, car une couche de neige apportée par le vent a recouvert nos traces avant de geler. En voyant les marques de notre trajet de retour, je me rappelle notre course folle, le bébé dans les bras de mon père. Ma respiration s'accélère, haletante, et je constate que mon père lui aussi a pressé le pas. Nous nous efforçons de repérer l'endroit où nous avons cessé de grimper pour contourner la colline, attirés par les cris du bébé. Je ne parviens pas à m'ôter de la tête l'idée qu'ils s'adressaient à nous en particulier.

Venez me chercher.

Au-dessus de nous, un souffle de vent gémit entre les pins. Il fait ployer les cimes et projette au sol de petites boules de neige, balles de base-ball qui en émaillent la surface durcie. Sous ma parka, je suis trempée de sueur. J'ouvre la fermeture à glissière pour que l'air glacé me rafraîchisse la peau. J'ôte mon bonnet et le fourre dans une poche. Avec mes mains, je repousse les branches basses en me disant que nous avons perdu notre chemin, mais mon père ne ralentit pas.

Il possède dix hectares de roc, d'arbres à bois dur et de champs vallonnés. Tout le bois qu'il utilise pour fabriquer ses meubles vient de sa propriété : noyer, chêne et érable ; pin, cerisier et mélèze d'Amérique. Il a fait scier et raboter le bois au village, et la réserve de planches lisses est si conséquente que mon père ne l'épuisera pas avant des années.

Au bout d'un moment, mon père distingue nos traces d'hier, et nous les suivons à une allure plus lente. Après un quart d'heure de marche, j'aperçois au loin un fragment de bande orange.

« C'est là ! » dis-je.

Nous nous dirigeons vers le cercle délimité par les bandes tendues autour de quelques arbres. Il s'ouvre sur un sentier menant au motel, comme s'il balisait l'échappée d'une nouvelle mariée après la réception donnée en plein air. Au milieu du cercle, la neige molle montre l'endroit où se trouvait le sac de couchage, et une empreinte laissée par la raquette de mon père a été entourée d'un fin tracé de peinture rouge pulvérisé à la bombe, ainsi que celle d'une semelle de pointure quarante-quatre. Hier soir, nous n'avons ni l'un ni l'autre remarqué cette empreinte. Je me demande si la police a retrouvé la torche de mon père, si ça vaut le coup de tenter de la récupérer. Mon père en a-t-il parlé à l'inspecteur Warren ? J'essaie de m'en souvenir. Les policiers penseront-ils qu'il s'agit de la lampe de l'autre type et perdront-ils beaucoup de temps à se renseigner à ce sujet ?

Nous contournons le cercle et nous immobilisons, dos au motel. J'examine la zone de neige molle sur laquelle était posé le sac de couchage.

« Papa, pourquoi est-ce qu'il a mis le bébé dans un sac de couchage puisqu'il avait l'intention de le tuer ? »

Mon père lève les yeux sur les branches dénudées. « Je n'en sais rien. Il ne voulait pas qu'il ait froid, je suppose.

— Ce n'est pas logique.

— Dans cette histoire, rien n'est logique. »

Je tire sur la bande en plastique pour vérifier si elle est élastique. « À ton avis, comment ils vont appeler le bébé ?

— Je l'ignore.

— Peut-être qu'ils vont lui donner notre nom de famille. Peut-être qu'ils vont l'appeler la petite Dillon. Tu te rappelles qu'ils avaient appelé Clara la petite Baker-Dillon ? »

Nous gardons un instant le silence, et je sais que mon père pense à la petite Baker-Dillon. Je sens les bouffées de souvenir qui montent en lui. J'ai à présent enroulé la bande autour d'une de mes moufles.

« Papa !

— Quoi ?

— Pourquoi est-ce qu'il y avait autant de sang et de trucs dans la chambre du motel ? »

Mon père ramasse de la neige molle et en fait une boule. « Quand une femme accouche, il y a du sang. Et aussi quelque chose qu'on appelle le placenta. Le placenta est gorgé de sang, c'est ce qui permet de nourrir le bébé. Il est expulsé après la naissance.

— Je le sais, papa.

— Donc tout ce sang était quand même naturel. Ça ne signifie pas que la femme ait été maltraitée ou blessée.

— Mais accoucher, ça fait quand même mal, non ? »

Dans cette lumière terne, mon père paraît vieux. Sous ses paupières, la peau, presque violette, est flasque et parcourue de rides. « Ça fait mal, mais tous les accouchements sont différents.

— Est-ce que maman a eu mal quand je suis née ? »

Mon père flanque la boule de neige contre un arbre. « Oui, répond-il. N'empêche que, si elle était avec nous, elle te dirait que chaque minute en valait la peine. »

Derrière nous, une branche craque et nous fait sursauter. Nous nous retournons pour voir l'inspecteur Warren, le cou enveloppé de rouge, à moins de six mètres. « Je n'avais pas l'intention de vous faire peur, dit-il.

— Tu parles ! » marmonne mon père entre ses dents.

Les mains dans les poches de son manteau, Warren prend l'air d'un type parti faire une balade, pourtant improbable, derrière un motel en plein hiver. « Je suis passé chez vous, et personne n'a répondu. Sous le coup d'une intuition, j'ai poussé jusqu'ici. » Il s'approche encore d'un pas. « Vous éprouviez le besoin de revoir cet endroit, c'est ça ? »

Il marche sur les traces laissées hier par les techniciens de la police, pose chaque bottillon Timberland dans une empreinte.

« Les gens sont prévisibles, monsieur Dillon, ajoute-t-il. Nous retournons aux endroits qui nous ont marqués. Les amoureux le font tout le temps. »

Il continue à avancer vers nous, un pas prudent après l'autre. « Vous êtes dans tous les journaux, aujourd'hui, monsieur Dillon. Je suis surpris de ne pas avoir vu les caméras de Channel 5 chez vous... À propos, votre maison est grande ouverte.

— Vous êtes donc entré, dit mon père.

— Je vous cherchais pour vous parler du bébé. J'ai grimpé en voiture jusqu'en haut de votre côte, alors, vous pensez bien, je n'allais pas repartir sans vérifier si vous étiez là ou non... Dites donc, vous fabriquez de belles choses. »

Muet, mon père refuse de se laisser amadouer par le compliment.

« Le bébé va très bien. »

Mon père abat une raquette sur un monticule de neige tassée.

« Nous sommes dans le même camp, monsieur Dillon, reprend Warren.

— Quel camp ?

— Vous avez découvert le bébé et vous lui avez sauvé la vie. » Warren fait jaillir d'un paquet de Camel une cigarette et l'allume avec un briquet. « Vous fumez ? » propose-t-il.

Mon père secoue la tête, bien qu'il soit fumeur.

« Quant à moi, je retrouverai le coupable. C'est comme ça que ça marche. Nous formons une équipe.

— Nous ne formons pas du tout une équipe, rétorque mon père.

— J'ai téléphoné à Westchester, et j'ai eu un certain Thibodeau. Vous vous souvenez de lui ? »

Même moi, je me souviens de Thibodeau. Le lendemain matin de l'accident, il s'est présenté à notre porte pour nous annoncer une nouvelle que nous connaissions déjà. Mon père lui a hurlé de foutre le camp.

« Une chose effroyable, poursuit Warren. J'aurais probablement réagi comme vous – déménagé, réinventé ma vie. J'ignore où je serais allé. Au Canada, peut-être, ou dans une grande ville. On peut y garder l'anonymat. »

La bande orange est enroulée autour de mes moufles. Je tire encore un peu dessus.

« J'ai deux garçons, de huit et dix ans, reprend Warren.

— Viens, Nicky, me dit mon père.

— Je tiens à épingler ce type.

— Je crois que nous en avons fini ici », conclut mon père.

Le policier lâche dans la neige la cigarette qu'il a à peine entamée, puis sort ses gants de sa poche et les enfile.

« Personne n'en a fini ici », rétorque-t-il.

Une fois de retour à la maison, mon père appelle le Dr Gibson. Je traîne dans la tanière pour l'entendre parler au téléphone installé dans la cuisine.

« Je me demandais seulement comment allait la petite... Où est-elle maintenant ?... Combien de temps va-t-elle rester là-bas ?... On lui a donné un nom ?... Doris », répète mon père. Son ton est surpris, puis déconcerté. « Vous dites qu'on va la placer dans une famille ?... Ça semble tellement... »

Le Dr Gibson doit faire une remarque sur le système de placement et d'adoption, parce que mon père lâche : « Oui, c'est dur. »

Je perçois le bruit du café qu'il se sert. « Et quand le système ne marche pas, que se passe-t-il ?... Mais des poursuites seront engagées contre elle.... Merci. Je voulais seulement savoir si le bébé allait bien. »

Mon père raccroche. J'entre dans la cuisine. Il boit son café à présent tiède et regarde par la fenêtre de la cuisine. « Coucou, dit-il quand il entend mes pas.

— Alors, elle va bien ?

— Très bien.

— On l'a appelée Doris ?

« — Apparemment. » Il pose sa tasse. « Je vais chez Sweetser. Tu veux venir ? »

Je ne me fais jamais prier pour accompagner mon père au village.

Mon père me tient la porte quand nous entrons dans la quincaillerie. Sweetser lève les yeux du journal qu'il a étalé sur le comptoir à côté de la caisse enregistreuse. « Tiens, voilà notre héros local ! dit-il.

— Vous avez appris la nouvelle ? lui rétorque mon père.

— Elle est à la une. Voyez vous-même. »

Mon père et moi nous approchons du comptoir. Dans un quotidien réputé pour les résultats sportifs des équipes lycéennes, les dessins humoristiques du dimanche et les bons de réduction, j'aperçois le gros titre suivant : UN NOURRISSON TROUVÉ DANS LA NEIGE. Le sous-titre est plus petit : *Un menuisier de la région découvre un bébé encore en vie dans un sac de couchage plein de sang.* Je me penche en avant pour lire l'article en même temps que mon père. Le journaliste a relaté l'essentiel. Il y est question du motel, de la Volvo et du caban bleu marine. Mais pas de moi.

« Ils ont mal orthographié votre nom, remarque Sweetser.

— Ouais, j'ai vu », dit mon père.

Dylan. Ça arrive tout le temps.

« Vous voulez que je vous découpe l'article ? »

Mon père secoue la tête.

« Alors, comment ça s'est passé ? »

Mon père descend la fermeture de sa parka. Le magasin est chauffé par un poêle à bois, dans un coin, qui fait fluctuer la température de seize degrés à trente-deux degrés. Aujourd'hui il doit faire vingt-six ou vingt-sept degrés. « Nicky et moi, nous sommes allés nous promener et nous avons entendu crier, raconte mon père. Au début, nous pensions qu'il s'agissait d'un animal. Et puis nous avons entendu claquer une portière de voiture.

— Le bébé était dans un sac de couchage ? » demande Sweetser.

Mon père le confirme.

« C'est bizarre », déclare Sweetser en lissant quelques mèches éparses sur son crâne rose. Il s'est récemment rasé la barbe, ce qui a dénudé un menton fuyant et une curieuse peau très claire qui rappelle un peu celle d'un animal après la mue. « On a peine à y croire.

— En effet.

— Cette histoire ressemble aux contes de fées que ma femme lisait aux gosses. Un menuisier va dans les bois et trouve un bébé.

— Dans un conte de fées, le bébé serait une princesse, dit mon père.

— Vous avez eu une sacrée veine », estime Sweetser.

Pour la quincaillerie d'un trou perdu situé entre Hanover et Concord, elle offre une gamme impressionnante d'outils. Sweetser dit qu'il les aime pour leur poids et leur forme, un peu comme mon père. Derrière les étagères d'outils, d'autres supportent des plats en Pyrex, des boîtes d'engrais Miracle-Gro (poussiéreuses maintenant que la saison est passée) et de la peinture Sherwin-Williams. Jouxtant le magasin, un bâtiment plus petit, une sorte de remise, sert à entreposer les antiquités que vend Sweetser, le mot « antiquités » étant à prendre au sens très large : la plupart des meubles datent des années soixante.

« Le couple a réussi à grimper jusque chez vous vendredi dernier ? demande Sweetser.

— Quel couple ?

— Je vous ai envoyé des touristes qui cherchaient une table des shakers[1]. Je leur ai dit que vous fabriquiez des trucs qui ressemblaient à ceux des shakers.

— Je n'en ai pas vu la couleur.

— Votre route est une vraie saloperie. »

Sweetser le disait déjà quand nous nous sommes installés. Depuis plus d'un an, il envoie des clients à mon père. Une demi-douzaine à peine se sont attaqués à cette route déplorable, mais, après l'avoir grimpée, ils ont presque toujours acheté quelque chose.

« J'ai besoin d'un niveau, dit mon père.

— Qu'est-ce qui est arrivé à l'ancien ?

— J'ai fêlé la bulle.

— C'est pourtant pas facile.

— Ouais. Bon. »

Mon père se dirige vers le rayon des niveaux à bulle. Le sien, qui avait un cadre métallique, marchait à la perfection jusqu'au jour où il en a cogné le tube contre le réfrigérateur. Il attrape un niveau en bois. Certaines bulles, d'après ce que je constate, sont ovales, d'autres arquées. Mon père me montre un niveau permettant de vérifier une courbe de trois cent soixante degrés.

« Je vais me chercher un café chez Remy, dit Sweetser en glissant un bras dans un manteau jaune à carreaux. Vous en voulez un ?

— Non, merci, répond mon père.

---

1. Les shakers formaient une secte millénariste. Adeptes du célibat, ils menaient une vie ascétique et fabriquaient des meubles rustiques. *(N.d.T.)*

66

— Un petit gâteau, alors ?

— Non, ça va. J'ai pris le petit déjeuner.

— Et toi, Nicky ? me lance Sweetser. Tu en veux un ?

— Un petit gâteau ? dis-je.

— Bon, elle en veut un », conclut Sweetser.

Une fois celui-ci sorti du magasin, j'annonce à mon père que j'ai besoin de peinture blanche. « Je vais skier sur Gunstock avec Jo après Noël.

— Tu en as combien maintenant ?

— Sept, précisé-je en faisant référence aux sommets blancs de mon mur peint.

— Quand comptes-tu partir au juste ? demande mon père.

— Le lendemain de Noël.

— Tu t'es vraiment engagée ?

— Pourquoi ? Qu'est-ce qu'il y a ? Je ne peux pas y aller ?

— Grand-mère sera encore là.

— Et alors, je ne peux pas aller skier ? » Mon ton est aussitôt provocant. En moins de cinq secondes, je suis capable de passer du calme plat à la fureur absolue.

« Non, tu peux y aller. Mais tu devrais d'abord demander la permission, c'est tout. J'aurais pu prévoir quelque chose. Nous aurions pu aller quelque part.

— Enfin, papa, nous n'allons jamais nulle part ! » L'incrédulité est perceptible dans ma voix.

Je choisis un blanc cassé et passe dans l'autre pièce pour examiner les antiquités. Il y a une chambre à coucher en érable et un divan vraiment moche, à carreaux verts. Un juke-box se trouve dans un coin. Je me demande s'il marche.

De l'épaule, Sweetser pousse la porte et entre avec un café et un petit gâteau. Mon père choisit le niveau à bulle fixe, le pose sur le comptoir et règle son achat. En même temps que la monnaie, Sweetser lui remet un petit rectangle de papier journal.

« Je l'ai découpé, de toute façon », dit-il.

Quand mon père quitte le parking de Sweetser, c'est moi qui ai le niveau et la coupure de journal sur les genoux. Il reprend le chemin de la maison. Je mords dans mon gâteau, les miettes roulent sur le devant de ma parka. « Papa, il faut acheter à manger.

— Tu as préparé une liste ?

— Non, mais il nous faut du lait et des céréales Cheerios. Du pain de mie. De la mortadelle. Des trucs pour ce soir.

— Je n'ai pas envie d'aller chez Remy. Cette histoire de héros du coin, ça suffit comme ça. »

Mon père fait demi-tour et se dirige vers Butson's Market, un magasin situé un peu plus loin du village, où il réussit parfois à ne rencontrer aucune connaissance, ni en entrant ni en ressortant. Nous longeons la station-service Mobil et l'école de Shepherd, à classe unique, construite en 1780. Elle abrite la maternelle et l'école primaire de la commune ; la cour, en gravier, se trouve devant. Les plus grands sont transportés en autocar vers le lycée régional, trajet qui, dans mon cas, prend quarante minutes à l'aller comme au retour.

À côté de l'école se dresse l'église congrégationaliste, un bâtiment en planches blanches à recouvrement, avec de longues fenêtres et des volets noirs, ainsi qu'un toit très incliné et un clocher. Ni mon père ni moi n'y sommes jamais entrés.

Nous passons devant les trois belles demeures du village, chacune juchée sur sa colline. Deux d'entre elles ont connu des jours meilleurs. Nous passons devant les tapis Serenity, une caravane beige, le poste des pompiers volontaires (Bingo tous les jeudis soir à dix-huit heures trente), et devant Croydon Immobilier, où nous avions fini par nous arrêter en débarquant dans le village – Croydon Immobilier, où il est encore possible d'acheter une maison pour vingt-six mille dollars, rien de mirobolant, bien sûr, mais une maison tout de même. En été, mon père et moi partons parfois explorer la région et nous perdons sur des petits chemins de campagne, découvrons des enclaves où quelques maisons nous surprennent par leur excellent entretien. « Comment les gens gagnent-ils leur vie ici ? » demande toujours mon père. Un jour, nous sommes tombés sur un orignal qui avançait sans se presser en bloquant la route étroite. Nous avons dû le suivre pendant vingt minutes, à huit kilomètres à l'heure, sans oser le doubler, et nous en sommes venus à apprécier le souple dandinement de sa croupe.

Après Croydon Immobilier s'étendent plus de six kilomètres sans rien – juste des bois et un ruisseau qui longe la route. Mon père ralentit devant Mercy, le premier groupe de bâtiments qu'on aperçoit ensuite. Un ancien hôtel en brique, comptant trois étages, a été converti en hôpital dans les années trente. Même si des ailes plus modernes ont été ajoutées depuis lors, les mots « De Wolfe Hotel, 1898 » demeurent inscrits au-dessus de l'entrée du bâtiment d'origine.

« Papa, arrête-toi. Je voudrais voir le bébé. »

Mon père regarde fixement l'hôpital. Je sais qu'il aimerait bien le voir, lui aussi. Mais, au bout de quelques secondes, il secoue la tête. « Ça nécessiterait des tas de démarches ennuyeuses », dit-il en accélérant.

Derrière l'hôpital, mon père bifurque vers un centre commercial. Il s'arrête devant un panneau sur lequel on peut lire : *Spiritueux, Butson's Market, Family Dollar*[1]*, Frank Renata, chirurgien dentiste.*

Du lait, me dis-je. Des céréales Cheerios. Du café. Du bouillon de poulet aux pâtes étoilées. Du fromage américain. De la viande hachée pour hamburgers. Peut-être des Ring Dings[2].

Une fois que nous avons des provisions pour une semaine, mon père refait le trajet en sens inverse – l'hôpital, le terrain nu, l'agence immobilière, les trois belles demeures, les magasins de Remy et de Sweetser, situés juste en face l'un de l'autre. La route qui mène chez nous se prend à dix kilomètres du village. En chemin, nous voyons des maisons aux vérandas encombrées de divans, de jouets en plastique et de bouteilles de gaz vides. L'une d'elles est un petit cottage blanc en planches à recouvrement, avec une courette clôturée à l'arrière. Devant, la véranda regorge de bicyclettes, de tricycles, de battes de base-ball et de crosses de hockey, le tout bien aligné. On peut aussi déceler la présence de garçons sur la corde à linge : tee-shirts de diverses tailles, jeans, chemises de hockey ou caleçons de bain selon la saison. Au milieu de ces vêtements, j'aperçois parfois un soutien-gorge, une combinaison ou une jolie chemise de nuit. En hiver, il nous arrive de voir la mère batailler avec de grands draps gelés, difficiles à manier. On dirait de

---

1. Chaîne de magasins à bas prix, où s'approvisionnent surtout les pauvres. *(N.d.T.)*

2. Petits gâteaux au chocolat, moelleux, fourrés à la crème. *(N.d.T.)*

grands cartons qui flottent au vent. J'agite toujours la main à l'adresse de la jeune femme, qui fait de même et sourit. Quelquefois, en été, j'éprouve une terrible envie de descendre de vélo, de lui dire bonjour, d'entrer chez elle, de faire la connaissance des garçons et de vérifier s'il y a bien autant de désordre que je le soupçonne.

Mon père engage la camionnette dans notre allée. « Tu as pris des spaghettis ? me demande-t-il.

— Oui, et de la sauce Ragu. »

Il se gare à l'endroit habituel, à côté de la grange, puis coupe le moteur. « Ça t'ira pour le dîner ?

— Impeccable.

— J'ai acheté de la glace Breyer.

— J'ai vu.

— Aux noix de pécan. Ton parfum préféré.

— Papa ?

— Quoi ?

— Comment est-ce que le bébé s'est retrouvé avec le nom de Doris ? »

Mon père attrape ses cigarettes par pure nervosité, puis change d'avis parce que je suis avec lui dans la camionnette. « Je ne sais pas. Une infirmière s'appelait peut-être comme ça.

— Ça me fait penser au nom d'un cyclone.

— Ils ont sans doute un système.

— Tu crois qu'on leur amène tant de bébés que ça ?

— Non. J'espère bien que non.

— C'est un prénom démodé. » Je me penche contre la portière. Mon père a déjà la main sur la poignée, de son côté, comme s'il avait hâte de descendre.

« C'est curieux, en effet, de donner ce nom à un bébé, de nos jours, admet-il.

— Qu'est-ce qui va lui arriver ? Le Dr Gibson te l'a dit ?

— Elle va être prise en charge par les services sociaux. » Il pèse sur la poignée et entrebâille la portière.

— Et là-bas, elle aura une nouvelle maman, un nouveau papa, des frères et des sœurs ?

— Sûrement.

— Ça ne me paraît pas juste.

— Quoi donc ?

— Qu'on ne sache pas où elle va.

— C'est comme ça que les choses se passent, Nicky. » Il ouvre sa portière pour mettre un point final à la conversation.

« Papa ?

— Quoi ?

— Pourquoi on ne la prendrait pas ? On pourrait aller la chercher et la garder avec nous. »

Cette idée est à la fois terrifiante et fantasque. Dans mon esprit de gamine – je n'ai que douze ans –, j'ai imaginé de remplacer un bébé par un autre. Dès que les mots sont sortis de ma bouche, je surprends l'expression de mon père et je comprends le coup que je viens de lui porter. Mais, comme n'importe quelle adolescente, je me tiens sur la défensive. « Pourquoi pas ? » Mon ton irascible est celui des gens blessés, incompris, un ton que je vais bientôt apprendre à maîtriser. « Tu n'as pas eu l'impression que Clara était revenue, d'une certaine façon ? Que ce bébé nous était peut-être destiné ? »

Mon père descend de la camionnette. Il prend une longue inspiration. « Non, Nicky, je n'ai pas eu cette impression. Clara était Clara, et cette petite est quelqu'un d'autre. Elle n'est pas pour nous. » Il tourne son regard vers la grange, puis le dirige sur moi. « Aide-moi à apporter les provisions dans la maison avant que la glace fonde.

— Papa, il fait moins sept. La glace n'est pas près de couler. »

Mais je m'adresse à un dos. Mon père a claqué la portière et attrapé un sac de provisions rangé à l'arrière. Je l'observe pendant qu'il avance vers la maison, le chagrin formant une boule dure dans sa poitrine.

Cette nuit, la neige gèle et un vent féroce souffle. Je me réveille en entendant les branches craquer sous le poids de la glace. On dirait des coups de fusil ; certains sont étouffés, d'autres claquent comme un feu d'artifice. Ce crépitement me tire du lit dès l'aube et je me poste à la fenêtre de ma chambre pour attendre le jour. Derrière le terrain dégagé, les bois sont jonchés d'arbres cassés, et leurs branches, qui ploient jusqu'à terre, évoquent le passage d'un ouragan.

J'entends mon père dans l'escalier. J'enfile ma robe de chambre et mes chaussons, et je le trouve dans la cuisine, debout à côté de la cafetière électrique Mr Coffee, en train d'attendre que le café passe dans la verseuse. Appuyé à l'évier, il est en chaussettes, les bras croisés sur l'une de ses innombrables chemises en flanelle. Il porte le même jean depuis une semaine, et je remarque que sa barbe ne peut plus être qualifiée de barbe de trois jours.

« Papa, tu devrais peut-être te raser.

— Je songe à me laisser pousser la barbe. » Il se frotte le menton.

« Tu devrais peut-être te raser. »

Un filet de café s'écoule dans la machine.

« Le bruit des arbres t'a empêchée de dormir ?

— Il m'a réveillée.

— Au printemps il faudra déblayer beaucoup. » Il se penche pour regarder par la fenêtre. « Je m'inquiète pour le toit, avec le poids de la neige et de la glace. Il n'est pas assez en pente devant. J'aurais dû m'en occuper en automne. J'ai horreur de refaire une toiture.

— Pourquoi ?

— Le mal d'altitude.

— Qu'est-ce que ça fait ?

— Ça donne le vertige. »

Voilà un détail que j'ignorais au sujet de mon père. Je me demande ce que j'ignore d'autre. Il se sert une tasse de café. J'ouvre le réfrigérateur et sors le lait.

« Je devrais y monter pour ôter la neige, dit-il.

— Je vais t'aider », proposé-je avec enthousiasme. La perspective de pouvoir grimper sur le toit et dominer notre petit royaume me paraît exaltante.

« Je déteste refaire une toiture, mais l'idée d'une équipe d'ouvriers installés là-haut pendant toute la durée des travaux ne me plaît pas non plus. »

Cela va sans dire.

« Dans une semaine, tu seras en vacances. »

Ma grand-mère viendra pour Noël, comme toujours. Elle fera la cuisine, disposera des chaussettes à emplir de menus présents, préparera un « vrai Noël », selon son expression favorite. Mon père feindra de respecter la tradition, mais, pour ma part, j'aime les petits gâteaux, les oranges piquées de clous de girofle, le spectacle des cadeaux au pied de l'arbre.

« Tu ferais mieux d'aller t'habiller si tu ne veux pas manquer le car.

— Tu ne crois pas qu'on devrait d'abord vérifier s'il va passer ? Peut-être qu'aujourd'hui encore les écoles seront fermées ?

— Je pense que tu devrais aller t'habiller. »

Au lycée, je suis célèbre. Même si les journaux n'ont pas cité mon nom, tout le monde a l'air de savoir que j'étais là quand le bébé a été découvert. On me réclame des détails, que je n'ai aucun mal à fournir. Je raconte que nous avons entendu des cris, trouvé le nourrisson et que nous sommes allés à l'hôpital, où un policier nous a interrogés.

« J'ai entendu dire que le sac de couchage était taché de sang », remarque Jo devant mon vestiaire. Jo est presque aussi grande que mon père. Ses cheveux blonds flottent dans son dos et la font ressembler à la déesse que les Vikings plaçaient à la proue de leurs vaisseaux.

« Un peu. Mais c'est surtout la serviette qui était pleine de sang.

— Alors, quand on accouche, il y a du sang ? demande-t-elle.

— Bien sûr.

— D'où est-ce qu'il sort ?

— Du placenta. » Je referme bruyamment mon vestiaire.

« Oh ! » lâche Jo, déconcertée.

Quand je suis arrivée dans le New Hampshire, on a jugé exotique que je vienne de New York. Et le fait que je ne sois pas une « Massacucul », comme certains habitants du coin appellent les gens du Massachusetts, l'État au sud du leur, a aussi joué en ma faveur. J'ai toutefois compris qu'il fallait au moins deux générations, voire trois, pour qu'on ne vous traite pas en nouveau venu.

Au lycée j'ai deux amis : la déesse viking et Roger Kelly. Nous nous retrouvons pour déjeuner, suivons certains cours ensemble, et Roger et moi faisons partie de l'orchestre du lycée. Il n'empêche que voir Jo ou Roger après les cours et le week-end reste difficile. Tout doit être organisé à l'avance. La mère de Jo ne cache pas qu'elle déteste la longue côte qui grimpe chez nous, et je crois qu'elle se méfie de mon père. Si l'une doit passer la nuit chez l'autre, en général c'est moi qui couche chez Jo. Avec Roger, ça ne nous arrive pas, bien sûr, mais nous jouons parfois au basket après les cours, et je reviens à la maison par le dernier car.

Quand j'habitais dans l'État de New York, j'avais plus de deux amis. Déjà, rien que dans mon école primaire, il y avait quatre classes de cours élémentaire deuxième année, et notre ville de banlieue comptait trois écoles primaires. Il m'arrivait souvent de passer la nuit chez des amies et d'en recevoir aussi à la maison. Je prenais des cours de danse, pratiquais la gymnastique, et j'étais une Brownie[1] avant de rejoindre les girl-scouts. Ma chambre était mauve et blanc, avec un lit à baldaquin, et je pouvais caser six ou sept filles dans leur sac de couchage sur la moquette épaisse. Nous regardions des films dans le salon et nous montions dans ma chambre à onze heures, mes parents ne nous permettant pas de veiller plus tard. Mais nous ne nous endormions pas avant minuit passé. Nous nous faisions les ongles ou jouions à

---

1. Petite fille de cours élémentaire qui se prépare à rejoindre les girl-scouts. *(N.d.T.)*

Truth or Dare[1], en apprenant à nous écrouler de rire sans réveiller mes parents.

À six mois, Clara a eu sa propre chambre, à côté de la mienne. Mes amies aimaient jouer avec elle quand elles venaient me voir. Elles essayaient de lui natter les cheveux, mais elle n'en a jamais eu assez pour que l'on en fasse une belle tresse. Sa chambre était jaune, orange et bleu, en grande partie parce que j'avais peint un mur avec des poissons jaunes, orange et bleus, de diverses tailles et formes, des poissons tels qu'on n'en voit jamais dans la vie, même dans la mer des Caraïbes. Après notre installation dans le New Hampshire, je me suis quelquefois demandé ce que les nouveaux propriétaires avaient fait de cette chambre, s'ils avaient laissé les poissons jaunes, orange et bleus nager dans l'eau ou s'ils avaient repeint le mur en blanc, en effaçant mon œuvre d'art comme ma famille semblait avoir été effacée – sous un gros rouleau.

Quand je suis arrivée à Shepherd, j'étais exténuée, écorchée vive et sujette à de soudaines crises de larmes, difficiles à dissimuler dans une classe unique. Pour compenser cette inaptitude à maîtriser mes émotions, je feignais lassitude et dédain, comme si, en tant que New-Yorkaise, j'étais tellement en avance sur mes camarades que je n'avais pas besoin d'être attentive en classe. Je fus peu à peu détrompée sur ce point, et, en mai, j'avais enfin rattrapé mon retard en maths.

---

1. Jeu qui consiste à demander à un joueur : « Vrai ou chiche ? » S'il choisit « Vrai », il devra répondre sincèrement à une question embarrassante. S'il opte pour « Chiche », il devra faire quelque chose de gênant (par exemple imiter le cri de Tarzan). *[N.d.T.]*

Notre propriété comptait des dizaines de framboisiers. Mon père et moi tombâmes dessus un jour de juillet, au cours de notre premier été passé dans le New Hampshire. Nous cueillîmes les framboises, les apportâmes à la maison et, pendant un certain temps, en mangeâmes avec tout (céréales, glace, steaks). Comme il y en avait plus que nous ne pouvions en consommer, je décidai de les vendre en bas de la route. Mon père m'encouragea à demander à M. Sweetser s'il savait où je pourrais me procurer quelques dizaines de barquettes. Sweetser, qui semblait capable de dénicher à peu près n'importe quoi à la demande, me vendit plusieurs hautes clayettes pour cinq dollars, mais refusa d'être payé en disant que c'était un prêt, prêt que je lui remboursai fièrement dès la fin de la première semaine.

Tous les matins, vêtue d'un short en jean et d'un tee-shirt de couleur pastel, je cueillais les fruits sur les arbustes et les mettais dans un panier passé à mon épaule. Quand j'en avais une quantité suffisante, je descendais à vélo notre route de terre. À l'embranchement, j'installais une table de jeu et un fauteuil de jardin en plastique. Après avoir rempli les clayettes, je m'asseyais et attendais. Je pouvais compter au moins sur quatre clients par jour : une femme dont je n'ai jamais su le nom, mais qui semblait recevoir beaucoup ; Mme Clapper, qui était infirmière visiteuse et apportait une barquette par jour à l'un de ses patients ; M. Bolduc, qui passait par là tous les matins pour acheter son journal et prendre son courrier au village ; et M. Sweetser, à qui je ne parvenais pas à trouver la moindre raison de venir jusque-là, mais qui venait quand même (je ne crois pas qu'il ait manqué un seul jour). Je devais avoir quatre ou cinq autres clients, qui étaient sans doute si surpris de voir une gamine vendre des framboises sur cette route forestière perdue qu'ils se sentaient moralement obligés de s'arrêter. Je consacrais une heure à cueillir les framboises, vingt minutes à effectuer l'aller-retour sur ma bicyclette, et trois ou quatre heures à tenir mon étal – un total de six heures environ. Chaque barquette était vendue soixante-quinze *cents* et, si j'avais de la chance, je gagnais six dollars par jour. Six jours de travail (certains à l'abri d'un parapluie par mauvais temps) pouvaient me rapporter trente-six dollars par semaine – ce qui, à dix ou onze ans, peut paraître une petite fortune. Assise sur mon fauteuil, je lisais parfois ; mais, le plus souvent, je laissais errer mon regard, remarquais la façon dont deux danaïdes mêlaient leurs ailes en s'accouplant ou dont les pousses de carotte sauvage semblaient avoir éclaté en une seule nuit. Cet été-là, j'appris à rêvasser, et ce fut alors que je conçus l'idée d'une Clara qui continuerait à grandir. À bientôt deux ans, elle serait sans doute une petite peste, mais je l'imaginais en train de se promener dans l'herbe semée de fleurs des champs, le sommet de sa tête perdu parmi les corolles jaunes et magenta, ou d'attraper une framboise en se penchant sur une barquette. Je l'imaginais à plat ventre sur ma table de jeu pour faire la sieste pendant que je lui caressais le dos.

Ce dimanche est l'anniversaire de la mort de ma mère et de Clara. Je le sais, mon père le sait, mais nous n'abordons pas le sujet de toute la journée. Je vois bien que mon père s'en souvient, parce qu'il ne cesse d'aller et venir entre la grange et la maison, comme s'il ne savait pas quoi faire de ses dix doigts.

Quand il croit que je ne m'en aperçois pas, il me regarde. Il aurait bien envie de dire quelque chose, mais il redoute que ça nous porte malheur. En plein milieu de la journée, il prend une douche, ce qu'il ne fait presque jamais, et passe un long moment dans sa chambre, où il y a, je le sais, une photo de ma mère avec Clara et moi. J'ai douze ans, et une conscience aiguë des événements importants et des anniversaires, je pense donc qu'il conviendrait de marquer cette date.

« Papa, dis-je quand il sort enfin de sa chambre, est-ce qu'on peut aller au Butson's Market ?

— Pour quoi faire ?

— Je crois qu'ils vendent des fleurs. »

Il ne me demande pas pourquoi je veux acheter des fleurs.

Le soleil se montre depuis deux jours. Je laisse mon manteau ouvert. Mon père ne porte qu'un pull. Il s'est rasé, ses cheveux sont propres, on n'est pas gêné d'être avec lui, ce qui est un progrès par rapport à l'année dernière. Lors du premier anniversaire de l'accident, mon père est resté assis sans bouger dans la grange pendant toute la journée. Je me sentais seule, triste, j'avais besoin de réconfort, mais je n'avais pas le courage d'aller dans la grange pour vérifier si mon père avait adopté la posture que je lui connaissais, la bouche ouverte, comme s'il avait le nez bouché, les yeux dans le vague, qui ne voyaient que des images du passé. Au lieu de quoi j'ai feuilleté mon album de photos, fabriqué un collier de perles, répondu au téléphone quand ma grand-mère a appelé, et pleuré pendant si longtemps qu'elle a fini par m'obliger à aller chercher mon père.

Au Butson's Market, mon père cherche du produit à vaisselle pendant que je me plante devant les rayonnages réfrigérés des bouquets de fleurs. Il y a là des marguerites et des œillets, des roses agrémentées de gypsophile et, même si les bouquets se ressemblent tous plus ou moins, je mets une éternité à décider lequel est le plus beau. Le rose des œillets me paraît artificiel, ça m'ennuie. Un bouquet presque entièrement jaune a au milieu une longue fleur bizarre qui pourrait être un lis.

« Celui-ci est joli, me dit mon père en m'en montrant un où dominent le mauve et le blanc.

— C'est quoi, ces fleurs bleu-violet ?

— Je n'en sais rien.

— Tu crois que maman les aimerait ?

— Oui, je crois. »

Je serre le bouquet pendant tout le trajet du retour en tâchant de décider où le mettre. Nous avons un bocal à conserves dans un placard de cuisine. Je m'en servirai, je pense, mais je ne laisserai pas les fleurs dans la cuisine. Je pourrais les installer sur la table basse de la tanière, bien que ça me semble un peu trop banal. Si je les emporte dans la chambre de mon père, je ne les verrai pas... Finalement, je les pose sur une étagère de l'entrée de derrière. Je m'assieds en face, sur le banc, et je les admire.

« Elles sont belles », dit mon père en se dirigeant vers la grange.

Mais quelque chose m'embête toujours. Elles n'ont pas l'air à leur place dans la maison, et, surtout, j'ai peur que ma mère et Clara ne puissent pas les voir. Ce n'est bien sûr pas logique – si Clara et ma mère sont maintenant des esprits capables de voir ce qui se passe sur la Terre, elles peuvent sûrement voir à l'intérieur des maisons –, mais je ne parviens pas à chasser cette idée. J'enfile mon manteau, emporte le bocal à la lisière du bois et le dépose dans la neige.

Je recule. Au soleil, les fleurs ont l'air plus vivantes. Elles mourront avant le matin, je le sais bien, mais, curieusement, ça ne me gêne pas.

Je pense à ma mère et à Clara. Pour me les représenter avec plus de force, je ferme les yeux. Je m'y emploie périodiquement pour conserver une vision d'elles claire et précise. Mes images mentales possèdent chaleur, odeur, mouvement, ce sont des trésors que je ne peux pas me permettre de perdre.

Le dernier jour avant les vacances de Noël, nous organisons une petite fête dans notre salle de classe. Quand j'habitais l'État de New York, nous fêtions en même temps Noël et Hanoukkah ; mais, dans le New Hampshire, on ne fête que Noël, personne dans ce lycée n'ayant besoin de fêter Hanoukkah. Des cadeaux sont échangés, et les garçons sont agaçants tant ils sont surexcités par la demi-journée de liberté. J'ai tiré le nom de Molly Curran et je lui ai offert un coffret contenant vingt couleurs différentes de vernis à ongles, en révélant par là mon éternelle tendance à faire des cadeaux que j'aimerais recevoir. Billy Brock m'a donné une cassette de Police. À l'évidence, il doit fonctionner de la même manière que moi, et, pire encore, il ne me connaît pas très bien puisqu'il ignore que je ne possède pas de lecteur de cassettes. Pendant le trajet de retour en car, je me pose la question de savoir si je ne ferais pas mieux de demander à mon père un lecteur de cassettes plutôt qu'une machine à laver pour Noël. Je m'interroge : est-il trop tard pour demander les deux ?

Après avoir suspendu mon manteau, je vais trouver mon père dans son atelier. Il est plongé dans les préparatifs d'un assemblage à la colle, processus précis et terrifiant qui, en un quart d'heure, peut anéantir des semaines de travail soigné. Il faut poser la colle, assembler les deux parties, appliquer une pression adéquate, vérifier que tout est bien à l'équerre, puis ôter l'excès de colle – le tout en une minute et demie environ. Mon père est en train de fabriquer un tiroir, le premier des deux qui seront montés dans un petit buffet qu'il doit terminer avant Noël. C'est sa première commande.

« Comment ça s'est passé au lycée ? me demande-t-il.

— Bien.

— C'était le dernier jour.

— Ouais.

— La fête était réussie ?

— Oui.

— Qu'est-ce que tu as eu ?

— Une cassette de Police. »

Je le regarde dans les yeux et j'espère qu'il se dit : Un lecteur de cassettes, voilà une bonne idée pour son cadeau de Noël.

Il y a exactement une semaine et deux jours que mon père et moi sommes allés dans les bois et avons trouvé un bébé. Je n'ai pu m'empêcher de penser à ce qui serait arrivé à la petite Doris si nous ne l'avions pas découverte. Je me suis représenté le sac de couchage comme un cocon gelé, avec de longs glaçons autour d'elle, tels des poignards. Lors d'un deuxième coup de fil au Dr Gibson, mon père a appris qu'on n'aurait pas besoin de lui amputer les orteils. « C'est une battante », a dit le médecin à mon père, commentaire qui, lorsqu'il m'a été transmis, m'a emplie de fierté. Nous avons aussi appris que les services sociaux devaient venir la chercher aujourd'hui pour la confier à une famille d'accueil temporaire. Cette information m'a chamboulée, car j'étais rassurée de savoir le bébé à l'hôpital. On ne nous dira pas où elle va. Toute cette procédure me fait penser au programme de protection des témoins, avec son anonymat et sa redistribution des rôles : nouvelle mère, nouveau père, nouveaux frères et sœurs. On ne nous donnera même pas le nouveau prénom du bébé. Pour nous, elle devra rester la petite Doris.

Je laisse mon père, retourne dans la maison et vais me préparer une tasse de chocolat dans la cuisine. Je fourre un muffin dans le toaster, et j'imagine ma mère en train de mélanger dans un bol du fromage blanc et du beurre de cacahuète.

La veille, un autre souvenir m'était revenu : elle était dans le jardin, pliée en deux, les jambes bronzées, son short remonté sur ses cuisses. Juché sur la tondeuse John Deere, mon père se dirigeait vers ma balançoire. Comme il avait les yeux fixés sur ma mère (à présent, je pense qu'il essayait de bien la voir de devant), il a foncé droit sur la balançoire, et la proue de l'engin s'est prise dans une planche et l'a envoyé voltiger en l'air. Mon père a sauté en arrière et roulé au loin. Le moteur s'est coupé dès qu'il est tombé, mais, quand il s'est relevé, la tondeuse était toujours coincée dans la balançoire, le museau pointant vers le ciel. Ma mère a éclaté de rire en mettant le dos de sa main devant sa bouche.

Et, hier soir, j'ai revu ma mère allongée à côté de mon père sur leur lit. La bretelle de la combinaison dans laquelle elle dormait avait glissé et découvrait un peu un sein engorgé. Ils parlaient tout bas pour ne pas réveiller Clara, âgée d'une semaine à peine, couchée dans un petit lit à côté d'eux. De quoi parlaient-ils ? Pourquoi étais-je entrée dans leur chambre ? Je ne m'en souviens plus. Pendant qu'ils chuchotaient, une tache s'est esquissée sur la combinaison de ma mère, un lait étonnamment fluide, énorme fleur en train d'éclore. Je me rappelle que ma mère a porté la main à sa poitrine et soufflé à mon père : « Oh, Rob ! Regarde ! »

Ça sent le brûlé dans la cuisine. Le muffin est coincé dans le grille-pain. Je débranche l'appareil, retire le muffin avec une fourchette et lance le petit pain carbonisé dans l'évier comme si c'était un Frisbee.

J'entends frapper, je prends ce bruit pour le heurt d'une branche contre le mur de la maison. Puis je reconnais une cadence humaine : trois coups, une pause ; trois autres coups, une nouvelle pause. Ça pourrait être l'inspecteur, me dis-je, et je me demande s'il ne vaudrait pas mieux lui raconter que mon père n'est pas là. Mais s'il entrait tout de même et s'apercevait que j'ai menti ? Pourrait-on me poursuivre pour mensonge envers un représentant de la loi ? Je me dirige vers le vestiaire et j'ouvre la porte.

Un homme et une femme se tiennent sur les marches, et, en regardant derrière eux, je m'aperçois qu'il s'est mis à neiger faiblement. La femme a de grosses lunettes carrées à monture bleutée et une coiffure qu'aucun salon ne pourrait réussir dans tout le New Hamphire : ses cheveux sont soyeux, épais, bien coupés. Son brillant à lèvres couleur cerise est assorti à ses gants de cuir. Elle porte un manteau de duvet blanc qu'elle n'a visiblement pas acheté chez

L. L. Bean[1]. L'homme descend la fermeture de son blouson de ski noir, sourit et explique : « Nous avons entendu dire chez l'antiquaire du village qu'un certain M. Dillon fabriquait des meubles rappelant ceux des shakers. C'est bien ici ? »

Je leur réponds que oui, mais je suis intriguée. N'y a-t-il pas plus d'une semaine que M. Sweetser a mentionné les meubles de mon père devant un couple ? Où sont-ils passés dans l'intervalle ? Dans une distorsion du temps ? Je les invite à entrer, à cause de la neige, leur annonce que je reviens tout de suite et ajoute qu'il faut que j'aille chercher mon père.

Dès que j'arrive dans l'atelier, je m'écrie : « Papa, il y a deux personnes qui veulent voir tes meubles ! »

Je l'ai interrompu en plein encollage. Il secoue vigoureusement la tête avec une expression qui signifie : Pour l'amour du Ciel, Nicky, pas maintenant !

Je propose alors : « Je vais les emmener dans le salon. »

L'homme et la femme frappent du pied sur le paillasson pour chasser la neige de leurs bottes. Je les informe que mon père va bientôt arriver et que, en attendant, je peux leur montrer les meubles. La femme lance un coup d'œil à l'homme en souriant d'un air de dire : Elle est mignonne, hein ?

Nous traversons la cuisine et la salle à manger transformée en tanière. Nous passons devant la pièce dans laquelle mon père et moi ne pénétrons jamais, le mausolée. Je les fais entrer dans le salon qui contient neuf meubles : deux chaises à dossier droit, trois

---

1. Magasin spécialisé dans les vêtements d'extérieur robustes. (*N.d.T.*)

guéridons, une table basse, une table de salle à manger en noyer, un rayonnage en chêne et un petit buffet.

« Seigneur ! s'écrie la femme.

— Je vois ce que l'antiquaire avait à l'esprit, dit l'homme. Ça ressemble beaucoup aux meubles des shakers.

— Simple mais beau.

— Avec une finition soignée. »

Je me demande s'ils vantent le travail de mon père pour me faire plaisir ; si, dès que j'aurai quitté la pièce, les commentaires négatifs ne vont pas surgir. Quand des gens viennent voir ses meubles, mon père s'excuse presque toujours et sort fumer dehors. Il déteste le rôle de vendeur. Les clients arrivent le plus souvent par deux – des couples du Massachusetts ou de l'État de New York, qui cherchent à rapporter chez eux quelque chose qui leur rappelle le week-end ou les vacances passés dans la région. Je suis en train de songer à la façon dont on pourrait cacher des micros dans la salle d'exposition lorsque mon père entre en s'essuyant les mains sur un chiffon. « Désolé », fait-il en franchissant le seuil.

Mon père ne s'est ni rasé ni coupé les cheveux. Ses paupières sont rouges. Mon Dieu, aurait-il pleuré ? Mais non, me dis-je, c'est la colle, les vapeurs lui ont rougi les yeux. Il est couvert de sciure et, franchement, il n'a pas l'air recommandable.

Il y a un moment de silence. Un long moment. Assez long pour que je regarde l'homme qui dévisage mon père, puis mon père, qui le dévisage lui aussi.

« Robert ? demande l'homme.

— Steve », lui répond mon père.

Ils s'avancent l'un vers l'autre pour se serrer la main.

« J'avais entendu dire que vous vous étiez installé quelque part en Nouvelle-Angleterre, reprend Steve d'un ton stupéfait, comme s'il n'en croyait pas ses yeux. Mais je n'aurais jamais pensé... Virginia, c'est Robert Dillon. Nous avons travaillé ensemble à New York. »

Virginia s'avance pour serrer la main de mon père, qui est rêche et calleuse, et, je le sais, sent la térébenthine.

« Voici ma fille, Nicky, précise mon père.

— Nous avons déjà lié connaissance, dit Steve en me souriant. C'est elle qui nous a fait entrer. »

Un nouveau silence s'installe.

« Eh bien, déclare Steve, vous faites du beau travail. Vraiment beau. Tu ne trouves pas, Virginia ?

— Oui. Très beau. L'antiquaire avait raison. Ça ressemble beaucoup à ce que font les shakers. »

Je lance un coup d'œil à mon père et, en voyant son expression, j'ai une sensation de vide dans le ventre.

« Écoutez, reprend Steve en portant une main à son front, je voulais que vous sachiez... Je n'ai pas eu l'occasion de vous dire à quel point j'étais navré. Au sujet de... vous savez bien. »

Mon père hoche brièvement la tête.

Steve s'adresse à sa femme ou petite amie. « Tu te rappelles, je t'avais parlé de ce collègue dont la femme et le bébé...

— Oh ! Oh, oui ! s'écrie Virginia, comprenant soudain. Oh ! je suis vraiment désolée, ajoute-t-elle. Ça a dû être tellement dur ! »

Mon père garde le silence. Virginia serre son sac à main sur sa poitrine. Steve s'éclaircit la gorge et jette un coup d'œil dans la pièce.

« Vous êtes toujours chez Porter ? demande mon père.

— Non, je travaille à mon compte, maintenant, répond Steve, visiblement soulagé de changer de sujet. Il y a un an, j'ai acheté deux appartements dans un immeuble de la 57ᵉ Rue. » Il marque une pause. « Ils ont déjà doublé de valeur. Nous habitons l'un et j'utilise l'autre comme bureau. J'ai trois types qui travaillent pour moi.

— Phillip est resté là-bas ? demande mon père.

— Phillip ? répète Steve en secouant la tête, comme s'il ne se souvenait plus de lui. Ah ! oui, Phillip... Non, il est parti. Pour San Francisco.

— Bon ! dit mon père.

— Bon ! » fait Steve à son tour.

Le silence qui suit, bruit blanc, me résonne dans la tête.

« Vous êtes venus ici pour les vacances ? reprend mon père au bout d'un moment.

— Oui, répond Steve, de nouveau soulagé. Nous avons skié sur plusieurs pistes. Nous avons grimpé Loon Mountain et Sunday River, et poussé jusqu'à Killington. Quelle autre montagne encore, Virginia ?... Nous rentrons vendredi. Nous voulions profiter des premières neiges de l'année avant la foule de Noël. » Comparé à mon père, Steve luit comme un sou neuf. « Et vous ? Vous faites du ski ?

— J'en ai fait, répond mon père.

— Moi, j'en fais, dis-je en même temps.

— Nous nous déplaçons surtout avec des raquettes, ajoute mon père. Dans les bois. »

Steve jette un coup d'œil vers la fenêtre, comme s'il cherchait les bois. « Des raquettes, remarque-t-il en ayant l'air d'envisager sérieusement la question. J'aimerais bien essayer un jour.

— Oui, renchérit Virginia. J'ai toujours eu envie d'essayer.

— Ça doit être assez éprouvant.

— Ça peut l'être, dit mon père.

— Bon. » Steve jette de nouveau un coup d'œil autour de lui. « Nous cherchions une table basse. Et, à mon avis, Virginia, nous pourrions avoir trouvé ce qu'il nous faut. » Il s'approche de la table fabriquée par mon père et en effleure la surface. Je ne suis pas sûre que Steve et Virginia s'intéresseraient à cette table si elle n'était pas l'œuvre de mon père, si mon père n'avait pas perdu sa femme et son bébé, si mon père n'avait pas l'air au bout du rouleau.

« Qu'est-ce que c'est comme bois ? questionne Steve.

— Du cerisier, répond mon père.

— Donc c'est sa couleur naturelle. Il n'est pas teinté.

— Non, la couleur est naturelle. Elle va foncer avec le temps.

— Ah bon ! Et la finition ?

— De la cire sur une couche de polyuréthane.

— Dans quelle classe es-tu ? me demande Virginia en attrapant dans son sac un tube de baume Chap-Stick et en le passant sur ses lèvres.

— En sixième. »

Elle pince les lèvres l'une contre l'autre. « Tu as donc…

— Douze ans.

— C'est un bel âge. » Elle fait tomber le tube dans son sac. « Qu'est-ce que tu vas faire pendant les vacances de Noël ? »

Je réfléchis une minute. « Ma grand-mère va venir.

— Oh ! formidable ! s'exclame Virginia en passant l'anse de son sac sur son épaule. Ma grand-mère nous préparait toujours des *pfeffernusse* à Noël. Tu sais ce que c'est ? »

Je secoue la tête.

« Alors, à combien se monte la douloureuse ? demande Steve à mon père.

— C'est divin, m'explique Virginia. Des petits pains d'épice saupoudrés de sucre glace. »

Mon père s'éclaircit la gorge. Il déteste parler argent, même dans le meilleur des cas. « Deux cent cinquante », dit-il très vite.

Je lui lance un regard acéré. Je sais que cette table a été évaluée à quatre cents dollars. J'ai examiné la feuille des tarifs, insérée dans chacun des deux cents dépliants qu'il a fait imprimer sur les conseils de Sweetser. Il n'en a pas distribué plus de vingt. Sweetser a discuté des prix avec lui car il les jugeait trop bas.

« Ces meubles sont bien faits, a dit Sweetser. Combien d'heures avez-vous passées sur cette table ?

— Ce n'est pas ce qui compte, a répliqué mon père.

— Sauf si vous voulez rentrer dans vos frais. »

Mon père a imposé son point de vue, et il trouve à présent ses prix corrects, quoique modestes. Il vit de la vente de notre ancienne maison et des économies de mes parents. Il n'empêche que deux cent cinquante dollars pour cette table, c'est donné.

« Adjugé », dit Steve.

Suit alors une certaine agitation : déplacements à prévoir, discussion pour savoir s'il vaut mieux emporter la table dans le coffre de la Volvo ou la faire expédier. Finalement, on se met d'accord pour une expédition. Discrètement, Virginia signe un chèque et le dépose sur une petite table.

Nous nous rendons tous dans l'entrée de derrière. Les visiteurs remontent la fermeture de leur parka et serrent la main de mon père. « J'ai eu grand plaisir à vous revoir, déclare Steve.

— Ravie d'avoir fait votre connaissance, nous dit Virginia.

— Écoutez, nous pourrions peut-être nous retrouver pour dîner ou pour prendre un verre, suggère Steve. Nous sommes au Woodstock Inn jusqu'à vendredi. Si je vous passais un coup de fil ?

— Oui, bien sûr, répond mon père.

— Vous avez de quoi écrire ? Je vais noter votre numéro de téléphone. »

Mon père disparaît dans la cuisine.

Je m'en fais déjà une joie.

Prise d'une soudaine impulsion, je leur demande : « Est-ce que vous aimeriez voir les montagnes de ski que j'ai peintes sur mon mur ? » Personne, sauf mon père, ma grand-mère et Jo, ne les a vues.

« Oh ! oui, nous aimerions beaucoup, répond Virginia. Où sont-elles ?

— Dans ma chambre. »

Je me retourne et avance, sûre qu'ils me suivront. Ce qu'ils font, tout en me mitraillant de questions. Est-ce que je suis contente d'habiter Shepherd ? New York ne me manque-t-il pas ? Est-ce que je pratique un sport au lycée ? Je commence à regretter ma proposition quand j'aperçois un paquet de papier hygiénique, coincé entre deux barreaux de la rampe, dans l'escalier. J'ai laissé une serviette humide sur le palier, et je remarque que la salle de bains est dans un beau désordre, avec des mouchoirs en papier sur le rebord du lavabo et une serviette posée sur les toilettes. Mon père et moi faisons le ménage le samedi matin ; dès le mardi, c'est le foutoir. J'attends que Virginia et Steve aient grimpé l'escalier. Lorsque nous passons devant la chambre de mon père, j'ai la présence d'esprit de fermer la porte pour empêcher le couple d'apercevoir le lit défait et le panier à linge sur le sol. Le temps que nous arrivions dans ma chambre, je regrette profondément mon idée stupide. Je n'ai pas fait mon lit, mon pyjama en flanelle traîne par terre et il y a un paquet vide de Ring Dings sur ma table de chevet. Pire encore, une culotte est accrochée au dossier d'une chaise.

« Oh ! c'est fabuleux ! s'écrie Virginia.

— Tu es vraiment une artiste ! dit Steve.

— Je n'ai encore jamais rien vu de pareil, insiste Virginia.

— Quelle sorte de peinture as-tu utilisée ? » demande Steve.

Je vois alors mon mur peint tel qu'il est : un panorama sommaire et mal exécuté des trois États du nord de la Nouvelle-Angleterre et du Canada, avec sa lueur rosée près du plafond, la faute d'orthographe dans Massachusetts, bêtement corrigée à la peinture noire, les pics blancs de chaux à l'endroit où j'ai repassé de la peinture pour indiquer que j'ai skié sur telle ou telle montagne.

« Tu dois être bonne skieuse, dit Steve.

— Ton père et toi pourrez peut-être venir skier avec nous », renchérit Virginia d'un ton que je n'emploierais même pas avec un gosse de trois ans.

Je fourre la culotte dans ma poche.

« C'est un chalet, là ? demande Steve.

— Oh ! Steve, regarde ! Le mont Attitash ! »
s'exclame Virginia.

Je m'avance vers la porte.

« Tu as le talent de ton père, assure Steve. Tu seras
peut-être architecte comme il l'était.

— Je descends, dis-je.

— C'est vraiment dommage qu'il ait dû abandonner. » Steve s'interrompt. « Bien qu'il fabrique aussi
des meubles formidables.

— Mon père se débrouillait bien ?

— Il était hors pair, répond Steve. Il dessinait mer-
veilleusement. Ce n'est pas le cas de tous les architectes.

— Oh !

— C'est sûrement pour ça que les meubles ont une
aussi belle ligne, ajoute-t-il.

— Des perles ! s'écrie Virginia. Tu fais des colliers ! »

Nous rejoignons mon père dans l'entrée de derrière. Steve lui prend le bout de papier et l'agite. « Je
passerai un coup de fil. »

J'observe le couple qui avance vers sa voiture sur
une neige de plus en plus épaisse. Je remarque qu'ils
ne s'adressent pas la parole pendant que Steve fait
demi-tour, preuve révélatrice qu'ils attendent d'être
hors de vue. Ils sourient tous deux sur commande en
descendant la côte.

Je demande à mon père : « Tu as fini ton encollage ? »

Il semble mettre une bonne minute à fixer son
regard sur le mien. « Plus ou moins.

— Tu le connaissais bien ? Je ne me rappelle pas
l'avoir vu quand j'allais dans ton bureau.

— Non, pas très bien. Il travaillait dans un autre service.

— Elle est jolie, tu ne trouves pas ? » J'attrape un bonnet de tricot sur une patère et je le lance en l'air.

« Sûrement.

— Qu'est-ce que tu as écrit sur le bout de papier ?

— Un numéro, c'est tout.

— Celui de qui ?

— Aucune idée. »

Je ramasse le bonnet, qui est tombé par terre. « Tu veux un sandwich au thon ?

— Ça me paraît très bien. »

Mais nous restons plantés dans l'entrée, sans vouloir partir ni l'un ni l'autre. En regardant par la fenêtre, je constate qu'il neige plus fort.

« Papa ? » Je m'approche de lui.

« Quoi ? »

Je mets le bonnet sur la tête. « Tu aimais ton boulot quand tu travaillais à New York ?

— Oui, Nicky. Oui.

— Tu te débrouillais bien ? En architecture ?

— Je crois.

— Quelles sortes de choses est-ce que tu dessinais ?

— Des écoles. Des hôtels. Certains immeubles à rénover.

— Et tu t'y remettras un jour ? »

Il m'arrache le bonnet de la tête et s'en coiffe. « Je ne pense pas.

— Tu crois qu'il va tomber beaucoup de neige ?

— C'est possible. » Il a l'air idiot avec le bonnet.

« Quel gâchis ! Maintenant qu'on est en vacances !

— Tu viens d'avoir une journée sans classe.

— Quand est-ce que mamie va arriver ?

— Demain soir.

— Tu as déjà acheté mon cadeau de Noël ?

— Je ne te le dirai pas.

— Je pensais que j'aimerais bien un lecteur de cassettes. En fait, j'ai besoin d'un lecteur de cassettes.

— Tiens donc ! »

Plus tard dans l'après-midi, je travaille au collier de perles que je vais offrir à ma grand-mère quand j'entends le bruit d'un moteur. Je m'approche de la fenêtre, regarde dehors et vois arriver une petite voiture bleue. Pendant que je l'observe, elle se range à côté de la grange, où mon père gare sa camionnette.

Chic, me dis-je. C'est l'affluence, avec Noël.

Je dégringole l'escalier et ouvre la porte. Une jeune femme se tient sur le seuil, les mains dans les poches d'une parka bleu clair. Elle lève les yeux sous une mèche blond foncé qu'elle repousse de son visage et se coince derrière l'oreille. Ses cheveux sont très fins et raides comme des baguettes.

« M. Dillon est là ? demande-t-elle d'une voix si faible que je dois pencher la tête dehors.

— Vous avez bien dit M. Dillon ? »

Elle incline la tête.

« Oui, il est là.

— Quelqu'un, chez l'antiquaire, a dit que M. Dillon fabriquait des meubles et en avait quelques-uns à vendre. Que je devrais venir jeter un coup d'œil. » Sa voix est tendue, son débit précipité. Ses yeux sont assortis à son manteau et ses cils sont couverts de flocons. La neige lui fait un bonnet de dentelle au sommet du crâne.

« Vous feriez mieux d'entrer. »

Elle franchit le seuil. Les jambes de son jean passent par-dessus ses bottes et l'ourlet en est humide. Elle jette un rapide coup d'œil dans l'entrée – sur les bonnets de laine et les casquettes de base-ball, les manteaux d'automne et d'hiver, un sac de sel pour les routes et un bidon d'huile domestique WD-40 sur une étagère. Il fait plus sombre avec le temps de neige, si bien que j'appuie sur l'interrupteur. La jeune femme tressaille légèrement, juste un petit soubresaut de la tête. Sa mèche lui retombe sur le visage, et elle la coince derrière une oreille.

« Je vais chercher mon père. »

Je cours dans le passage et me précipite dans la grange. Mon père lève les yeux du tiroir sur lequel il travaille.

« Tu ne vas pas le croire, mais nous avons une autre cliente.

— J'ai cru en effet entendre un moteur. »

Il revient avec moi dans la maison. La jeune femme est toujours plantée près de la porte, les épaules voûtées, les bras croisés sur la poitrine.

« Les meubles sont dans le salon, explique mon père en montrant le chemin.

— Je ferais bien de retirer mes bottes », dit la jeune femme.

Je suis sur le point de dire que ça n'a aucune importance, mais elle a déjà descendu la fermeture à glissière d'une botte en cuir noir. Elle la secoue, puis descend la fermeture de l'autre et pose les deux côte à côte sur le paillasson. L'ourlet de son jean traîne par terre. Quand elle se relève, je vois qu'elle a le teint terreux – ce qui n'est pas inhabituel en hiver dans le New Hampshire.

« Il me faut quelque chose à offrir à mes parents pour Noël, dit-elle.

— Je peux toujours vous montrer ce que j'ai », propose mon père. Il jette un coup d'œil par la fenêtre. « Vous avez eu des problèmes pour grimper la côte ? demande-t-il.

— Ça glisse pas mal. »

Je suis mon père et la jeune femme dans le salon. Sa parka s'évase sur ses hanches. Ses cheveux sont pris dans son col. Elle se déplace avec raideur et j'ai l'impression qu'elle regrette d'être venue.

Dans le salon, la lumière nous révèle ce que ni mon père ni moi n'avions pu voir une heure plus tôt : les tables et les chaises en cerisier, noyer et érable sont couvertes d'une fine pellicule de poussière.

« Laissez-moi d'abord aller chercher un chiffon », dit mon père.

Lorsqu'il quitte la pièce, la jeune femme libère ses cheveux de son col et descend la fermeture de sa parka. J'examine ses vêtements. Elle porte un cardigan rose sur un chemisier blanc qu'elle n'a pas rentré dans son jean. Autour de son cou, une amulette d'argent pend à un cordon de cuir. Pour ma part, j'enfile des perles sur de fines lanières de cuir auxquelles je fixe des fermoirs d'argent. J'envisage de vendre ces colliers cet été en même temps que les framboises.

« J'aime bien votre collier, dis-je.

— Oh ! » Elle porte la main à sa gorge. « Merci. »

J'ajoute : « Je fabrique des bijoux.

— Formidable », répond-elle d'une voix qui indique que les bijoux sont le cadet de ses soucis.

Elle effleure une table en laissant une traînée sinueuse dans la poussière.

« Alors, comme ça, vous devez acheter un cadeau de Noël.

— Oui. Pour mes parents.

— Vous habitez à Shepherd ? » Je suis presque certaine de ne l'avoir jamais croisée au village.

« Non, je suis seulement venue faire des courses.

— Désolé », dit mon père en revenant avec un chiffon à poussière.

La jeune femme se tient d'un côté de la table pendant qu'il l'essuie. « C'est beau, ce que vous faites », dit-elle.

Elle erre d'un meuble à l'autre, les effleure au passage, frotte les doigts sur le dossier d'une chaise, frôle le côté d'une bibliothèque, sans cesser de lancer des coups d'œil sur mon père. « Ils aimeraient peut-être une bibliothèque », dit-elle. Je pense qu'elle va ajouter quelque chose, mais elle referme la bouche. Malgré son visage rond, elle ne paraît pas particulièrement grosse. Mais ses yeux ont quelque chose qui ne va pas, on dirait qu'ils appartiennent à un autre visage, peut-être plus maladif. Ils sont soulignés de cernes bleuâtres.

Décidant qu'elle est trop gênée pour demander les prix, je propose la feuille qui les indique. « Nous avons un tarif. »

Mon père fait un bref signe de dénégation.

D'un mouvement de tête, la jeune femme rejette ses cheveux en arrière. « Oui. Bien sûr. »

Ignorant mon père, j'attrape un dépliant sur le manteau de la cheminée et le lui tends. Je l'observe pendant qu'elle le lit. « C'est en quoi ? demande-t-elle à mon père en montrant un petit meuble de rangement.

— En noyer », répond mon père sans préciser que les portes sont à panneaux, avec des gonds encastrés et une finition à la cire. Il est nul comme vendeur.

Elle revient vers le dossier de la chaise, pose une main dessus pour s'y appuyer. « C'est vraiment beau. »

En faisant un pas de côté, elle marche sur l'ourlet de son jean. Elle se baisse alors pour le replier. Je l'observe. Elle roule son autre jambe de pantalon, se relève, mais je garde les yeux fixés sur ses pieds. Au moment précis où mon esprit enregistre un détail, des chaussettes avec une torsade sur la cheville – des chaussettes en angora gris perle –, elle dit à mon père : « Je ne suis pas venue acheter un meuble. »

Mon père reste un instant perplexe. Il la prend pour une journaliste venue l'interviewer sous un prétexte fallacieux.

« Je ne vous suis pas », dit-il.

Mais moi, j'ai pigé. Comment ? Les chaussettes, bien sûr, avec leur torsade en angora et leur talon légèrement élimé. Je le vois aussi à son visage, alors que je ne devrais pas en être capable – je suis trop jeune, je n'ai que douze ans : il est bouffi, avec des cernes bleuâtres sous les yeux, et une peau qui paraît humide.

Elle s'appuie de tout son poids sur la chaise et je crains qu'elle tombe. « Je suis venue vous remercier, dit-elle à mon père.

— De quoi ? »

Maintenant, c'est elle qui a l'air surprise. « D'avoir trouvé le bébé », explique-t-elle en glissant avec légèreté sur le mot « bébé », comme si elle osait à peine l'utiliser, comme si elle n'avait plus le droit de le prononcer.

Mais mon père, qui paraît toujours tout comprendre, ne comprend pas.

« De l'avoir trouvé », répète-t-elle.

Il fronce les sourcils et secoue la tête.

Je lui souffle : « La mère », et sa tête part alors en arrière dans une soudaine illumination. « Vous êtes sa mère ? » s'exclame-t-il, ébahi.

Elle rosit, et le bleu de ses yeux paraît aussi soutenu que celui des poissons que j'ai peints autrefois dans la chambre de Clara.

La neige ne fait pas de bruit derrière les fenêtres. Sur le barreau de la chaise, la main de la jeune femme est d'une blancheur nacrée.

« Vous êtes la mère du nourrisson abandonné dans la neige ? insiste mon père.

— Oui, répond-elle en serrant très fort les lèvres.

— Je vais devoir vous demander de partir.

— Je voulais seulement vous dire…

— Ne vous fatiguez pas », lâche-t-il d'un ton sec.

Elle se tait, mais ne bouge pas.

« Vous n'avez rien à faire ici. Vous vouliez laisser mourir un bébé dans la neige.

— J'avais besoin de voir l'endroit.

— Quel endroit ?

— Où vous l'avez trouvé. »

Mon père semble dérouté par cette requête. « Vous êtes pourtant bien placée pour connaître cet endroit. »

Mais comment peut-elle savoir où son enfant a été abandonné si ce n'est pas elle qui l'y a emmené ? ai-je envie de répliquer. L'inspecteur n'a-t-il pas dit que c'était un homme qui l'avait mis dans un sac de couchage ?

« Je n'aurais pas dû venir, dit la jeune femme. Je m'en vais.

— C'est ça », rétorque mon père.

Elle remonte la fermeture de son manteau en se faufilant entre les meubles.

« Vous feriez mieux de quitter la région, prévient mon père. Vous êtes recherchée.

— Je sais.

— Alors, que faites-vous ici ?

— Vous allez me dénoncer ?

— Je ne connais même pas votre nom.

— Vous voulez le connaître ? riposte-t-elle en se mettant à la merci de mon père, de cet étranger à qui elle doit tout.

— Je ne veux même pas savoir que vous existez. »

Elle ferme les yeux et j'ai l'impression qu'elle va tomber. J'avance d'un pas avant de m'arrêter – je suis trop jeune, bien sûr, pour être d'une quelconque utilité.

« Vous rendez-vous compte de ce que vous avez fait ? demande mon père.

— Ce n'était pas… », commence-t-elle.

Je suis certaine qu'elle était sur le point de dire : « Ce n'était pas moi », et, à l'évidence, mon père le pense aussi. « Vous étiez pourtant là ? demande-t-il.

— Oui.

— N'ajoutez pas un seul mot, réplique-t-il en se tournant vers moi. Nicky, sors de cette pièce.

— Papa ! »

Les genoux de la jeune femme s'affaissent tout d'abord, et elle a l'air de s'accroupir. Elle lance les bras en avant, mais son menton vient heurter le coin de la table. Je n'ai jamais vu personne s'évanouir dans la réalité. Ce n'est pas du tout comme au cinéma ou dans les livres. C'est affreux et terrifiant.

Mon père s'agenouille près d'elle et lui soulève la tête. Elle revient à elle presque aussitôt et ne semble pas savoir où elle est. « Nicky, va me chercher un verre d'eau », dit mon père.

À contrecœur, je quitte la pièce. Quand je tourne le robinet, j'ai les mains qui tremblent. Je remplis le verre presque à ras bord et un peu d'eau se renverse pendant que je l'apporte en courant dans la tanière. Au moment où j'arrive, la jeune femme se redresse.

« Qu'est-ce qui s'est passé ? demande-t-elle.

— Vous vous êtes évanouie, répond mon père. Tenez, buvez ça. » Il lui tend le verre d'eau. « Êtes-vous capable de marcher jusqu'à la voiture ? Il va falloir vous conduire à l'hôpital. »

Elle a un geste tellement rapide que je le remarque à peine. Sa main jaillit, sinueuse, et se referme sur le poignet de mon père. « Je ne peux pas y aller, dit-elle en le regardant. Je ne veux pas y aller. » Son teint, très pâle, en est presque vert. « Je m'en vais. » Elle lâche le poignet de mon père. « Je n'aurais pas dû venir. Je regrette. » Elle fait un effort pour se lever. La transpiration perle sur son front.

« Asseyez-vous », lui ordonne mon père et, après une seconde d'hésitation, elle obéit. « Il y a longtemps que vous avez mangé ? s'enquiert mon père.

— Si vous m'emmenez à l'hôpital, on m'arrêtera. »

C'est en effet la pure vérité.

La jeune femme se penche et vomit sur son jean.

Mon père lui pose une main sur le dos. J'ai du mal à en croire mes yeux. L'évanouissement, le vomi – tout ça ne peut pas arriver chez nous.

« Nicky, apporte du papier essuie-tout mouillé et un récipient. »

Dans la cuisine, j'arrache une bonne longueur de papier à son dérouleur et je le mouille. Je trouve une casserole dans un placard. Une fois revenue, je donne le papier à la jeune femme pour qu'elle puisse se nettoyer. Je tremble en lui tendant la casserole.

La jeune femme essuie son jean, s'appuie contre le pied de la table. « Il faut que j'aille aux toilettes », dit-elle. Elle réussit à se remettre debout et vacille. Mon père lui attrape le bras.

« Allons-y », dit-il.

Mon père et la jeune femme se dirigent ensemble vers l'entrée de derrière, où se trouve la salle de bains. Je la vois s'écarter de lui, entrer et refermer la porte.

Affolé, mon père se passe la main dans les cheveux. Ils ont besoin d'être lavés. « C'est une catastrophe, dit-il.

— Tu ne peux pas l'emmener à l'hôpital.

— Elle a besoin de soins médicaux.

— Peut-être qu'elle n'a pas mangé. Peut-être qu'elle est seulement fatiguée.

— Elle ne peut pas rester ici.

— Mais, papa… »

Nous sommes tous les deux dans la cuisine, assez près pour l'entendre si elle appelle, mais pas assez pour surprendre ce qui se passe derrière la porte. Mon père fourre les mains dans ses poches et fait tinter des pièces de monnaie. Nous gardons le silence, assimilons le fait que la jeune femme ait débarqué chez nous, soit entrée, même brièvement, dans notre vie. Mon père se dirige vers la porte de derrière, l'ouvre pour considérer la neige, puis la referme. Il croise de nouveau les bras sur la poitrine.

« Seigneur ! » souffle-t-il.

Je monte dans ma chambre. Sur une étagère de mon placard, derrière un sac de campeur, je trouve un pyjama que m'a taillé ma grand-mère. Je le déteste et je voulais le jeter, mais mon père a insisté pour que je le garde de façon à le porter quand ma grand-mère vient nous voir. Il est décoré de dessins enfantins d'ours roses et bleus, et a un gros élastique à la taille.

Quand je reviens dans la cuisine, je constate que mon père a allumé une cigarette. La fumée monte et tourne tout de suite à gauche, à cause de l'air qui se glisse par la fenêtre. Nous restons plantés là, mon père avec sa cigarette et moi avec mon ballot en flanelle, comme si nous attendions que la jeune femme enfermée dans la salle de bains nous demande de la sauver. D'abord le nourrisson, ensuite la mère.

La porte s'ouvre et la jeune femme passe la tête dehors. Elle regarde mon père, puis me regarde. « Je peux te parler ? »

Je me désigne du doigt, une question sur mon visage.

« Oui, s'il te plaît », confirme-t-elle.

Je m'avance vers la porte.

« Tu n'aurais pas une Kotex ? » murmure-t-elle.

Une Kotex. Je réfléchis. Mon Dieu, une serviette hygiénique ! « Non, dis-je à regret.

— Pas une seule ? » Elle semble surprise.

« Non. »

Elle penche la tête. « Quel âge as-tu ?

— Douze ans. »

J'en ai une au lycée. L'infirmière scolaire en a donné une à toutes les filles de sixième au début de l'année, au cas où, mais elle est restée dans mon vestiaire. « Je suis désolée », dis-je. Et je le suis vraiment, pire, je suis mortifiée.

La jeune femme regarde par la fenêtre la neige qui tombe. « Il fait mauvais dehors, hein ? »

Je lui propose le pyjama en flanelle.

« Qu'est-ce que c'est ? me demande-t-elle.

— Un pyjama. Il est trop grand pour moi. La taille a un élastique. »

Ses bras se glissent dans l'entrebâillement, et je m'aperçois qu'elle a les jambes nues. « Il y a peut-être quelque chose qui peut servir ? » lance-t-elle en fermant la porte.

Je retourne dans la cuisine et m'appuie au plan de travail rouge. Comment vais-je bien pouvoir m'en sortir ? Je ferme les yeux et réfléchis une minute.

« Papa ? Il faut que j'aille chez Remy. » Il y a un peu de défi dans mon ton, car je prévois toute une discussion.

« Chez Remy, répète mon père en écrasant sa cigarette dans une soucoupe qu'il réserve à cet usage.

— Il faut que j'achète quelque chose.

— Quoi ? »

Je hausse les épaules.

« Quelque chose pour toi ou pour elle ?

— Pour elle.

— Quoi donc ? »

Je me contente de répéter : « Quelque chose pour elle. »

Mon père se lève et s'approche de la fenêtre. Il examine la neige, évalue sa hauteur et la vitesse à laquelle elle tombe. Les traces de la camionnette et de la voiture bleue sont presque entièrement recouvertes, à présent.

J'ajoute : « C'est très important.

— Il n'y a rien ici qui puisse faire l'affaire ?

— Non.

— Tu es sûre ? »

Bon, un chiffon ou une serviette conviendraient sans doute, mais jamais encore je n'ai été investie d'une telle mission, et je suis bien décidée à ne pas lâcher cette jeune femme. « S'il te plaît, papa.

— C'est moi qui vais y aller. Reste ici. »

Il me scrute un instant, puis se ravise. Je sais qu'il ne veut pas me laisser seule dans la maison avec elle.

« Non, décide-t-il, tu viens avec moi. »

En silence, nous nous habillons pour ce temps de neige. Je frappe à la porte et préviens la jeune femme que nous allons au magasin du village et n'en avons pas pour longtemps. Nous grimpons dans la camionnette et mon père lance le moteur. Il descend pour gratter la neige accumulée sur le pare-brise et les vitres. J'essaie de me convaincre qu'il ne fait pas trop mauvais, mais ce n'est pas vrai. Des flocons drus s'abattent de plus en plus vite.

Notre route, qui n'a pas été déblayée, glisse sous les roues du véhicule. Mon père se concentre sur la conduite, nous nous taisons.

Je me demande s'il pense à la même chose que moi – nous venons de laisser dans notre maison une inconnue, une femme qui a peut-être tenté de tuer son bébé. De tuer son bébé. Je ne peux m'empêcher de tourner et retourner cette idée dans ma tête. Depuis notre installation dans le New Hampshire, il ne nous arrive jamais rien ; personne ou presque ne grimpe la longue côte. Mais, au cours des neuf derniers jours, nous avons eu trois séries de visiteurs : l'inspecteur Warren, Steve et Virginia, et maintenant une femme dont nous ignorons encore le nom.

Nous passons devant l'école, l'église et la place du village. Au croisement des rues Strople et Maine, les roues arrière de la camionnette se mettent à chasser et nous nous retrouvons au beau milieu du carrefour.

Mon père ôte ses mains du volant et, au bout de plusieurs secondes, me semble-t-il, nous parvenons à nous arrêter. Mon père remet le véhicule en prise, regagne notre côté de la route. Je prie pour qu'on ne percute rien, parce que ce serait ma faute.

Un peu plus loin, j'aperçois les magasins de Remy et de Sweetser, mais mon père s'engage soudain dans l'allée de la poste. Il doit vouloir vérifier s'il a du courrier, me dis-je. Cependant, au lieu de se garer, il continue jusqu'à un autre bâtiment, qui abrite le poste de police et le bureau de la secrétaire de mairie.

Les yeux écarquillés, je demande : « Qu'est-ce que tu fais ? »

Mon père ne me répond pas. Il se gare, coupe le moteur et ouvre sa portière.

« Papa ? »

Je l'observe pendant qu'il se dirige vers le poste de police. J'ouvre ma portière et saute à terre. Avait-il l'intention de venir ici depuis le début ? A-t-il accepté de se rendre au magasin simplement pour que je ne sois pas à la maison quand la police arrêtera la mère du bébé ? Mon père est-il capable d'une chose pareille ? Je n'en suis pas sûre. Parfois, je crois le connaître bien ; d'autres fois, j'ai l'impression que je ne le connais pas du tout. Je cours derrière lui en hurlant : « Papa ! »

Il s'arrête devant la porte et attend que je le rejoigne. Il se penche vers moi. Quand sa voix est calme, ça veut dire qu'il ne plaisante pas, je le sais. « Retourne à la camionnette.

— Qu'est-ce que tu fais ?

— Ça ne te regarde pas.

— Mais, tu ne peux pas... » J'écarte les bras. « Tu ne peux pas... » Déjà, j'éprouve un sentiment de loyauté envers une femme que je ne connais même pas. Je rejette la tête en arrière.

Mon père sent une poussée dans son dos. Il s'écarte pour que la porte puisse s'ouvrir. Peggy, la secrétaire de mairie, se noue un foulard sur la tête. « Tiens, salut, Nicky », dit-elle en franchissant le seuil.

J'ai fait sa connaissance en sollicitant l'autorisation de vendre des framboises en bas de notre route. Elle m'a fait payer sept dollars.

Peggy sourit à mon père. « Vous avez besoin de moi ? demande-t-elle.

— En fait, c'est M. Boyd que je cherchais, répond mon père.

— Vous l'avez manqué de peu. Paul et lui ont été appelés sur la 89. Un accident à la bretelle de sortie. » Peggy regarde le ciel. « Il y en aura beaucoup d'autres, je le crains. Est-ce pour une affaire urgente ? Je pourrais le contacter par radio. »

Je dévisage mon père.

« Non, répond-il au bout de quelques secondes. Non, ce n'est pas grave. Je lui passerai un coup de fil. »

Je lâche un long soupir.

« Ça, on peut dire que vous avez fait l'actualité, remarque Peggy en enfilant ses gants. Quelle belle aventure ! Découvrir un bébé ! » Elle me regarde. « Dire que tu étais là, toi aussi ! »

J'acquiesce.

« Je file chez Remy, précise Peggy. J'ai des courses à faire avant que la tempête empire. Vous voulez attendre à l'intérieur ? Je ne compte pas fermer la porte à clé.

— Non, ça ira, dit mon père. Merci.

— Si je ne vous revois pas d'ici là, passez un joyeux Noël. »

Mon père et moi retournons vers la camionnette. Je grimpe dans la cabine et me garde de poser la moindre question, de prononcer un seul mot.

Mon père freine devant chez Remy. À travers la vitre enneigée, embuée, j'aperçois la lueur jaune pâle d'une ampoule au-dessus de la caisse enregistreuse. Mon père me tend un billet de dix dollars. « Grouille-toi », me dit-il.

Les marches sont mal déblayées. Une clochette tinte quand j'entre dans le magasin, m'annonçant sans nécessité. Marion pose son tricot.

« Nicky, mon cœur ! Tu es une héroïne pour moi, je t'assure ! Je ne t'ai pas vue depuis que vous avez trouvé le bébé. Je n'ai pas vu ton père non plus.

— Nous avons été pas mal occupés.

— Oh ! ça, je m'en doute ! »

Marion, une grosse rouquine au visage caoutchouteux, a épousé le mari de sa sœur après avoir entretenu avec lui une liaison épique qui a choqué même les plus ardents partisans de la devise fort irréaliste du New Hampshire : « Vivre libre ou mourir ». Mais c'était il y a des années et, à présent, elle est devenue le pilier de la communauté villageoise. Jimmy, son mari, qui brillait autrefois à la place stratégique d'arrière dans l'équipe régionale de football américain, pèse plus de cent trente kilos. L'un des fils de Marion est à l'université du New Hampshire ; l'autre est dans la prison de cet État pour vol à main armée.

J'ai rarement vu Marion sans aiguilles à tricoter dans les mains. Aujourd'hui, elle tricote quelque chose de rayé, rouge et jaune. J'espère que ce n'est pas destiné à quelqu'un qui a plus de deux ans. « Alors, raconte-moi tout ! dit-elle.

— Euh ! » Je réfléchis.

« Une chose dont les journaux n'ont pas parlé... »

Je réfléchis encore un peu. « Nous l'avons enveloppé dans des chemises en flanelle et mis dans un panier à linge en plastique.

— C'est vrai ? s'écrie-t-elle, ce détail semblant la ravir. Tu ne flippais pas complètement ?

— Si, plutôt. »

Marion attrape son tricot. « Toi aussi, tu es allée à l'hôpital ?

— Oui.

— On t'a permis de rester un peu avec le bébé ?

— Nous sommes passés le voir une minute.

— Qu'est-ce qui va lui arriver ?

— Nous ne le savons pas au juste. »

Le sourire de Marion s'efface.

« C'est triste.

— Bon, n'empêche qu'on l'a découvert. » Je n'ai pas envie de renoncer au rôle d'héroïne.

« Non, je voulais dire triste pour la personne qui a fait ça. Une raison terrible doit l'y avoir poussée. »

Je songe que la personne qui a fait ça se tient en ce moment même dans notre salle de bains.

« Tu as terminé le bonnet pour ton père ?

— Oui. » Je me rapproche tout doucement des rayons.

« Qu'est-ce que ça donne ?

— Pas mal. Je crois qu'il lui ira bien.

— Tu as fini par aimer le bord roulé ?

— Oui. »

Ma mère m'a appris à tricoter quand j'avais sept ans. J'avais oublié cette activité jusqu'au jour où j'ai vu Marion derrière son comptoir avec son tricot. Je lui ai alors avoué que je savais tricoter moi aussi. Avoué est le terme qui convient. À cette époque, au début des années quatre-vingt, ce n'était pas un passe-temps qu'une préadolescente mentionnait volontiers. Mais, avec l'enthousiasme qui la caractérise, Marion m'a sauté dessus et a insisté pour que je lui montre une de mes œuvres. Ce que j'ai fait – une écharpe ratée, sur laquelle elle s'est exagérément extasiée. Elle m'a fourni de la laine rose framboise pour une nouvelle réalisation, un bonnet pour moi. Depuis, j'ai presque tout le temps quelque chose en chantier. C'est un virus, ça apaise, et, pendant quelques minutes au moins, je me sens plus proche de ma mère. Quand j'ai un problème avec un point ou un modèle, je descends au magasin, et Marion m'aide à m'en tirer. En général, je suis fascinée par ce que tricote Marion, par la façon dont une pelote de laine peut devenir un pull ou une couverture pour bébé ; mais aujourd'hui je tiens à m'éloigner du comptoir le plus vite possible, car je pense à mon père qui m'attend dans la voiture et à la neige qui doit déjà avoir recouvert le pare-brise.

Je sais où se trouvent les articles féminins et je me dirige vers ce rayon. La boîte de Kotex semble plus grande que je ne l'imaginais. Je l'attrape sur l'étagère et retourne au comptoir.

Marion pose son tricot sur ses genoux. « Ah ! là, là ! » dit-elle en regardant le carton.

Bêtement, imprudemment, je lâche : « Ce n'est pas pour moi. »

Marion penche la tête et m'adresse un sourire maternel. À l'évidence, elle ne me croit pas.

Je sors de ma poche le billet de dix dollars. La

boîte de Kotex vibre et chante un petit air sur le Formica éraflé. Marion tape le prix. « Tu ne te sens pas
trop mal ? me demande-t-elle.

— Je vais très bien.

— Écoute, si tu veux savoir quelque chose, sur
n'importe quel sujet, tu peux toujours m'en parler. »

J'incline la tête. Mon visage est brûlant.

« Puisque tu n'as plus ta mère près de toi », ajoute-
t-elle, mine de rien.

Je me mords la lèvre. Je n'ai qu'une envie : filer.

« Il n'y a pas beaucoup de monde aujourd'hui,
poursuit Marion. Mais hier, tu aurais dû voir la ruée
sur les piles et les conserves. Les gens font des réser-
ves. On annonce une forte tempête. La plus grosse de
la saison, paraît-il, quoique la météo se trompe tout le
temps. »

Je pose l'argent sur le comptoir.

« Tu as vu le bébé depuis l'autre jour ? demande
Marion en me rendant la monnaie.

— Non. »

Soudain, elle lève les yeux et, derrière moi, une
voix se manifeste. « Nicky, c'est bien ça ? »

Un manteau bleu et un cache-nez rouge se glissent
à côté de moi. Je n'ai pas entendu la clochette annoncer l'entrée de l'inspecteur Warren. Bon, je me rends
compte qu'elle n'a pas forcément retenti, il se trouvait
peut-être déjà dans le magasin, dans un autre coin.

« Comment ça va ? »

Je marmonne entre mes dents : « Bien. »

Marion glisse le paquet dans un sachet, mais Warren a sûrement eu le temps de repérer mon achat. La
sueur jaillit sous ma parka. Je reste plantée là comme
si j'étais ailleurs – la tête un peu penchée, le dos

voûté. Warren dépose ses magazines et un paquet de chewing-gums sur le comptoir.

« J'y vais, dis-je.

— Et des Camel, demande Warren.

— Joyeux Noël, me souhaite Marion. Et dis bien à ton père que je le trouve lui aussi héroïque.

— Oui, passez de bonnes vacances, ton père et toi », ajoute Warren.

J'avance aussi vite que je peux vers la sortie. Tout ce à quoi je peux penser, c'est à ce qui se passerait si mon père apercevait Warren.

La sonnette tinte quand j'ouvre la porte. Je me faufile dehors, glisse sur la marche du haut et dégringole les autres sur les fesses. Après m'être relevée, je cours à la camionnette.

Je claque la portière et appuie la tête au dossier. Il y a de la neige dans le sac en papier. « Vite, démarre, j'ai envie de faire pipi. »

Le trajet de retour est long, tendu. De temps à autre, mon père a du mal à repérer la route. À plusieurs reprises, je sens les roues arrière déraper ou sauter sur une ornière. Nous ne croisons que deux ou trois véhicules – apparemment, rares sont les gens qui ont envie de s'aventurer dans cette tempête.

Nous passons devant le petit cottage blanc peuplé de garçons. J'efface la buée sur la vitre et scrute pour voir à l'intérieur. Des bougies sont aux fenêtres. J'aperçois un arbre illuminé dans la salle de séjour. La mère se trouve dans la cuisine, près d'un plan de travail. Ses cheveux sont noués sur la nuque. Des souvenirs de Noël défilent par images devant mes yeux :

Elle accroche à l'arbre un ornement qui représente un bébé.

Le ruban du paquet est rouge vif, on l'a frisotté en le passant sur une lame de ciseaux.

Il est à genoux, la tête sous les branches, et cherche la prise.

Pendant que je pense ainsi aux arbres de Noël et aux décorations, une idée me vient soudain à l'esprit :

j'ai dit à Marion que les serviettes hygiéniques n'étaient pas pour moi. Est-ce que Warren m'a entendue ?

Idiote, triple idiote !

Mon père se gare à l'endroit habituel, au bout de la grange. Lorsque j'ouvre ma portière et avance vers la maison, je regarde la voiture bleue. Je trouve la jeune femme assise sur le banc, dans l'entrée de derrière, vêtue de son chemisier blanc et du bas de mon pyjama en flanelle. Le pyjama n'est pas à sa taille – les animaux bleus et roses tirent sur les cuisses, l'ourlet lui arrive sous les genoux. Ses jambes sont blanches au-dessus des chaussettes d'angora gris. Son jean, qu'elle a lavé, sèche, suspendu à une patère.

L'air soumise, on dirait qu'elle est en punition, telle une élève qui patiente devant le bureau du directeur. Je lui tends le paquet. Elle me remercie et se faufile dans la salle de bains. J'enlève mon manteau et l'accroche non loin de son jean.

Derrière la porte, j'entends du carton qu'on déchire, puis un bruissement de papier.

La jeune femme a eu un bébé. Quelle impression ça fait ? ai-je envie de lui demander. Je sais d'où viennent les bébés, mais ça ne me dit pas ce que je meurs d'envie de savoir. Est-ce que ça fait mal ? Avait-elle peur ? Aimait-elle le père du bébé ? Attend-il son retour, dissimulé en bas de la route ? La petite Doris, un prénom ridicule, est-elle le résultat d'une folle passion ? La jeune femme qui se trouve dans la salle de bains pleure-t-elle sur son amant et sur son enfant perdu ?

Quand elle ressort, elle a l'air plus rongée par les soucis que passionnée. Nous restons un moment dans l'entrée de derrière, et je ne sais pas trop que faire d'elle. « Merci, répète-t-elle. Il fait vraiment mauvais, dehors ?

— Non, ça va. »

Mon père apporte une bouffée d'air froid quand il secoue la neige de ses bottillons. Il fait glisser les manches de son manteau et le suspend à une patère, puis remet les clés dans la parka bleu clair. « Allez vous allonger », enjoint-il à la jeune femme.

Je l'emmène dans la tanière, en passant devant la cuisine, et lui montre le canapé. Elle s'écroule mollement dessus. Son ventre est enflé sous la ceinture élastique du pyjama, on l'entrevoit entre les deux pans du chemisier blanc. Celui-ci n'est pas propre : tels des petits points de couture, des anneaux grisâtres courent à l'intérieur des poignets. Elle est allongée les yeux fermés, et j'examine ce butin.

Des lèvres sèches, pas de maquillage, petite déception pour moi. Ses sourcils ont toutefois été habilement épilés, signe qu'elle s'occupait de sa personne et soignait son apparence. Des cils blonds épais. Je remarque quelques points noirs sur son nez et une ou deux petites cicatrices sur ses joues. Ses cheveux lui tombent sur le visage, et je me dis qu'elle doit déjà dormir pour ne pas être gênée par ce contact sur sa peau. Ses seins sont gros et penchent vers le coussin du canapé.

Comme quelqu'un qui patiente au chevet de sa mère, j'attends qu'elle se réveille, qu'elle ouvre les yeux. De la cuisine me parviennent le gémissement électrique de l'ouvre-boîtes, le raclement d'une casserole sur un brûleur. Je couvre la jeune femme avec une affreuse couverture noir et rouge crochetée par ma grand-mère et dont mon père refuse de se débarrasser.

Puis je tapote les coussins derrière sa tête en espérant ainsi la réveiller, et c'est le cas.

Elle s'assied avec vivacité, et, une fois encore, a l'air de ne pas savoir où elle est – belle du conte de fées qui dort pendant mille ans.

« Je l'ai quitté », annonce-t-elle.

Je me redresse. Elle l'a quitté ? Le type ? Celui qui a emporté le bébé dans la neige ?

Elle frissonne.

« Vous avez froid. Je vais vous chercher votre manteau.

— Mon gilet est dans la salle de bains. »

Aussitôt je suis debout, désireuse de me rendre utile. Je trouve le cardigan rose plié au coin du lavabo. Il est en laine moelleuse – pas de l'angora, mais du mohair – et se ferme par de gros boutons de nacre.

À mon retour, la jeune femme se soulève pour que je lui passe le cardigan sur les épaules et que j'essaie de le tirer vers le bas. Elle semble avoir perdu l'usage de ses bras, et son corps est lourd.

Je m'assieds par terre à côté d'elle. La pièce est remplie de bibliothèques qui nous dominent de toute leur hauteur. Sinon, il n'y a que deux lampes, une table basse, le fauteuil club en cuir que mon père a récupéré dans notre ancienne maison et un second fauteuil. Mon père entre avec un plateau : du bouillon de poulet aux pâtes étoilées dans un bol, des crackers Saltines déployés à la hâte en éventail dans une assiette, un verre d'eau. « Vous êtes déshydratée », juge-t-il en l'examinant.

Elle se force à s'asseoir. Sa main tremble en attrapant la cuiller.

« Dès que la tempête sera passée... », dit mon père en désignant la fenêtre.

Quoi, dès que la tempête sera passée ? J'aimerais bien le savoir. Il emmènera de force la jeune femme jusqu'à la camionnette ? Il l'obligera à descendre au volant de la voiture bleue une côte non déblayée ?

Mon père a adopté sa posture habituelle : assis tête penchée, jambes écartées, les coudes sur les genoux. La pièce s'obscurcit, il tend la main pour allumer la lampe. « Comment m'avez-vous retrouvé ? demande-t-il.

— J'ai lu un article sur vous dans le journal. Votre nom était mentionné. Il n'a pas été bien difficile de me procurer votre adresse. »

Derrière les fenêtres, la neige s'abat en gros flocons. « Avez-vous consulté un médecin ? » questionne-t-il.

Elle lève les yeux.

« Pendant votre grossesse, ajoute-t-il.

— Non.

— Vous n'avez pas vu de médecin du tout ?

— Non, répète-t-elle.

— Quelle imprudence ! »

Elle ouvre la bouche pour prendre la parole, mais il l'en empêche en levant une main. « Je ne veux pas savoir, dit-il en se redressant. Nicky, j'aimerais que tu te mettes à déblayer.

— Maintenant ?

— Oui, maintenant. Il faut que j'aille dans la grange terminer ce petit meuble.

— Mais...

— Il n'y a pas de mais. Si nous ne faisons pas le nécessaire, nous n'arriverons jamais à sortir d'ici. »

À contrecœur, je me lève et lance un regard à la jeune femme pour prendre congé. Puis je me traîne dans l'entrée de derrière, m'assieds sur le banc et chausse mes bottillons. Et si elle avait besoin de moi ? me dis-je pendant que j'enfile mon manteau, mon bonnet et mes moufles. Peut-on la laisser toute seule ? Je sors et baisse la tête pour me protéger de la neige. Et s'il lui arrivait quelque chose en mon absence ?

Attrapant une large pelle, je pousse en avant comme une charrue. De toutes les corvées, c'est déblayer que je déteste le plus, surtout quand il neige et que, visiblement, il me faudra recommencer dans deux heures. En formant des rangées en haut de l'allée, je repousse la neige de l'autre côté. Étant donné mon impatience, j'expédie la besogne en un temps record. Au bout de vingt minutes, j'examine le résultat. C'est du travail bâclé, mais pas question de rester dehors une minute de plus. J'appuie la pelle au mur, près de la porte de derrière, j'entre, m'empresse de retirer mes vêtements et me dirige vers la tanière.

La jeune femme est toujours assise sur le canapé, le plateau sur ses genoux. Elle a laissé les étoiles flotter dans une mare dorée et huileuse au fond du bol. Moi, je les mange toujours en premier. Elle se penche pour poser le plateau, mais je le lui prends des mains. Clara Barton[1]. Florence Nightingale[2].

Elle s'allonge. La lumière de la lampe tombe sur ses cheveux et son visage. Je me rassieds par terre, pose un bras sur la ganse d'un coussin et demande :
« Comment vous appelez-vous ?

— Ton père ne veut pas le savoir. Et tu n'es pas censée être ici.

— Je ne le lui répéterai pas. »

---

1. Fondatrice de la Croix-Rouge américaine. *(N.d.T.)*
2. Infirmière britannique. *(N.d.T.)*

Elle garde le silence.

« Il faut bien qu'on vous appelle d'une manière ou d'une autre », lui fais-je remarquer.

La jeune femme réfléchit une minute. Deux minutes. « Tu n'as qu'à m'appeler Charlotte, dit-elle enfin.

— Charlotte ? »

Elle acquiesce.

« Charlotte », je me répète ce nom en silence. Je ne connais pas de Charlotte, je n'en ai jamais connu. « C'est joli. C'est votre vrai nom ?

— Oui. »

J'aimerais savoir tant de choses. Quel âge elle a, d'où elle vient, qui est le type, si elle l'aime vraiment.

Au lieu de ça, je me contente de lui dire : « Le bébé va bien. »

Des sanglots – un premier coup de gosier, un deuxième – lui échappent. Ses yeux se plissent, de la morve lui coule sur la lèvre supérieure. La délicatesse n'est pas son fort quand elle pleure. Elle s'essuie le nez d'un revers de manche rose. Je me précipite dans la salle de bains et reviens avec une provision de papier hygiénique.

« Je regrette. Je n'aurais pas dû en parler. »

D'un geste de la main, elle balaie mon excuse.

Je supplie : « Racontez-moi.

— Je ne peux pas, réplique-t-elle en se mouchant. Pas maintenant. »

Ce « maintenant » est déjà énorme, non ? Il implique un futur, un moment où elle se confiera à moi, me racontera son histoire – à condition que je sois capable d'attendre, que je sois patiente. Cette promesse me donne le vertige.

« Je crois que j'ai besoin de dormir, dit-elle avec un dernier coup de trompette.

— Nous avons une chambre d'amis. Pour ma grand-mère. Elle va venir à Noël. Vous pouvez fermer la porte et dormir.

— Ton père ne va pas y trouver à redire ? »

Sans que personne m'y ait autorisée, je déclare : « Non. »

Elle se lève du canapé, repousse le cardigan et la couverture. Je l'entraîne vers l'escalier de derrière. Son pas est hésitant, et elle se sert de la rampe pour se redresser. Elle me suit dans une chambre au grand lit couvert d'un jeté blanc qui se trouvait sur le lit de mes parents voilà des années. Je sors d'un placard un édredon en piqué et l'étends de mon mieux sur le jeté. Une lampe est posée sur une petite table de chevet et, de l'autre côté, à droite, une commode est surmontée d'un miroir. Dans un coin, près d'un fauteuil à bascule, mon père a placé une lampe à forte luminosité pour permettre à ma grand-mère de lire quand elle nous rend visite. La jeune femme se dirige tout droit sur le lit, replie les couvertures et s'allonge aussitôt.

« Dans un moment, je passerai voir si ça va », dis-je.

Les yeux fermés, elle semble s'être déjà endormie.

À contrecœur, je me retourne et sors de la pièce. Je ferme la porte avec un soin exagéré. Je reste assise un instant sur la marche du haut – le temps qu'il m'aurait fallu pour déblayer correctement le perron et les abords de la maison –, puis je me rends dans la grange.

« Je l'ai installée dans la chambre d'amis. »

Mon père s'écarte de l'établi. « C'est la chambre de mamie, dit-il en abaissant ses lunettes de protection.

Et je ne veux pas que tu lui parles. Je croyais m'être bien fait comprendre. »

Je hausse les épaules.

« Elle peut dormir pour l'instant. Mais dès que j'aurai terminé ça, j'insisterai pour qu'elle s'en aille. D'une manière ou d'une autre. Tu ne peux pas te mêler de cette histoire, Nicky.

— C'est toi qui ne veux pas t'en mêler.

— Non, je parle de toi. » Il tend l'index vers moi. « Cette affaire est grave. Et tu ne dois pas en souffler mot. Ni maintenant ni plus tard. Tu as bien compris ? »

Tournant les talons, je quitte l'atelier avant que mon père puisse m'infliger un sermon. Je vais chercher le plateau dans la tanière, l'emporte à la cuisine et lave la vaisselle. Puis je termine le potage en mangeant directement dans la casserole. Après quoi je grimpe l'escalier et, plantée devant la chambre d'amis, je tends l'oreille pour surprendre un bruit révélateur, n'importe quel bruit avec lequel je pourrais fabriquer une histoire. Déçue, je vais dans ma chambre, m'assieds à mon bureau et essaie de travailler au collier destiné à ma grand-mère – un modèle compliqué et ambitieux avec un pendentif sculpté –, mais je suis nerveuse et ne parviens pas à faire faire ce que je veux à mes doigts. De temps en temps, je m'approche de la fenêtre pour regarder dehors ; je suis rassurée par la neige et le vent qui s'est levé, signe de tempête. Les vêtements peuvent poser problème, me dis-je, mais elle pourra toujours porter les chemises de mon père. Son jean sera bientôt sec. Agitée, je m'allonge sur mon lit, les yeux au plafond, et imagine une semaine durant laquelle Charlotte restera avec nous. Je nous vois toutes les deux assises dans des positions confortables et, tandis que mon père serait opportunément absent, elle me raconterait son histoire fabuleuse et terrifiante.

Soudain, je me redresse. J'ai une idée.

Attrapant le sèche-cheveux dans la salle de bains de l'étage, je dégringole l'escalier, cours décrocher le pantalon dans l'entrée de derrière, le suspends au crochet fixé à la porte de la salle de bains. Il est tout mouillé au niveau des cuisses. Après en avoir tendu les deux jambes, je dirige le sèche-cheveux dessus. Il m'est déjà arrivé de sécher des tee-shirts de cette façon, quand ils reviennent de la laverie légèrement humides, parce que mon père est pressé d'« y aller ».

La lourde toile met plus de temps à sécher que je ne le pensais. J'espère que ce bruit ne va pas réveiller Charlotte. Je n'aimerais pas qu'elle me surprenne en train de faire ça ; je souhaite simplement qu'elle trouve ses vêtements tout chauds et bien pliés.

Quand j'arrête le sèche-cheveux, j'entends frapper à la porte de derrière.

Un autre client ? Impossible, me dis-je. Même nous, nous avons eu du mal à grimper la côte.

Une fois sortie de la salle de bains, je vois du rouge derrière la vitre de la porte d'entrée. Clouée sur place, comme un enfant qui joue à la statue, j'aspire bruyamment de l'air, n'ayant d'autre choix que d'aller ouvrir.

« Nicky », dit Warren en passant le seuil.

Ses pieds tambourinent pour faire tomber la neige par terre. « Ton père est là ? » demande-t-il.

Le silence m'écorche les oreilles. « Non », lui dis-je.

« J'avais seulement une ou deux questions à lui poser. » Warren lâche de la neige fondue sur le paillasson agrémenté d'un « Bienvenue ». « Je voulais monter avant que la tempête se déchaîne. »

L'espace d'un instant, je reste sans voix.

« Où est-il ? reprend Warren en me scrutant.

— Euh, il a dû aller chercher sa hache. Il l'avait laissée dans les bois et voulait la retrouver avant qu'elle soit enfouie sous la neige. »

Je me sens vaciller. Un mensonge gigantesque. Grandiose.

« Tiens, tiens. » Warren ouvre son manteau et le secoue, tel un oiseau qui bat des ailes.

À travers la cuisine, je vois la tanière, avec son canapé et l'affreuse couverture crochetée rouge et noir.

« Sale temps », remarque Warren.

Un cardigan en mohair rose, aux boutons de nacre, est posé sur les coussins. À la façon dont il est étalé, on dirait qu'une femme vient de l'abandonner en se levant.

Warren s'essuie les pieds une bonne dizaine de fois sur le paillasson. « Pourrais-je avoir un verre d'eau ? demande-t-il en passant en revue les manteaux suspendus.

— Hum, oui, bien sûr. »

Il m'accompagne dans la cuisine et, en chemin, jette un coup d'œil en haut de l'escalier. « J'ai des pneus neige, n'empêche… »

Une fois dans la cuisine, il examine la vaisselle sur l'égouttoir. Je sors un verre du placard, l'emplit d'eau au robinet et le lui tends. Son haleine sent la menthe. J'essaie de ne pas regarder sa cicatrice.

« Nous avons trouvé une torche, dit-il. Je voulais savoir si c'était celle de ton père ou si elle appartenait au type.

— Elle est sûrement à mon père, dis-je. Nous en avons perdu une dans la neige ce soir-là.

— C'est bien ce que je pensais. » Par-dessus ma tête, il regarde en direction de la tanière. « Vous avez déjà installé votre arbre ?

— On le fera le soir de Noël. »

Warren avale un grand trait d'eau. « Quel âge as-tu, déjà ? me demande-t-il.

— Douze ans. »

J'entends la porte de derrière s'ouvrir. « Papa ! » Je me retourne.

Je suis fichue.

« Que se passe-t-il ? » À la racine de son nez, les rides verticales sont prononcées.

Warren apparaît sur le seuil de la cuisine. « Je suis venu voir si vous n'auriez pas perdu une torche le soir où vous avez découvert le bébé... Alors, vous avez retrouvé votre hache ? »

Mon père ne répond pas.

« Tu sais bien, papa, tu as dit que tu allais dans les bois chercher ta hache. » Je croise son regard.

« Nous avons trouvé une torche, reprend Warren. D'après Nicky, vous en avez bien perdu une ce soir-là.

— En effet.

— De quelle marque ?

— Je l'ignore. Noire avec un interrupteur jaune.

— Ouais, c'est ça. »

Je laisse tomber une main juste sous ma taille, ferme les yeux et tressaille, comme j'ai vu des filles le faire à l'école, l'air d'attendre qu'une crampe passe.

« Alors, vous vous préparez à fêter Noël ? »

Mon père ouvre son manteau.

« Nous avons déjà installé l'arbre », continue Warren. Il avale une gorgée d'eau. « L'un de mes gamins est autiste. Celui qui a huit ans. »

Mon père incline la tête.

« Il y a un spécialiste à Concord, ajoute Warren. Censé être le meilleur du New Hampshire. C'est pour ça que nous nous sommes installés en ville. »

En entendant un léger craquement sur le palier de l'étage, je jette un coup d'œil à Warren pour vérifier s'il l'a entendu, lui aussi.

Je décroche un chiffon et me mets à patiner dessus pour sécher le sol, comme mon père essaie toujours de m'y obliger.

« N'empêche que c'est dur pour ma femme, c'est dur pour Mary, poursuit Warren. Tommy, mon fils, ne supporte pas qu'on le touche. »

Mon père murmure quelque chose. Un nouveau chapelet de mots suit un silence. Patinant toujours, j'arrive au bas des marches et lève les yeux. Le visage froissé de sommeil, Charlotte se tient sur le palier.

« Nous attendons toute une tribu, raconte Warren. Le soir de Noël, on aura au moins dix-neuf, vingt personnes. »

M'étant assurée que Warren ne regarde pas, je secoue la tête pour signifier un « non » catégorique.

« Mary et sa sœur vont confectionner trois cents *pirogi*. Ma femme est polonaise. »

Je ramasse le chiffon et avance la main pour essuyer une marche. En silence, je supplie Charlotte de comprendre.

Elle penche la tête et, à ses yeux, je vois qu'elle commence à écouter et remarque bientôt la voix étrangère. Quand elle lève les bras telle une ballerine, je crains un instant qu'elle ne s'envole dans l'escalier. Après une pirouette sur la pointe des pieds, elle bat en retraite.

Avec précaution, je m'écarte de l'escalier. Je pousse un long soupir.

Par la fenêtre, je note que la neige se transforme en glace qui tinte contre la vitre.

« Je vous en apporterai, déclare Warren en posant son verre sur une étagère. Dites donc, ça ne s'arrange pas dehors. Vous auriez intérêt à acheter une nouvelle torche.

— Ce n'est pas ce qui manque dans les magasins.

— La pile risque de ne plus fonctionner.

— C'est probable. »

L'inspecteur me jette un coup d'œil en poussant la porte retenue par deux ou trois centimètres de neige. Après un petit geste de la main, il s'engouffre dans la tempête en serrant son manteau. Le col relevé, il traverse péniblement l'allée, puis retire avec ses gants la neige de son pare-brise, et monte dans sa Jeep tout en regardant le labyrinthe de traces à demi effacées par la neige. D'où il se trouve, il ne peut pas apercevoir la camionnette ni la voiture bleue. Pour cela, il lui faudrait avancer vers les bois. Il n'y va pas. Je l'observe pendant qu'il fait marche arrière, tourne et part enfin.

Mon père ferme la porte.

« Non, mais qu'est-ce qui t'a pris ? »

Je baisse les yeux sur le sol.

« Tu vas nous attirer encore plus d'ennuis qu'on n'en a déjà ! »

Je relève les yeux. « J'essayais seulement de me débarrasser de lui. »

C'est la vérité, mais pas l'entière vérité.

J'ajoute : « Elle est sortie sur le palier.

— Je sais. Je l'ai entendue.

— Tu l'as entendue ?

— Oui.

— Et tu crois qu'il l'a entendue, lui aussi ?

— Je n'en sais rien. Mais il vaudrait mieux pour toi que ça ne soit pas le cas. »

D'un geste furieux, mon père remonte la fermeture de son manteau. « Je vais dans la grange. »

Le jour où nous avons quitté New York, mon père a rempli une remorque avec des caisses, des outils, des valises, des vélos, des skis et des livres. Il a protégé le tout par une bâche en plastique bleu, penché la tête dessus, et il est resté si longtemps dans cette position que je me suis demandé s'il s'était endormi.

Toute la matinée, j'étais censée aider à faire les paquets. Les déménageurs viendraient chercher les meubles une fois que nous aurions quitté les lieux. Mon père m'avait postée dans la cuisine avec une pile de vieux journaux et une dizaine de cartons neufs, et m'avait demandé de m'occuper de la vaisselle. Mais, submergée par la fatigue, la colère et l'inertie, je n'avais pas envie d'aider à notre départ. Je soulevais un objet, le regardais, le reposais, puis l'attrapais de nouveau et songeais : Comment emballer une Cocotte-minute ? Et un robot Cuisinart ? Les jambes, les bras, la tête me faisaient mal à force de pleurer. « C'est la dernière fois que je vois mon couloir la nuit, m'étais-je répété au cours des dernières vingt-quatre heures. C'est la dernière fois que je m'assieds sur ma balançoire. C'est la dernière fois que j'attrape des céréales

Cheerios dans ce placard. » Ce départ pesait sur toute la maison et sur son contenu, de sorte que le simple fait de soulever un verre paraissait une tâche herculéenne. J'emballais indifféremment verres et assiettes dans le même carton, fourrais davantage d'assiettes dans un autre, et oubliais de les étiqueter. Une fois dans la nouvelle maison, nous fûmes obligés pendant plusieurs mois d'ouvrir six ou sept cartons pour trouver le grille-pain, le verre gradué ou les cuillers en bois.

Quand mon père me dit qu'il était temps de monter dans la voiture, je ne bougeai pas. Il me laissa tranquille une heure, pendant qu'il vérifiait plutôt deux fois qu'une pièces et placards, regardait dans les meubles et sous les lits. Finalement, il fut obligé de m'arracher de force au seul foyer que j'avais jamais connu, où les surfaces avaient été effleurées par ma mère et par Clara. Je sanglotai jusqu'à l'autoroute à péage du Massachusetts.

Le trajet de l'État de New York à celui du New Hampshire peut s'effectuer en quatre heures, mais il me sembla que nous mettions bien plus longtemps à atteindre notre destination. Mon père remonta la 91, la route qui relie le New Hampshire au Vermont, ne sachant même pas dans quel État nous finirions par nous installer. Épuisé, il s'arrêta à White River Junction et commanda un dîner tardif que ni lui ni moi ne pûmes avaler. Nous nous renseignâmes sur le motel le plus proche, et je m'affalai sur mon lit tout habillée, avec l'intention de me relever pour me brosser les dents et me déshabiller, mais je n'y parvins pas. Le lendemain matin, à mon réveil, j'étais désorientée et sale. J'avais l'impression d'avoir glissé dans une fissure du temps, d'être prise entre la vie telle qu'elle avait été et la vie telle qu'elle serait. Je n'éprouvais pas le moindre enthousiasme pour l'avenir et je savais que mon père partageait ce sentiment.

Le lendemain matin, je pleurnichai en mangeant mes *pancakes* aux myrtilles, et mon père sortit du petit restaurant d'un air écœuré. Lorsque je me résolus enfin à monter dans la voiture, il essaya de quitter White River Junction en continuant vers le nord. Je me rappelle une série d'échangeurs déconcertants ; mon père mit une ou deux minutes à se rendre compte que nous étions sur la 89 et nous dirigions vers le sud. « On verra bien où ça mène », dit-il en haussant les épaules.

L'autoroute grimpait doucement des petites montagnes aux éperons rocheux d'un blanc époustouflant. Les cascades gelées étaient bleues, et il restait encore quelques plaques de neige sur le côté nord des arbres et des maisons. Nous n'étions pas allés bien loin – une demi-heure de trajet à peine – quand mon père emprunta une bretelle. Peut-être se disait-il que, si nous ne sortions pas bientôt, nous nous retrouverions dans le Massachusetts, ou alors il avait simplement besoin de prendre de l'essence ; je ne m'en souviens plus. Nous nous engageâmes alors sur la 10, parcourûmes deux ou trois kilomètres en traversant un village et nous arrêtâmes tout doucement devant Croydon Immobilier.

Sur le siège du passager, je n'étais qu'une boule butée, bras croisés sur ma parka volumineuse, menton enfoncé dans mon col. Je refusais même de regarder mon père.

« Nicky, me dit-il doucement.

— Quoi ?

— Il va falloir faire de notre mieux ici.

— Faire quoi de notre mieux ?

— Essayer de nous en sortir.

— Je ne veux pas essayer de m'en sortir. »

Il soupira et je l'entendis tambouriner sur le volant. Il patienta, puis dit enfin : « Je sais à quel point ça doit être dur pour toi.

— Tu n'en as aucune idée, rétorquai-je en me roulant encore plus en boule.

— Je crois que si. » Sa voix était d'une douceur, d'un calme délibérés.

Pas la mienne. « C'est trop injuste ! braillai-je.

— Oui.

— Mais enfin, pourquoi ?

— Il n'y a pas de pourquoi, Nicky.

— Si. On n'était pas obligés de partir. On aurait pu rester à la maison.

— Non, Nicky, on n'aurait pas pu rester.

— Tu veux dire que toi, tu n'aurais pas pu !

— C'est vrai. Je n'aurais pas pu. »

Je me mis à pleurer, secouée par les sanglots. C'était apparemment mon état habituel, à l'époque. Mon père me posa une main sur l'épaule. Je nous épuisais tous les deux. « Je suis désolé, Nicky. »

Je me tortillai pour me soustraire à cette main, puis me redressai et regardai autour de moi. « Où est-ce qu'elles sont ? » m'écriai-je, soudain prise de panique.

Une femme sortit de Croydon Immobilier et se noua une écharpe autour du cou. Ses bottines étaient bordées de fourrure.

« Qui ? demanda mon père.

— Tu le sais bien. Maman ! Et Clara ! Où est-ce qu'elles sont ?

— Oh ! Nicky ! » souffla mon père, irrémédiablement vaincu. Il ferma les yeux et reposa la nuque sur l'appui-tête.

« Je te déteste ! » hurlai-je.

J'ouvris ma portière et descendis sur la route, entre la voiture et le trottoir. Dans ma fureur, j'avais oublié que j'avais retiré mes bottillons, comme je le fais presque toujours, pour ne pas avoir les pieds surchauffés. En chaussettes, je barbotai dans un tas de neige fondue. Sur le perron de Croydon Immobilier, la femme s'immobilisa. Mon père pencha le front sur son volant.

La femme me regarda, puis aperçut mon père dans la voiture. D'un regard jeté à la remorque bâchée, elle comprit que nous étions des clients assurés et regagna le bureau. L'eau glacée me faisait mal aux chevilles. Je sautai dans la voiture et claquai la portière de toutes mes forces. Mon père ouvrit la sienne et descendit. Il ajusta son pardessus en tweed gris (il le portait pour la dernière fois), enjamba une flaque et se dirigea vers l'agence.

Tel fut notre premier contact avec Shepherd, New Hampshire.

Je monte l'escalier, frappe à la porte de la chambre d'amis et appelle Charlotte.

N'entendant pas de réponse, je répète son nom, puis entrebâille la porte.

Les rideaux sont tirés et mes yeux mettent une minute à s'habituer à l'obscurité. Je m'aperçois alors qu'elle est assise dans le fauteuil de ma grand-mère. Les mains jointes sur ses genoux, elle a une posture rigide.

« Charlotte ?

— Tu veux que je descende ? dit-elle d'une voix égale.

— Non. Non. » Et je comprends que, pendant tout ce temps, elle a attendu dans ce pantalon de pyjama ridicule qu'on l'appelle, qu'on la renvoie, peut-être même qu'on l'arrête. « Non. Ce n'est que moi, Nicky. Je vous ai apporté votre jean... Et ça aussi, dis-je en tendant le cardigan rose.

— Tout va bien ?

— Oui. » La pénombre ne m'empêche pas de voir ses épaules se détendre.

« Qui est venu ? demande-t-elle.

— Un policier. Il s'appelle Warren et il vous recherche.

— Oh ! mon Dieu, c'est bien ce que je pensais. Comment savait-il que j'étais là ?

— Je ne crois pas qu'il le savait. Il est venu dire à mon père qu'ils avaient retrouvé une lampe électrique... » Je m'interromps, craignant un évanouissement, et m'empresse de terminer : « Sur les lieux... vous savez bien.

— Ton père ne lui a pas dit que j'étais là ?

— Non.

— Oh ! mon Dieu ! répète-t-elle, mais, cette fois, je note du soulagement, et non de l'affolement dans sa voix.

— Tout va bien, il est reparti. Il ne va pas revenir. Pas avec ce temps.

— Voilà que j'ai fait de toi une complice », dit Charlotte.

Je me répète mentalement : une « complice ». J'adore ce mot.

Elle passe la main sur le cardigan rose posé sur ses genoux.

Je lui demande : « Voulez-vous manger quelque chose ?

— Pas pour l'instant.

— Je devrais vous laisser dormir.

— Ne t'en va pas. »

Elle se lève du fauteuil, met le jean et le cardigan sur le coussin, se dirige vers le lit, l'ouvre et s'y glisse. Ce geste semble tellement banal dans cette chambre banale que je me force à me remémorer l'horreur du crime qu'elle a commis. Ignorant ce que je devrais faire, je m'assieds par terre à côté du lit, jambes croisées.

« Tu sais quelque chose sur le bébé ? » me demande-t-elle.

Le courage qu'il faut pour poser cette question me surprend, mais j'ai peur d'y répondre car elle pourrait se remettre à pleurer. Dans la pénombre de la chambre, je distingue mal son visage. Elle est allongée comme une enfant, les mains sous une joue. J'ai l'impression de sentir son odeur : une odeur chaude, douceâtre, de pâte levée.

Je prends une profonde inspiration et me dépêche de parler. « Elle va très bien s'en sortir. Très bien. Sauf qu'elle a perdu un doigt. Mais ses orteils et tout le reste n'ont pas été abîmés. Je ne sais pas quel doigt.

— Oh ! » lâche Charlotte. C'est un petit « oh », non pas un gémissement, plutôt un son qui se perd dans les coins.

« Elle est soignée dans une famille d'accueil. » Je m'exprime avec prudence, chaque mot étant potentiellement traître et risquant de déchaîner une avalanche de larmes.

« Où ça ? demande Charlotte.

— Nous l'ignorons. Je ne crois pas qu'ils aient l'intention de nous le dire. Ils l'ont appelée Doris.

— Doris, dit-elle, visiblement étonnée.

— Nous ne savons pas pourquoi. Ils ont peut-être un système. Un peu comme la façon de donner un nom aux cyclones.

— Doris », répète-t-elle, et je perçois une note d'indignation dans sa voix. Elle se redresse un peu.

« Elle ne gardera pas ce nom… plus tard.

— Quelqu'un lui en donnera un autre.

— Sans doute. »

La tête de Charlotte retombe sur l'oreiller. « C'est un nom horrible.

— Vous pourriez la récupérer, dis-je très vite. Je suis sûre que vous pourriez la récupérer. »

Elle garde le silence.

« Vous ne voulez pas la récupérer ?

— Je ne peux pas m'en occuper. » Sa voix est curieusement égale, dénuée de toute émotion. « Je n'ai pas d'endroit pour vivre.

— Pas d'endroit du tout ? »

Elle roule sur le dos et fixe le plafond. Mes yeux ont eu le temps de s'habituer à l'obscurité et je distingue son profil : le menton légèrement saillant, les lèvres pincées, les yeux ouverts, les longs cils fabuleux, le front lisse. « Non, dit-elle.

— Vous deviez bien habiter quelque part.

— Bien sûr. Sauf que je ne peux pas y retourner. »

J'aimerais lui demander pourquoi, mais je m'exhorte à la prudence, à la patience, tout comme mon père doit être patient quand il fait démarrer sa camionnette. Au lieu de quoi je lui demande : « Quel âge avez-vous ?

— Dix-neuf ans, répond-elle en pivotant vers moi. Alors, tu vis seule avec ton père ?

— Oui.

— Qu'est-ce qui est arrivé à ta mère ?

— Elle est morte. »

Charlotte tend la main et m'effleure l'épaule. « Je suis navrée. » Ses doigts s'attardent encore un instant, puis elle les ramène sous les couvertures. « Tu avais quel âge ?

— Dix ans.

— Tu en as bavé, hein ? »

Je hausse les épaules. « J'avais aussi une sœur qui s'appelait Clara, elle avait un an. Elle est morte avec maman dans un accident de voiture. »

Je m'attends à sentir de nouveau sa main sur mon épaule, mais elle ne sort pas du lit. « Comment elle était ? demande Charlotte.

— Clara ?

— Ta mère.

— Elle était jolie. Pas très grande, mais mince. Elle avait de longs cheveux châtain clair bouclés. Elle les a coupés après la naissance de Clara, mais je me souviens surtout d'elle avec les cheveux longs.

— Comme toi. Tu me montreras une photo ?

— Oui, d'accord. » Déjà je pense à l'album que j'ai dans ma chambre et me dis que nous allons toutes les deux nous plonger dedans.

« Je regrette de ne pas avoir de photo, dit-elle. Tu comprends, au moins une photo. »

Son regret me frappe comme un ballon de basket en pleine poitrine. Je me rends compte qu'elle ne doit pas savoir à quoi ressemble son bébé. A-t-on pris une photo à l'hôpital ? La police en a-t-elle une dans ses dossiers ? « Où est-ce que vous habitiez ?

— Je ne peux pas...

— Je ne le répéterai à personne. Même pas à mon père.

— Disons dans une petite ville au nord d'ici.

— Dans le New Hampshire ?

— Hum... peut-être. Ton père paraît gentil. Il ne veut pas de moi ici, il est en colère, mais il a quand même un visage gentil. Tu es dans quelle classe ?

— En sixième.

— Tu aimes l'école ? »

Je remue les jambes. « Plus ou moins. » La vérité, c'est que j'aime l'école, mais que je ne veux pas paraître trop enthousiaste au cas où elle trouverait ça minable. Déjà, son jugement m'importe terriblement.

« Moi aussi, j'ai étudié, dit-elle.

— Ah bon ? » J'ai du mal à imaginer Charlotte assise à un bureau ou en train de lire un livre.

« À l'université. Sauf que j'ai tout lâché. » Elle marque une pause. « Mais j'ai l'intention de reprendre un jour. »

J'ai alors l'impression que toute son histoire – celle que je brûle d'entendre – est contenue dans cette pause.

« Tu as un petit ami ? » me lance-t-elle. Elle bouge la tête pour la poser, tout au bord du lit. Je sens son haleine. Je n'ai pas de réponse à sa question. Je pense au seul ami garçon que j'aie, et ce pauvre Roger Kelly ne fait vraiment pas le poids.

« Pas encore.

— Oh ! tu en auras un », dit-elle, et je me demande d'où elle tire sa belle assurance.

Je baisse la tête et triture le tapis. Le moment est tout désigné pour me renseigner sur le type. Mais j'hésite, et, de ce fait, je perds l'occasion de rebondir sur sa question avec aisance et naturel.

« Quel temps fait-il dehors ? demande-t-elle.

— Assez mauvais, dis-je en levant les yeux. Vous allez devoir rester ici. » M'attendant à une protestation, je me sens encouragée quand je n'en entends pas.

Je poursuis donc d'un ton hésitant : « Vous allez peut-être être obligée de passer un ou deux jours ici.

— Oh ! je ne peux pas passer un ou deux jours ici. » Elle sort les bras des couvertures. « Je n'avais pas l'intention de m'attarder chez vous.

— Où est-ce que vous seriez allée ?

— J'ai différentes possibilités », répond-elle en restant dans le vague.

À travers la porte fermée, j'entends mon père qui m'appelle en bas de l'escalier. Je décroise les jambes et me relève aussitôt, n'ayant aucune envie qu'il monte et me trouve assise à côté du lit de Charlotte dans une pièce sombre. « Il faut que j'y aille. Il m'appelle.

— Il ne veut pas que tu sois là. » Elle se redresse sur un coude. « Merci pour avoir séché mon jean, ajoute-t-elle.

— Vous pourrez descendre quand vous serez prête.

— Je n'aurais pas dû venir ici », dit-elle, les yeux fixés sur les fils de lumière terne qui filtrent autour des rideaux.

Je lâche : « Je suis bien contente que vous soyez venue.

— Comment c'était ? Quand vous avez découvert la petite ? »

Je me rends compte qu'il y a quelque chose que je sais et qu'elle ignore, et que je n'ai rien fait pour le mériter. J'entends mon père m'appeler une nouvelle fois. Dans une minute, il va monter me chercher.

« Elle n'était pas très propre. Mais ses yeux étaient stupéfiants. Elle semblait très calme, comme si elle nous attendait. Ses cheveux étaient bruns.

— Beaucoup de bébés ont les cheveux bruns au début, explique Charlotte. Ensuite, ils tombent. Je l'ai lu.

— Elle était belle. »

Je me prépare à entendre un gémissement de bête – celui d'une vache qui appelle son veau ou d'une lionne qui cherche son lionceau – mais seul le silence me répond, alors je quitte la pièce.

À l'époque où nous habitions l'État de New York, j'allais deux ou trois fois par an voir mon père dans son bureau. Situé dans Madison Avenue, près de la cathédrale Saint-Patrick, il convenait parfaitement à mon père, qui, en cas de nécessité, pouvait piquer un cent mètres pour attraper son train à Grand Central ; et ma mère appréciait qu'il se trouve en plein centre quand, selon son expression, elle allait passer la journée dehors. « Tu veux passer la journée dehors ? » demandait-elle, et je savais qu'elle entendait par là aller en ville. Je devais alors mettre ma plus belle tenue, des chaussures (pas de tennis), et j'avais droit à un petit cours de rappel sur les bonnes manières, plus ou moins comme un pilote doit, à intervalles réguliers, passer des tests sur les appareils qu'il conduit.

Nous prenions le train à notre gare, et ma mère me laissait m'installer près de la fenêtre pour que, durant le trajet jusqu'à Manhattan, je puisse admirer, bouche bée, l'Hudson, la face rocheuse abrupte des Palisades et l'immense pont George-Washington. S'il y avait un siège vacant, j'allais m'asseoir de l'autre côté du train quand nous approchions de la ville. J'essayais d'imaginer les habitants des taudis qui longeaient la voie ferrée, je scrutais les longues avenues du nord de Manhattan, j'étais impressionnée par la hauteur des immeubles et, pendant que nous avancions en cliquetant, je me demandais si, à partir du vingt-cinquième étage, il y avait vraiment des gens qui se mettaient sur le balcon. Nous entrions dans un long tunnel et, en en ressortant, nous nous trouvions dans l'énorme Grand Central Station. Lorsque nous traversions le sol dallé, j'essayais de marcher au rythme des talons sonores de ma mère. Elle ne me lâchait pas la main tant que nous n'avions pas franchi le tambour de l'immeuble dans lequel travaillait mon père.

Le hall était décoré avec des maquettes sous verre des immeubles que la société avait construits. Complexes, précis, pourvus de personnages et d'arbres réalisés avec des allumettes, pas plus gros que l'ongle de mon pouce, c'étaient là des univers en miniature que j'avais envie d'escalader. Mon père sortait dans le hall et en faisait une tonne, même si nous ne nous étions quittés que depuis le petit déjeuner. Sa chemise blanche flottait légèrement sur sa ceinture, ses manches longues étaient retroussées. La cravate s'était nichée sous son col. Selon un rituel digne d'un office religieux, il embrassait ma mère et lui recommandait de ne pas dépenser trop d'argent ; elle riait et me demandait d'être sage.

Pendant que mon père et moi avancions le long de petits bureaux ouverts, secrétaires et dessinateurs industriels se déversaient dans le couloir pour me dire bonjour ou me serrer la main. Je me rappelle une certaine Penny qui gardait des bonbons dans un bocal et m'invitait toujours à venir en choisir quelques-uns. J'aimais tout particulièrement Angus, le patron de mon père, qui m'installait sur un haut tabouret devant une table à dessin et me donnait une boîte de crayons de couleur que personne n'avait encore ouverte. Il me confiait aussi une double équerre et une tâche : il fallait que je dessine une maison, une école ou la devanture d'un magasin. Je m'y attelais consciencieusement, et les compliments étaient toujours exagérés, de la part à la fois d'Angus et de mon père. « Quel âge as-tu, déjà ? me demandait Angus avec un grand sérieux. Nous devrions peut-être t'embaucher dès tes quinze ans. »

Parfois je me faufilais dans le bureau de mon père et faisais semblant d'être secrétaire pendant qu'il était au téléphone ou devant sa table à dessin. À midi, il glissait les bras dans la doublure soyeuse de son veston et nous allions déjeuner. Nous fréquentions un restaurant qui proposait des plats à emporter. Là, je pouvais manger des crêpes au fromage blanc et un bol de salade de chou. Les desserts tournaient dans une vitrine, et je me rappelle que j'étais au supplice en essayant de me décider pour le gâteau au fromage et aux cerises, les éclairs ou la tarte au chocolat. Mon père, qui ne prenait presque jamais de dessert, en commandait un pour que je puisse en goûter au moins deux. Après le repas, nous allions au zoo de Central Park, ou dans une librairie où j'avais le droit de choisir un livre. Au bureau, mon père était « Rob », au restaurant « M. Dillon », et pour moi il était un jeune papa raffiné et fascinant dans sa chemise blanche, son costume et son pardessus ouvert dont les pans flottaient pendant que nous marchions sur le trottoir, qu'il levait le bras et tendait l'index pour héler un taxi.

Vers trois heures et demie, une légère sensation de fatigue et d'ennui me gagnait, mais ma mère arrivait en général à quatre heures tapantes, chargée d'achats, empourprée, un peu hors d'haleine après sa « journée dehors ». J'avais toujours l'impression qu'elle avait couru. Les sacs qui contenaient ses courses étaient originaux : certains avaient des rayures luisantes rose et blanc ; d'autres étaient noirs avec des lettres dorées. Mon père feignait d'être horrifié par ces excès, mais je savais qu'il ne s'en souciait pas vraiment. Un jour, alors qu'ils croyaient que j'avais quitté la pièce pour aller aux toilettes et tournaient le dos à la porte, ma mère a sorti un article et l'a fait glisser de sa gaine en papier. J'ai vu des plis de soie bleue, des bords de dentelle délicate. Mon père a pincé les fesses de ma mère et elle s'est dégagée en gloussant.

Au moment de partir, mon père me serrait très fort dans ses bras, comme si nous nous envolions pour Paris et n'allions pas le revoir avant plusieurs mois, alors qu'il allait nous suivre bientôt en prenant le train de dix-huit heures vingt. Ma mère et moi étions obligées de courir jusqu'à la gare, et elle s'endormait invariablement avant la sortie du tunnel. Je jetais un coup d'œil dans les sacs, soulevais les couvercles des boîtes de chaussures, palpais de la laine, de la soie, du coton. Bien souvent, je m'endormais moi aussi, posais la tête sur l'épaule de ma mère ou m'écroulais sur ses genoux.

À l'heure du dîner, Charlotte se présente vêtue du jean, du chemisier blanc et du cardigan. Sur le seuil de la cuisine, elle s'étreint les bras. Ses yeux ont l'air fatigués, ses narines sont rouges.

« Coucou, Charlotte ! » dis-je.

Je me débats avec un éplucheur branlant. Les pommes de terre et la salade, c'est mon boulot. Planté devant le fourneau, mon père fait rissoler trois blancs de poulet et ne se retourne pas quand il m'entend prononcer son nom. En ôtant son bonnet de laine, il a hérissé ses cheveux au sommet de son crâne. Pendant la plus grande partie de l'après-midi, il a déblayé, mais perdu la course contre la neige.

Après avoir quitté la chambre de Charlotte, je suis descendue voir ce que mon père voulait. Il tenait tout simplement à s'assurer que je n'étais pas avec elle. Je me suis alors rendue dans ma chambre pour envelopper les rares cadeaux de Noël que j'allais offrir : pour mon père, un bonnet à rayures bleues et blanches, au bord roulé ; pour ma grand-mère, le collier de perles qu'il me fallait terminer ; une paire de moufles pour Jo, avec laquelle j'allais bientôt faire du ski. L'ennui me gagnant, je me suis glissée dans la tanière, où j'ai allumé un feu que j'ai alimenté avec du petit bois récupéré dans l'atelier de mon père. Le feu m'a fait penser à de la pâte de guimauve, et j'en ai trouvé un sachet entamé dans un tiroir de la cuisine. Les friandises dataient de l'été et étaient aussi dures que du carton. J'ai déplié un cintre et j'en ai embroché une dizaine pour les faire chauffer. Elles m'ont donné légèrement mal au cœur et coupé l'appétit. Il m'a fallu m'allonger sur le canapé, jambes écartées, les yeux fixés sur le feu, jusqu'à ce que la nausée disparaisse. J'ai songé qu'une décision infime peut changer une vie. Une décision qu'on met à peine une fraction de seconde à prendre. Que se serait-il passé si, cet après-midi de décembre, dix jours plus tôt, quand mon père avait levé les yeux de son établi et dit : « Tu es prête ? », j'avais répondu : « Non » ? Que je préférais rester à la maison ? Parce que j'avais faim ou que je devais m'attaquer à mes devoirs ? Si nous n'étions pas allés nous promener, il n'y aurait plus de petite Doris. Elle serait morte dans la neige. Nous en aurions entendu parler par Marion ou Sweetser, et j'imagine que nous aurions été plutôt horrifiés et attristés, comme on l'est toujours quand un crime se passe près de chez soi. Mon père et moi nous serions peut-être sentis coupables de ne pas avoir fait un tour dans les bois ce jour-là. Il n'y aurait pas eu de Charlotte ni d'inspecteur Warren, en tout cas pas dans notre vie.

« Est-ce que Nicky est ton vrai nom ? » me demande Charlotte dans la cuisine.

J'attends que mon père réponde, dise n'importe quoi, mais, comme il se tait, je précise : « C'est le diminutif de Nicole. » Le dos tourné à Charlotte, mon père feint d'ignorer sa présence. Je lui demande d'un ton lourd de sens : « Pas vrai, papa ? »

Il pivote, et son expression fermée s'adresse aussi bien à Charlotte qu'à moi. « Nous sommes en train de préparer le repas, annonce-t-il.

— Puis-je vous aider ? propose Charlotte.

— Non, lui dis-je.

— Dans ce cas, je vais mettre la table », répond-elle en en cherchant une des yeux.

Je lui explique tranquillement : « Nous ne faisons pas comme ça.

— Bon… alors je vais m'asseoir. »

Déroutée par cet échange, Charlotte quitte la pièce.

Après son départ, je demande à mon père : « Pourquoi tu es comme ça ?

— Comme quoi ? réplique-t-il en sortant le poulet de la poêle avec une pince.

— Tu sais très bien ce que je veux dire… impoli.

— Elle a posé une question et j'ai répondu...
Comment tu t'en sors avec ces patates ?

— Très bien », dis-je en creusant dans la chair
blanche.

Derrière les fenêtres de la cuisine, le vent siffle. La
neige tombe régulièrement pendant une minute, puis
s'abat bruyamment contre la vitre. Je pense à Warren
et je me demande s'il a réussi à rentrer chez lui pour
retrouver ses deux fils. Je pense à la petite Doris et je
me demande si on est venu la chercher comme prévu,
et où elle va passer sa première nuit hors de l'hôpital.

Charlotte, mon père et moi sommes assis dans la
tanière, un plateau en équilibre sur les genoux, tech-
nique que mon père et moi maîtrisons mais qui semble
désarçonner Charlotte. Son poulet glisse dans son
assiette, une partie de sa salade est tombée sur ses
genoux. Elle ramasse délicatement les feuilles de lai-
tue. Mon père mange avec détermination. Son visage
est un masque. Au-delà du strict nécessaire, il fait
comme si Charlotte n'était pas là. Pour ma part, je
mange, écartelée entre ma fascination pour Charlotte
et mon impatience croissante vis-à-vis de mon père.
Vaincue par son repas, Charlotte mange peu, semble
la plus mal à l'aise de nous trois, ne lève presque pas
les yeux de son assiette. Chaque bouchée avalée lui
coûte un effort. Des couleurs lui montent aux joues
puis refluent, telles des bouffées de honte qui la sub-
mergeraient à intervalles réguliers. D'une minute à
l'autre, me dis-je, elle va se lever et décamper. La rigi-
dité de mon père me réduit moi aussi au silence.
Nous dînons au son du vent qui souffle dehors, et,
une ou deux fois, la lumière vacille et nous rappelle
que le courant risque d'être coupé à tout moment.
Après deux hivers passés dans le New Hampshire,

mon père et moi avons toujours à portée de la main une bonne réserve de bougeoirs, bougies à moitié consumées et lampes électriques. J'aime bien les coupures de courant, parce que, pendant toute la durée de la tempête, mon père et moi nous installons dans la tanière, pourvue d'une cheminée. Nous dormons dans des sacs de couchage, et notre ingéniosité est mise à l'épreuve lorsqu'il s'agit de nous distraire et de préparer des repas. Ces moments sont douillets, chaleureux, et je suis toujours un peu consternée quand la lumière – qu'on avait oublié d'éteindre – revient soudain avec tout le charme d'un projecteur de police.

« Il va y avoir une panne de courant, dis-je. Charlotte et moi pourrons dormir ici. Dans des sacs de couchage. »

Mon père me jette un regard glacial.

« Je serai très bien là-haut », souffle Charlotte.

Je rétorque : « Non, ça, sûrement pas. Il n'y aura pas de chauffage. La seule source de chaleur, ce sera la cheminée. Cette cheminée. »

Mon père se lève et emporte son plateau dans la cuisine. Charlotte pose couteau et fourchette, visiblement soulagée d'en avoir terminé avec cette mascarade. Elle appuie la tête contre son dossier et ferme les yeux. Je me lève, attrape son plateau puis le mien, et suis mon père. Nous faisons la vaisselle à tour de rôle, et je suis presque sûre que c'est à moi. Mais il s'est déjà mis au travail.

« Tu es horrible ! dis-je.

— Quel désastre ! » fait-il.

Quand je retourne dans la tanière, Charlotte ferme toujours les yeux et j'ai l'impression qu'elle s'est endormie. Je m'assieds en face d'elle, dans le fauteuil de mon père, et l'examine. Ses paupières sont bleuâtres, sa bouche s'ouvre légèrement. Je me demande où elle était et ce qu'elle a fait ces dix derniers jours.

Je songe que mon père aurait très facilement pu avertir Warren que Charlotte dormait à l'étage lorsqu'il est venu. Et l'histoire se serait alors terminée. Vêtue de mon pyjama aux ours roses et bleus, Charlotte aurait été menottée dans notre entrée, conduite à la Jeep et emmenée. Nous ne l'aurions jamais revue. Mon père aurait eu beau me répéter que c'était la meilleure solution, je serais restée persuadée du contraire.

Où Warren met-il ses menottes ? Je me le demande. Et a-t-il une arme sur lui ?

Je ramasse un livre que j'ai lu par à-coups, en le lâchant souvent, signe que je vais bientôt l'abandonner. Après avoir retrouvé ma page, j'essaie d'assimiler quelques phrases, mais je ne parviens pas à me concentrer et, d'un geste brutal, je jette le livre sur la table.

Charlotte ouvre les yeux.

« Voulez-vous voir ma chambre ? »

Elle se redresse, un peu éblouie, et cille.

J'ajoute : « Je pourrais vous montrer une photo de ma mère.

— Euh... oui, bien sûr. »

Nous grimpons l'escalier et entrons dans ma chambre, que j'ai rangée pendant que Charlotte dormait : les culottes et le paquet vide de Ring Dings ne sont plus en vue. Dès qu'elle franchit le seuil, Charlotte semble se détendre, comme si elle se trouvait là en terrain plus connu. Debout, elle admire le mur peint, ou du moins feint de l'admirer, et, curieusement, il me paraît un peu moins amateur que tout à l'heure. Je pense à Steve, parti avec un mauvais numéro de téléphone, et je me demande qui il va surprendre quand il le composera.

« C'est super », dit Charlotte, les mains fourrées dans les poches arrière de son jean. Cette position accentue le renflement de son ventre. Je balaie du regard la pièce, la vois avec l'œil neuf d'un étranger : le bureau sur lequel il y a une boîte à chaussures contenant des perles et des lanières en cuir ; le lit recouvert du jeté en piqué mauve et blanc que j'ai rapporté de l'État de New York ; les étagères chargées de jeux auxquels je ne joue plus ; la table de chevet avec sa lampe de lecture et sa radio. *Ne tirez pas sur l'oiseau moqueur* est posé par terre. Je dois le lire pour le cours d'anglais.

Charlotte se juche au bord du lit, seul endroit où l'on puisse s'asseoir en dehors de la chaise du bureau.

« Tu as déjà été coiffée avec des nattes à la française ? me demande-t-elle.

— Non, pas vraiment.

— Je crois que ça t'irait bien. Tu veux que je t'en fasse ?

— Oui, bien sûr.

— Tourne-toi. » Elle porte les mains à mes cheveux, qu'elle ramène en arrière par-dessus mes oreilles. La délicatesse avec laquelle ses doigts m'effleurent m'incite à fermer les yeux. Personne ne m'a touchée de cette façon depuis que ma mère est morte.

« Je vais avoir besoin d'une brosse, dit Charlotte.

— Il y en a une sur le rebord de la fenêtre. »

Nous nous déplaçons jusqu'à mon bureau et, se tenant derrière moi, elle me brosse les cheveux en les soulevant. Comme la légère pression de ses doigts, ces coups de brosse sont apaisants, maternels, et je sombre dans une rêverie qui se situe à mi-chemin entre le sommeil et l'état de veille. Pendant un certain temps, elle s'active en silence.

Je lui demande alors : « Vous êtes fille unique ?

— Non, j'ai deux frères plus âgés. Mes parents sont des Canadiens français, très stricts, très pieux. Mes frères ont un sentiment protecteur à mon égard.

— Ils sont au courant ?

— Seigneur, non ! Ils me tueraient. En tout cas, ils tueraient sûrement... euh... mon petit ami. »

« Petit ami ». Ces mots m'envoient une décharge électrique, un peu comme « complice ».

« Où est-ce que tu habitais avant ? me demande-t-elle en séparant mes cheveux en plusieurs sections.

— Dans l'État de New York.

— Pourquoi est-ce que vous êtes venus vous installer dans le Nord ?

— C'est mon père qui a voulu. Il disait qu'il était obligé de partir pour se couper de ses souvenirs. Qu'il ne supportait plus de vivre dans notre maison.

— Ça ne t'a pas embêtée ?

— Au début, j'étais furieuse. Mais ensuite, bon, je crois que j'ai compris qu'il ne pouvait pas faire autrement. Je me suis habituée. »

Je tapote la première tresse. Réalisée d'une main experte, sans un cheveu qui dépasse, elle suit parfaitement la courbure de mon crâne. « Ouah !

— Je n'ai pas vu de téléviseur, remarque Charlotte en rassemblant un paquet de cheveux du côté gauche.

— On n'en a pas. J'ai une radio, mais mon père ne voulait pas de télé. Déjà, ma mère et lui n'étaient pas partisans de laisser les gosses la regarder trop longtemps ; mais, après l'accident, je crois qu'il a eu peur de ne voir que des accidents et des catastrophes.

« — Quand est-ce que ta mère et ta sœur sont mortes ?

— Il y a deux ans.

— Et depuis, personne ne t'a coiffée, c'est ça ?

— C'est ça. »

Charlotte me lâche les cheveux. Je la vois dans le petit miroir rond suspendu au-dessus du bureau. Elle ferme les yeux. Ce soir-là et le lendemain, la conscience de ce qu'elle a fait, de ce qui lui est arrivé dans la chambre du motel la saisira par intermittence.

C'est une sensation que je connais bien. Quand je suis arrivée dans le New Hampshire, de soudaines bouffées de chagrin me submergeaient sur le terrain de foot ou dans la salle de musique. Même quand je n'étais pas en train de penser à ma mère, elles me tombaient dessus au moment où je m'y attendais le moins. Mes pensées vagabondaient vers elle et puis je m'apercevais que, à l'endroit où je me la représentais, debout dans la cuisine une tasse de café à la main, en train de conduire sa Volkswagen, ou de tricoter devant la télé pendant que je regardais une vidéo de Walt Disney, il n'y avait que du vide. Ça faisait mal chaque fois, et ça fait toujours mal, on dirait un peu un nerf coupé, à vif.

« Ça va ? dis-je.

— Ça va », répond Charlotte. Je l'observe et vois ses joues reprendre des couleurs. « La sieste m'a fait du bien. Et le repas aussi.

— Vous n'aviez pas mangé ?

— Pas beaucoup.

— Tout à l'heure, nous pourrons descendre pour nous préparer un bol de chocolat. Je me nourris en grande partie de chocolat. »

J'entends des pas sur le palier et, une seconde plus tard, un coup frappé à la porte.

Charlotte pose la brosse sur le bureau et s'écarte de moi.

Mon père entre, me regarde, regarde Charlotte, puis reporte les yeux sur moi. « Qu'est-ce qui se passe ? » demande-t-il.

Ma tête indique pourtant clairement quelles étaient nos activités.

Charlotte avance d'un pas et me contourne. Sans un regard, elle se faufile devant mon père et sort de la pièce.

« Faut-il que je l'enferme dans sa chambre ? questionne-t-il.

— Non.

— Le temps a empiré. »

Parfait, me dis-je. Mon père ne pourra plus obliger Charlotte à partir et l'inspecteur Warren n'arrivera jamais à grimper jusqu'ici. J'aimerais qu'il neige pendant des semaines.

« Tu as toujours ta lampe électrique ? veut savoir mon père.

— Oui.

— Avec des piles en bon état ?

— Ouais.

— Vu le chahut que fait le vent, nous allons en avoir besoin.

— Et elle ? » Je penche la tête vers la chambre d'amis.

« J'ai déposé une torche sur sa table de chevet.

— Quelle heure est-il ?

— Environ neuf heures et demie.

— Tu n'as pas fait de commentaire sur ma coiffure. » Je dis ça un peu par défi.

« Comment tu appelles ça ?

— Des nattes à la française.

— C'est joli. » Épuisé, mon père paraît plus que ses quarante-deux ans.

Il soupire. « Couche-toi. »

Je me déshabille, grimpe dans mon lit, éteins la lampe de chevet. Tout en écoutant le gémissement du vent, je tâte mes nattes serrées. De temps en temps, je crois entendre des voitures sur la route. Je guette un bruit de moteur. Je pense à l'inspecteur Warren. M'a-t-il crue, pour cette histoire de hache ? Je ne pense pas. Il était peut-être content que mon père ne soit pas là : pour lui, c'était plus facile de jeter un coup d'œil, sans mon père pour le surveiller.

Je m'endors au son d'une pelle qui racle contre les marches de granit.

Le jour de mars où nous avons atterri dans le village, l'agent immobilier à l'écharpe et aux bottines fourrées nous a montré trois maisons. La première était un cottage dans Strople, non loin de chez Remy. À remettre en état, expliqua Mme Knight. Je fus horrifiée par les toilettes dans le garage, car un animal impossible à identifier avait péri dans la cuvette tachée. La cuisine était pourvue de plans de travail en Formica vert et d'un carrelage marron, et j'avais l'impression que je n'arriverais jamais à avaler un repas là-dedans. J'ai exprimé ma répugnance en restant plantée près de la porte d'entrée et en refusant de monter à l'étage. Pourtant, je n'avais pas à m'inquiéter : située dans l'une des rues les plus passantes, la maison était trop en vue pour mon père, qui cherchait une caverne dans laquelle se terrer pendant plusieurs années.

L'agent immobilier manifestait une grande curiosité. D'où étions-nous ? Pourquoi nous intéressions-nous à Shepherd ? Avions-nous de la famille dans la région ? Dans quelle classe étais-je ? Mon père et moi étions ligués au moins dans notre silence : nous ne lui avons pas fourni le moindre renseignement. S'il en avait été capable, mon père aurait inventé les détails d'une autre vie, uniquement pour faire taire cette bonne femme ; mais son imagination, tout comme son moral, l'avait abandonné.

La deuxième maison s'appelait la Ferme du verger montagnard et se trouvait au milieu de six hectares de pommiers. C'était un bâtiment simple, mais bien entretenu, et la cuisine, d'un jaune citron lumineux, sentait la pomme même en mars. En grimpant à l'étage, j'ai découvert quatre chambres aux fenêtres garnies de rideaux blancs et aux énormes tas de courtepointes en piqué sur les lits. J'avais envie de m'allonger, de m'endormir et de me réveiller dans l'État de New York.

Mon père a parcouru les lieux par simple politesse, car juste à côté était installé un stand de vente. Bien sûr, nous n'allions pas vendre de pommes, quels qu'aient été les produits qu'on préparait dans cette cuisine jaune citron, mais d'anciens clients pouvaient mettre un ou deux ans à perdre l'habitude de s'arrêter et de sonner à la porte. Je voyais mal mon père en train d'aller sans cesse expliquer que, non, il n'y aurait pas de cidre cette année.

« J'ai autre chose, mais c'est un peu en dehors du village », a dit Mme Knight.

Ces mots ont exercé un effet magique sur mon père. « J'aimerais y jeter un coup d'œil.

— Le chemin est assez long à partir de la route principale, l'a-t-elle prévenu en scrutant la Saab et la petite remorque. Ça pourrait présenter des inconvénients pour la scolarité de votre fille.

— J'aimerais quand même y jeter un coup d'œil, a insisté mon père.

— Bon, alors on va prendre la camionnette de mon mari », a décidé Mme Knight.

La camionnette a grimpé la route défoncée en dérapant quand la neige cédait la place à la boue. Le cottage était construit dans une clairière qui comprenait aussi une grange. Dès que je l'ai vu, j'ai su que le choix de mon père allait se porter sur lui. Il était isolé, et assez grand pour nous deux. De plus, il était vide, fait que mon père, je ne l'ignorais pas, utiliserait à son avantage : nous pouvions nous y installer tout de suite. Mais, surtout, l'endroit était isolé.

Je n'avais aucun moyen de pression. Je ne pouvais tout de même pas défendre la maison aux toilettes saugrenues ni soutenir que nous devions habiter une ferme. D'ailleurs, du moment que ce n'était plus notre ancienne maison, quelle importance ?

En moins d'une heure, mon père s'était porté acquéreur au prix fort, ce qui enchanta l'agent immobilier. Mon père et moi avons logé au *bed and breakfast* du village pendant les dix jours nécessaires au règlement des formalités. Le matin, il me conduisait à la station-service Mobil pour acheter du lait et des beignets, puis à l'école. Après quoi nous avons emménagé.

Je ne cessais de me plaindre. L'autocar scolaire ne montait qu'à mi-pente et la marche m'éreintait, insistais-je. Ma chambre était glaciale. Les gosses étaient tous des demeurés, le professeur incompétent. Il n'y avait pas de prise pour le sèche-cheveux dans la salle de bains du haut, la pression de la douche était insuffisante. Un soir, j'ai obligé mon père à rester à côté de moi dans la tanière pendant que je faisais mes devoirs, le harcelant pour qu'il m'aide, puis l'interrompant dès qu'il essayait de m'expliquer la marche à suivre. J'ai lacéré un devoir de maths avec l'extrémité métallique d'un crayon privé de sa gomme (la faire sauter avec mes dents était une habitude dont je ne parvenais pas à me débarrasser), déchirant le papier et gravant un furieux griffonnage dans le bois de la table basse, dessous. Mon père s'est levé et dirigé vers la grange. Pendant un bon moment, je suis restée avec le crayon à la main, ensuite j'ai essayé de camoufler les éraflures avec ma salive. Enfin j'ai suivi mon père et, en chemin, j'ai préparé ma défense : ce n'était pas juste ; je n'avais pas d'amis ; les gosses étaient de parfaits crétins ; la maison était sinistre. Quand j'ai ouvert la porte de la grange, je n'ai tout d'abord rien vu. Mon père n'avait pas allumé. Peu à peu, au clair de lune qui filtrait par les fenêtres, je l'ai repéré, debout, au fond de la vaste pièce, appuyé contre le mur. Peut-être était-il simplement en train de fumer une cigarette, mais, à mes yeux, il avait l'air épuisé et vaincu, l'air d'un homme qui sait qu'il a tout perdu.

J'ai refermé la porte aussi doucement que j'ai pu et je suis allée me rasseoir sur le canapé, où j'ai terminé mes devoirs sans difficulté, ce que j'aurais pu faire dès le début. En fouillant dans les placards, j'ai déniché une boîte de cacao ; j'ai donc fait bouillir de l'eau dans une casserole et préparé du chocolat. Les deux tasses à la main, je suis retournée dans la grange et j'ai appelé bien fort : « Papa ! » Avant que j'arrive à la porte, les lampes se sont allumées. Je suis entrée comme si rien ne s'était passé dans la tanière à peine une heure plus tôt. « Tu veux boire un chocolat chaud ? » ai-je demandé.

Assis côté à côte sur un banc, nous avons soufflé sur nos tasses. « Voilà qui vient à point nommé », a-t-il dit, et son effort pour mettre une touche de gaieté dans sa voix était héroïque. Aucun de nous n'a fait allusion à notre récent accrochage.

« Il fait froid là-dedans, ai-je remarqué.

— Je vais essayer de réparer le poêle à bois.

— Je me disais que j'aimerais bien acheter quelques posters pour ma chambre.

— À Lebanon, il doit y avoir un magasin où tu pourras en trouver. Nous irons voir ce week-end.

— Et l'autre chose dont je vais avoir besoin, c'est un bureau. »

Mon père a incliné la tête.

« Qu'est-ce que tu vas faire comme travail ? lui ai-je demandé.

— Je ne sais pas. Peut-être quelque chose avec mes mains. »

En me réveillant, j'entends un son étouffé. Le vent s'est arrêté ; il n'y a plus de crépitement contre les fenêtres, plus de sifflement contre les vitres. Le monde est complètement silencieux, comme s'il se reposait après sa longue bataille de la nuit. Pieds nus, je sautille jusqu'à la fenêtre sur le sol glacé. Le ciel est gris et la neige tombe toujours.

J'enfile mes chaussons et ma robe de chambre, j'ouvre la porte de ma chambre. Dans la cuisine, j'entends qu'on referme le réfrigérateur. Papa doit être levé, me dis-je.

Mais ce n'est pas mon père que je trouve dans la cuisine ce matin. Charlotte se tient devant la cuisinière, une spatule à la main. Elle porte le pyjama en flanelle aux ours roses et bleus, et ses chaussettes grises en angora. J'examine les torsades et, l'espace d'un instant, tout ce que je vois, c'est la chambre du motel avec ses draps pleins de sang. Je lève les yeux sur le visage de Charlotte.

« Je prépare du pain perdu », dit-elle. Ses cheveux sont humides et lui retombent sur la nuque en tortillons isolés. À la lumière du plafonnier, son visage luit de propreté.

« Tu bois du café ? »

Je lui réponds que non. Le changement qui est intervenu en elle est dérangeant. Elle semble reposée, mais il y a autre chose : elle paraît en meilleure santé, plus robuste.

Trois assiettes et des couverts ont été placés sur le plan de travail, près du fourneau. Charlotte met deux tranches de pain dans l'une des assiettes. « Je ne sais pas si tu aimes le sirop d'érable, alors je te laisse faire.

— On dirait que vous allez beaucoup mieux. »

Le pain doré nage dans du beurre fondu. Je me verse un verre de jus de fruits et j'emporte mon plateau dans la tanière. Deux minutes plus tard, Charlotte me suit.

Elle s'assied sur le canapé, moi dans mon fauteuil, comme si nous avions déjà instauré des habitudes familiales. Son plateau oscille une seconde, et du sirop dégouline sur son pyjama. « Désolée », dit-elle en l'essuyant avec son doigt.

D'une main, elle retient ses cheveux en arrière pendant qu'elle se penche sur son assiette. Elle coupe son pain d'une manière frénétique, en raclant sa fourchette sur son assiette. Quand elle avale son jus, elle fait du bruit. Son sans-gêne est celui d'une personne qui aurait pris son petit déjeuner dans la tanière avec moi pendant des années.

« Combien de centimètres de neige, à ton avis ? » demande-t-elle.

Je jette un coup d'œil par la fenêtre. « Je n'en sais rien. Quatre-vingt-dix à un mètre, peut-être ?

— C'est bien pour les skieurs.

— Après Noël, j'irai faire du ski.

— Où ça ?

— À Gunstock.

— Il va falloir que tu peignes une nouvelle montagne.

— J'ai déjà acheté la peinture. »

Elle s'appuie à son dossier, le plateau toujours en équilibre sur ses genoux. Je regarde mon petit déjeuner, auquel j'ai à peine touché. Mon appétit me trahit. Je ne suis pas habituée à cette créature qui peut avoir le cœur brisé à un moment donné, et exploser de vie tout de suite après.

« Combien de temps ça va prendre de dégager les routes ? demande-t-elle.

— Je ne sais pas exactement. La nôtre est la dernière dont la municipalité s'occupe. Une journée, peut-être plus.

— Tant que ça ! » s'exclame-t-elle en regardant par la fenêtre.

J'ignore si c'est une bonne ou une mauvaise nouvelle. Je suis curieuse de savoir où elle ira après nous avoir quittés.

Sans explication, je me lève et emporte mon plateau à la cuisine. Je me sens mal à l'aise, ici, avec Charlotte, j'ai peur que mon père ne descende et la trouve là, bien installée dans notre maison.

Je monte l'escalier et m'arrête devant sa porte. Je colle l'oreille contre le bois, mais je n'entends rien. J'appelle tout doucement : « Papa ?

— Entre », répond-il de l'autre côté.

Il est assis tout habillé au bord de son lit, en jean et pull marron sur une chemise en flanelle. Il vient d'enfiler ses chaussettes. Avec ses cheveux aplatis sur les tempes et hérissés au sommet, il ressemble à l'oiseau fou des dessins humoristiques publiés dans le journal du samedi matin.

Dans la faible lumière, j'aperçois sa commode recouverte par des magazines, des pièces de monnaie, un mouchoir roulé en boule, un unique gant en cuir et son portefeuille. Dans un coin, une chaise sert de placard. Ce matin elle supporte une haute pile de chemises en flanelle, de jeans, et une serviette. Sur la table de chevet sont posés un réveil, une grande tasse blanche, un livre sur la guerre de Sécession. Et aussi une chandelle plantée dans un bougeoir et une lampe électrique. Par précaution.

J'avance d'un pas et demande : « Ça va ?

— Bien sûr. Pourquoi ?

— Tu te lèves tard, c'est tout.

— Je me suis couché tard hier soir. »

Mes yeux s'habituent à la pénombre et je remarque que mon père a des petites touffes argentées au-dessus des oreilles. Est-ce que c'est nouveau ?

« Il continue à neiger ? questionne-t-il.

— Ouais. »

Mon père se lève et se masse les reins. « Je voudrais dégager le chemin du hangar à bois, au cas où il y aurait une coupure de courant.

— Je vais le faire. »

Mon père lève un sourcil. D'habitude, je ne propose jamais mon aide pour les corvées que je déteste. Il s'approche de la fenêtre et, d'un geste bruque, soulève le store. Bien que la lumière soit toujours du gris terne de la tempête, elle éclaire la surface d'une petite photographie posée sur la commode. J'avance d'un pas dans la pièce pour mieux l'examiner.

On y voit une Clara tout juste âgée d'un an. Elle a dû être prise peu de temps avant l'accident. Clara porte un pull bleu roi, mais quelqu'un, moi peut-être, lui a mis autour du cou l'écharpe marine de mon père et l'a coiffée d'un bonnet de ski. Dessous pointe une frange irrégulière, et quelques mèches s'échappent aussi pour lui retomber sur les oreilles. Incroyablement grands, ses yeux ont pris la couleur du pull. La lumière du flash donne l'impression que ses grosses joues et son nez sont éclairés de l'intérieur. Sa lèvre inférieure est d'un rose luisant. Clara semble ravie de son nouvel accoutrement et sourit en montrant ses deux incisives du haut. Sur son sourcil droit, on remarque une minuscule cicatrice rouge, pas plus grosse qu'un petit pois.

C'est une nouvelle photo, ou plutôt une ancienne qui a été installée depuis peu sur la commode. Même si je pénètre rarement dans la chambre de mon père, je suis certaine de ne pas l'avoir vue le soir où nous avons trouvé le bébé.

À l'intérieur de moi, quelque chose se rétracte, comme une éponge pressurée.

« Elle était belle », dit mon père derrière moi.

Le matin du premier anniversaire de Clara, mon père m'emmena au sous-sol pour emplir d'hélium des ballons de toutes les couleurs. Pendant qu'il inhalait ce gaz, il avait la voix de Donald. Nous apportâmes ces ballons à l'étage et, là, ils se mirent à rebondir dans toutes les pièces ou à retomber en tas, au gré des courants d'air. Le soir, ils planaient à cinq centimètres des plafonds et, à midi le lendemain, ils s'étaient affaissés par terre, sur les sièges, derrière la télévision, fournissant le prétexte d'une conférence improvisée sur la nature des gaz, la pression de l'air et les lois de la gravité. Avant l'accident, mon père était réputé pour ce genre de leçons qu'il dispensait avec un grand sérieux, escomptant en retour une attention soutenue. Parfois ma mère levait les yeux au ciel et s'exclamait avec une affection manifeste : « Nous voilà repartis ! », mais, pour ma part, je les écoutais avec plaisir, puisque, pendant ce temps, mon père m'accordait toute son attention. S'il abordait quelquefois des domaines scientifiques ou historiques, ses sujets de prédilection étaient d'ordre moral. Plus d'une fois j'ai eu droit au sermon « Tu peux y arriver », en général avant une interrogation écrite ou un match qui m'angoissaient. Je garde un souvenir mémorable de celui qu'il a fait sur « Ta réputation est précieuse », à l'occasion de ma première fête entre garçons et filles. Et, chaque fois que je me plaignais d'un devoir de maths ou d'un morceau que j'en avais assez de jouer à la clarinette, c'était le thème « C'est en forgeant qu'on devient forgeron » qui revenait. Dès neuf ans, j'étais capable de réciter mentalement ses cours pendant qu'il parlait, mais, à l'époque, mon père m'intimidait tellement que je n'osais pas lui manquer de respect. Je me suis souvent demandé ce qui se serait passé si j'étais arrivée à l'adolescence sans que la catastrophe fasse irruption dans notre vie, et à partir de quand je me serais mise à croire que mon père n'avait plus rien à m'apprendre.

La veille, ma mère m'avait déposée en ville pour choisir le cadeau de ma sœur. Jamais encore je n'avais fait les magasins toute seule, et j'étais à la fois surexcitée et nerveuse. Ma mère m'avait prodigué cent recommandations et, à trois reprises, j'avais dû lui répéter à quel endroit et à quelle heure nous devions nous retrouver. Je devais payer le cadeau avec mon argent de poche, dix dollars puisés dans ma tirelire.

Je commençai par un magasin que mes parents appelaient un *five and dime*, même si rien n'y coûtait cinq ou dix *cents*. J'errais dans les allées du rayon jouets, tâtais poupées, puzzles et jeux de société. Le problème avec Clara, me disais-je, c'était qu'elle pouvait seulement assembler des cubes ou enfiler des cercles en plastique sur un cône. Je sortis du magasin pour entrer dans celui d'à côté, qui vendait des vêtements d'enfant, des robes à smocks, des chapeaux de toile, et où une simple paire de chaussettes coûtait six dollars. Je tentai ma chance au drugstore, pour voir si, par hasard, il n'y aurait pas un jeu fantastique dans le rayon tout-petits, mais ce fut un vrai fiasco (à part une boîte de Good and Plenty[1]), si bien que je retournai au *five and dime*. En arpentant les allées, je commençai à songer que le cadeau le plus approprié serait un jeu que Clara pourrait apprendre peu à peu, quelque chose qui durerait indéfiniment, un jouet que je n'avais pas remarqué jusque-là mais avec lequel je pourrais moi-même jouer pour lui montrer ensuite comment faire.

J'arrivai au rendez-vous avec cinq minutes d'avance, et ma mère aussi.

« Qu'est-ce que tu as acheté ? me demanda-t-elle.

— Un matériel de gravure », répondis-je.

Ma mère prépara un gâteau d'anniversaire en forme de train. Elle me permit de décorer les wagons avec un glaçage jaune, vert et bleu, le rouge étant réservé à la dernière voiture. De la pâte de guimauve fut utilisée pour la cheminée ; des bonbons Lifesaver, en forme de disques, pour les fenêtres ; et le train roulait le long de ses rails en réglisse sur la table de la salle à manger. Une fois le repas terminé, il avait l'air d'un jouet, et aucun d'entre nous n'avait envie de le découper après avoir soufflé l'unique bougie d'anniversaire.

Ce matin-là, Clara s'était réveillée avec une douleur dans les oreilles. Elle passa toute la journée à hurler et à gémir, mettant les nerfs de ma mère à rude épreuve et arrachant maints profonds soupirs à mon père avant même l'arrivée du premier invité. Quant à moi, je trouvais ma petite sœur vraiment pas marrante,

1. La plus ancienne marque de bonbons américains. *(N.d.T.)*

d'autant que j'étais un peu jalouse de tous les cadeaux bien emballés et disposés dans un coin et que j'avais hâte de m'emparer de l'un d'entre eux.

On ne fête jamais l'anniversaire d'un bébé d'un an pour lui faire plaisir. Clara ne percevait ni les festivités ni l'angoisse de la famille. La fête était pour mes parents et pour moi. J'étais encore à l'âge où on a besoin d'être là quand un cadeau est ouvert ; je voulais déchirer moi-même le papier, dans une sorte de frénésie par procuration. Imperméable à la surexcitation ambiante, épuisée par ses pleurs, Clara s'endormit pendant que nous lui chantions *Happy Birthday*. Répugnant à réveiller un bébé grincheux, ma mère estimait que nous devrions continuer sans elle, et je l'approuvais. La plupart des photos prises ce jour-là montrent Clara endormie, un chapeau pointu sur la tête, la bouche ouverte, le nez qui coule. Vêtue d'un caleçon cramoisi et d'un tee-shirt My Little Pony arborant un poney, j'ai une expression anxieuse et semble exiger mon dû. Ma mère, qui avoua ce soir-là avoir mal à une dent – il fallut la dévitaliser par la suite –, avait le front plissé entre les sourcils. Sur une photo qu'elle prit longtemps après le départ des invités, mon père est endormi sur le canapé, bateau sur la petite mer que formaient les papiers cadeau froissés, Clara couchée sur sa poitrine. En voyant cette photo, on l'entend presque ronfler.

Je respecte ma parole. Pendant que mon père est au téléphone avec ma grand-mère, qui lui explique comment elle va réussir à se rendre à Lebanon (tous ses vols ont été retardés ou annulés), je m'emmitoufle dans ma parka, mon pantalon, mon bonnet et mes gants de ski, et je me mets à déblayer le chemin du hangar à bois. L'expédition de ma grand-mère sera héroïque pour une personne de soixante-treize ans : il lui faudra conduire elle-même jusqu'à l'aéroport d'Indianapolis, prendre l'avion jusqu'à Newark, changer de vol, atterrir à Boston, y attendre un troisième avion, un petit appareil de dix passagers sur lequel la plupart des jeunes de vingt ans n'oseraient jamais embarquer, puis, une fois arrivée à Lebanon, faire le trajet jusqu'à Shepherd dans la camionnette de mon père. Entre son domicile et le nôtre, elle devra compter dix heures. Elle jure que ça en vaut la peine, mais je me doute que bientôt elle ne sera plus capable d'effectuer ce voyage et que nous serons obligés d'aller la voir à Indianapolis, perspective qui me ravit. À douze ans, changer trois fois d'avion dans la même journée serait pour moi le paradis.

De fins cristaux glacés tourbillonnent à présent et me piquent le visage si je ne baisse pas la tête. La couche de neige atteint près de quatre-vingt-dix centimètres, et dissimule herbe et buissons ; elle s'étend dans toutes les directions, seuls les arbres se détachent sur ce fond. Chaque branche de pin ou de bouleau est blanche, tout comme le hangar vers lequel je me dirige. Les buissons forment des renflements irréguliers, la forêt a perdu son aspect étiolé de début d'hiver. Nous sommes coupés du monde. Je pense aux gens qui habitaient la maison à l'époque où elle a été construite, à la fin du XIXe siècle, alors qu'il n'y avait pas de chasse-neige municipal pour rendre praticables voies publiques ou privées. Et aux Indiens qui vivaient dans la région avant qu'il y ait des maisons, et qui devaient littéralement se creuser un chemin à travers la neige pour pouvoir respirer un peu d'air.

Le ciel paraît s'éclaircir, et je suppose que la neige qui tombe en fins flocons indique que le vent du nord-est s'essouffle. Quand le soleil percera, ce même paysage sera aveuglant. Parallèle à la pente qui mène chez nous, un champ est assez long pour y faire de la luge. Mais, s'il y a moins de quatre-vingt-dix centimètres de neige, je ne pourrai pas descendre correctement sans être ralentie par le haut des buissons. Parfois j'arrive à persuader mon père de sortir les luges rondes rudimentaires, en aluminium, et de m'aider à tasser la neige en dévalant lui-même la pente plusieurs fois.

Je manie plusieurs fois la pelle et m'aperçois que la neige est lourde. Avec la température qui augmente, elle se tasse. Ça pourrait me prendre une bonne heure de déblayer jusqu'au hangar, et je commence à regretter mon élan de générosité. J'espère qu'après avoir téléphoné aux compagnies aériennes mon père aura pitié de moi et me donnera un coup de main.

Je m'attelle sérieusement à la tâche et me mets presque aussitôt à transpirer. J'ôte écharpe et bonnet, j'ouvre ma parka. Au bout de quelques minutes, comme on pouvait s'y attendre, j'ai froid et dois me rhabiller. Je passe par trois cycles d'habillage et de déshabillage successifs, et me dis que je ferais bien de rentrer boire une tasse de chocolat quand la porte de derrière s'ouvre.

« Coucou ! » fait une voix.

Charlotte est à moitié dedans, à moitié dehors. Ses cheveux s'étalent sur ses épaules en séchant.

« Est-ce qu'il y aurait un bonnet et des moufles que je pourrais emprunter ? me demande-t-elle.

— Pourquoi ?

— Je veux t'aider à déblayer. »

172

Je secoue la tête. « Vous ne pouvez pas. Vous êtes… » Je me débats pour trouver le mot juste. « Malade » ne convient pas. « Vous êtes… fatiguée.

— Je me sens très bien. J'ai besoin de prendre l'air. »

Mon père va me tuer s'il voit Charlotte dehors en train de pelleter la neige avec moi. D'ailleurs, où est-il ? « Le siège du banc se soulève. Dedans, nous rangeons des moufles et des bonnets. »

Elle se faufile à l'intérieur, en ressort une minute plus tard et prend trois longues goulées d'air, comme si elle était restée enfermée pendant des jours et des jours. C'est peut-être le cas. Son jean est rentré dans ses bottes, qui sont en cuir, et pas du tout adaptées à la neige. Elle a choisi une vieille paire de gants en cuir que mon père met pour faire du ski de randonnée et un bonnet multicolore que je m'étais tricoté à dix ans. Il y a des défauts et il se démaille au sommet.

« Bon. Vous n'avez qu'à commencer là où je me suis arrêtée. Je vais chercher l'autre pelle, je partirai du hangar, et nous nous rejoindrons. »

La neige s'est accumulée contre la grange et m'arrive aux cuisses. Je trouve le loquet, pèse sur la porte et entraîne une bonne quantité de neige dans la vaste pièce obscurcie. Comme toujours, ça sent bon la sciure et le pin. Inutile d'allumer, je sais où sont rangées les pelles. Si mon père est bordélique dans sa chambre, il est méticuleux dans la grange. Chaque outil a sa place sur l'établi ou est suspendu à un crochet au-dessus. Les gros outils, pelles et râteaux, sont appuyés au mur près de la porte.

La pelle sous le bras, je me traîne entre les congères. En tournant le coin, je vois les bras de Charlotte qui s'activent, et la neige qui retombe en gerbes sur un côté. Elle travaille avec autant de force qu'un homme, et je m'aperçois que, durant ma courte absence, elle a déjà plus avancé que moi jusqu'ici.

Lorsqu'elle se débarrasse du bonnet, ses cheveux oscillent d'un côté à l'autre au rythme des coups de pelle. Elle respire fort, mais ne halète pas.

Mise au défi, je me penche sur ma tâche et essaie de rivaliser de vitesse, mais mes bras ne sont tout simplement pas assez robustes. Quand je jette un coup d'œil pour vérifier, je m'aperçois que, malgré ma détermination, Charlotte a pris de l'avance sur moi.

Nous nous rejoignons plus près de mon bout que du sien. C'est elle qui termine, avant de frapper la pelle contre le sol pour en faire tomber la neige. « Et voilà ! dit-elle avec satisfaction.

— On ne faisait pas la course.

— Qui parle de course ? » Elle retire ses gants. La neige s'est presque arrêtée.

« Je rentre, dis-je.

— Je te rejoins tout de suite. »

Une fois à l'intérieur, je m'assieds sur le banc pour ôter mes bottes d'un coup de pied, fais glisser les bretelles de mon pantalon de ski et me retrouve en caleçon long et en pull. J'ai les cheveux collés au crâne, le nez qui coule, et la bouche tellement glacée que je ne parviens pas à la faire bouger correctement.

« Qu'est-ce qu'elle fabrique ? » lance mon père derrière moi.

Je ne l'avais pas entendu descendre l'escalier. « Elle m'a un peu aidée à déblayer.

— Elle déblaie ?

— Elle était surtout à côté de moi. Je pense qu'elle avait besoin de prendre l'air. J'allais nous préparer du chocolat. »

Mon père scrute mon visage.

Je m'empresse d'ajouter : « Pour nous réchauffer. »

Mon père entre dans la cuisine, et j'ai l'impression qu'il veut se servir une tasse de café. Au lieu de quoi il s'immobilise devant le plan de travail, pose les mains au bord du Formica et incline la tête. Est-ce une simple coïncidence s'il se penche au-dessus du téléphone ? Songe-t-il à appeler l'inspecteur Warren ou Boyd ? Il se redresse et se frotte la nuque. « Je vais dans la grange », annonce-t-il.

Le chocolat est prêt et Charlotte n'est toujours pas revenue. Je place les grandes tasses sur le banc, dans l'entrée, et passe la tête dehors. En marchant ou en rampant, Charlotte a parcouru une dizaine de mètres à partir de la maison, et regarde vers les bois. Ses bottes en cuir vont être fichues, me dis-je.

Je l'appelle, mais soit elle ne m'entend pas, soit elle est tellement absorbée qu'elle n'y prête pas attention. Les mains dans les poches de sa parka, elle regarde au loin, comme si elle contemplait la mer et attendait le retour d'un mari parti pour un long voyage, ou comme si elle cherchait un enfant venant de se soustraire à sa vue.

J'appelle d'une voix plus forte, plus insistante : « Charlotte ! »

Elle tourne la tête.

Sans fournir d'explication, je braille : « Revenez ! »

L'espace d'un instant, je pense qu'elle va m'ignorer. Puis, pendant que je l'observe, elle pivote dans ma direction et commence à rebrousser chemin, tâchant de poser les pieds dans ses traces précédentes, tout à fait comme j'ai vu l'inspecteur Warren le faire il y a quelques jours. À un moment donné, elle trébuche, se relève, avance un peu, puis se met à sauter dans la neige à la manière d'un enfant dans les vagues. En arrivant à la porte, elle est hors d'haleine.

« J'ai préparé du chocolat. Votre tasse est sur le banc.

— Merci », dit-elle en se glissant devant moi pour entrer.

Je lâche dans son dos : « Vous ne regardiez même pas dans la bonne direction. »

Elle s'assied sur le banc, moi dans l'escalier. Je l'entends, mais je ne vois que ses bottes. J'ai envie de lui dire de les enlever – ses pieds se réchaufferont plus vite –, mais je tiens ma langue. J'imagine ses mains refermées sur la chaleur de la tasse, son nez et ses joues rougis par le froid. Je l'entends souffler sur le chocolat brûlant et avaler une gorgée. « Tu me montreras l'endroit ?

— Non.

— Pourquoi ?

— Vous le savez très bien.

— Je ne vois pas où serait le mal. »

Je rétorque : « Moi, si. » Et pourtant, je ne pourrais sûrement pas répondre si on me posait la question.

« Je veux juste voir.

— Pourquoi ? Qu'est-ce que ça vous apporterait ?

— Je suis incapable de l'expliquer.

— Ne faites pas l'imbécile. »

Elle garde le silence. Je pose ma tasse et me prends la tête dans les mains. « Y aller vous ferait plus de mal que de bien, dis-je au bout d'un moment. Et puis ce serait dangereux. Vous n'avez jamais marché avec des raquettes. »

Je l'entends se moucher. « Bien sûr que si. »

Ah bon ? Je ne sais presque rien de sa vie. « De toute façon, je ne suis pas certaine de pouvoir retrouver l'endroit. La neige a dû recouvrir toutes les traces. »

En fait, je suis presque sûre de pouvoir le retrouver. J'ai déjà parcouru deux fois le trajet, aller et retour, et je suis convaincue que je reconnaîtrais la configuration des arbres et de la pente. D'ailleurs, je sais pertinemment quelle direction il faudrait prendre.

« Il ne neige plus, dit-elle.

— Et alors ?

— Nous n'aurons aucun mal à revenir sur nos pas. Nous laisserons une flopée de traces.

— Il n'y a rien là-bas, Charlotte. Seulement des bandes de plastique orange. »

Elle se tait et, dans le silence qui s'étire, je lui fais une proposition que je ne devrais pas faire, je le sais bien, et que je regretterai sans doute. Mais l'esprit d'aventure est en moi et lutte pour s'exprimer. « Bon, d'accord. On va conclure un marché.

— Quel marché ?

— Vous répondez à mes questions, et je vous emmènerai peut-être », dis-je, sachant que je m'engage sur un terrain miné. Si elle accepte ma proposition, je devrai remplir ma part d'obligations.

« Entendu », dit-elle.

Je me dépêche de relâcher mon souffle et demande : « Qui est cet homme ?

— Il s'appelle James », répond Charlotte sans hésiter.

James. « Comment l'avez-vous rencontré ?

— À l'université. Combien de questions vas-tu me poser ?

177

— Je ne sais pas. Quelques-unes. Quelle université ? »

Il y a un silence. « Je ne peux pas te le dire. Demande-moi autre chose.

— Vous l'aimez encore ? » Je suis certaine d'entendre un tremblement dans ma voix.

Elle hésite. « Je l'ignore, dit-elle avec prudence. Je l'aimais beaucoup. » Elle s'interrompt. « J'étais folle de lui. »

Quelque chose dans son ton me rappelle la façon dont les gens parlent d'une personne qui est morte. Ou de quelqu'un qu'on a aimé il y a longtemps ; qu'on aime toujours, peut-être, en secret.

« Il sait où vous êtes en ce moment ?

— Non. »

Je me sens soulagée. L'idée qu'il puisse l'attendre quelque part, hors de vue, dans le *bed and breakfast* du village, peut-être, ne me plaisait vraiment pas.

« Il était splendide », ajoute-t-elle doucement.

Jamais encore je n'avais entendu qualifier un homme ou un garçon de splendide. « Comment il est ?

— Il a des cheveux bouclés, très bruns, qui lui retombent sur le front. Il les repousse souvent en arrière – c'est un de ses traits caractéristiques. Et il a les yeux verts. Ses dents de devant ont des couronnes parce qu'il les a abîmées en jouant au hockey. Il n'est pas très grand. »

En relâchant lentement mon souffle, je lui demande alors : « Qui a emmené le bébé dans la neige ? »

Là, assise sur une marche, j'ai l'impression que mon avenir est suspendu à sa réponse, que toutes mes connaissances ou mon opinion sur les gens dépendront de ce qu'elle va dire.

Charlotte garde longtemps le silence. Je tends la tête au coin de l'escalier. Elle est assise le dos appuyé au mur, les yeux fixés sur la fenêtre.

« Nous étions d'accord pour aller au motel », dit-elle d'un ton prudent.

Ce n'est pas la réponse que j'attendais, mais je me tais. J'ai posé mes questions, elle y a répondu. Quand je me lève, mes jambes flageolent. J'appuie les mains sur mes cuisses pour les stabiliser. Je prends une longue inspiration et expulse l'air.

« D'accord. Je vous emmène là-bas. »

Le soir où Clara est née, mon père est apparu à la porte de ma chambre pour me prévenir que j'allais passer la nuit chez Tara. J'avais vaguement remarqué certaines perturbations au sein du foyer – guère plus importantes qu'une perte de clés, disons, ou que le petit accident d'un animal domestique sur le tapis –, des catastrophes mineures dont je ne voulais pas me mêler. En fait, Clara est née avec trois semaines d'avance, et le déclenchement soudain des douleurs a pris mes parents au dépourvu.

J'étais en train de lire sur mon lit. Mon père semblait affolé, à la manière des parents qui, ne voulant surtout pas effrayer un enfant, obtiennent exactement le résultat inverse. Il a sorti des tiroirs de la commode quelques vêtements et les a fourrés dans un sac en papier. Je suis partie en pyjama, mon manteau jeté sur les épaules. J'ai dit au revoir à ma mère, mais elle n'était déjà plus vraiment là tant elle se concentrait sur le tremblement de terre qui se produisait en elle. Je voulais qu'elle me serre dans ses bras ou m'embrasse, et j'y serais parvenue en insistant ; mais, pressé de m'accompagner pour rejoindre au plus tôt sa femme, mon père m'a tirée par la manche.

En temps normal, mon père conduisait d'une manière détendue, mais, ce jour-là, il s'accrochait au volant et répondait à mes questions par des phrases écourtées, comme quelqu'un dont l'attention est ailleurs. Un kilomètre et demi à peine séparait notre maison de celle de Tara, et pourtant le trajet m'a paru durer une éternité. « Qu'est-ce qui se passe ? lui ai-je demandé. Maman risque de mourir ?

— Non. Tout va bien. Très bien. »

Quand nous sommes arrivés chez Tara, l'accueil exagérément chaleureux de Mme Rice m'a inquiétée encore davantage. « S'il y a quoi que ce soit que nous puissions faire... », a-t-elle susurré dans le dos de mon père, qui se hâtait de battre en retraite. Plantée devant la fenêtre, je l'ai vu regagner sa Saab au pas de course puis démarrer à fond de train, comme un adolescent. Est-ce que le bébé allait mourir ? Pendant que je pleurnichais, Tara, à côté de moi, se rongeait les ongles jusqu'au sang. « Allons, allons ! s'est écriée Mme Rice avant de suggérer le remède américain à tous les désastres potentiels : Tu veux manger quelque chose ? »

En moins d'une heure, j'avais oublié ma détresse. Tara et moi avons veillé tard en jouant à Donjons et Dragons avec son frère, si bien que nous avons dormi jusqu'à dix heures le lendemain, qui était le jour de Thanksgiving. En entrant dans la cuisine, j'ai donc été surprise d'entendre que j'avais une petite sœur et qu'elle s'appelait Clara.

Plus tard, je devais apprendre tous les détails. Voulant à tout prix sortir, ma sœur était née dans l'ascenseur, ce qui avait horrifié le garçon de salle qui accompagnait ma mère, en fauteuil roulant, au service de maternité. Il arrêta l'ascenseur au premier étage venu, hurla pour appeler à l'aide, et l'accouchement fut techniquement réalisé par un orthopédiste en chemise et cravate, sur le point de rentrer chez lui après avoir effectué de longues heures à l'hôpital. Tout le monde était éreinté – surtout mon père, qui s'était agenouillé pour attraper sa fille avant qu'elle heurte le sol.

Mon père est venu me chercher pour m'emmener à l'hôpital. C'était un papa bien différent de celui qui m'avait déposée chez les Rice la veille. Il sifflotait, conduisait d'un seul doigt posé sur le volant, et, en me détaillant l'histoire de l'ascenseur, il riait tout bas, comme si on venait de lui en raconter une bien bonne. Il m'a emmenée au service de maternité et m'a montré ma sœur. J'ai cru qu'il s'était trompé et j'ai vérifié le nom. Mais il n'y avait pas d'erreur. « Baker-Dillon » était inscrit sur une étiquette, au-dessus du petit lit.

La tête de Clara était difforme, et ses yeux de simples fentes, comme ceux des rats. Dès qu'elle pleurait, sa peau se marbrait de rouge et de violet, bref, elle ne ressemblait pas du tout aux bébés qu'on voit dans les magazines. Quand mon père m'a dit : « Hein, qu'elle est belle ? », je suis restée sans voix.

On m'a ensuite conduite auprès d'une maman qui était bizarre et bouffie. Elle a fait écho à mon père (« Tu l'as vue ? Elle est belle, hein ? ») et j'ai trouvé ça très dérangeant. Qu'arrivait-il à mes parents ? Ne voyaient-ils pas ce que je voyais ? « Nous avons un bébé de Thanksgiving », a déclaré ma mère d'un ton triomphant.

182

On m'a ramenée chez les Rice pour que je prenne avec eux le repas de Thanksgiving. Dans la vie d'un enfant, peu d'événements sont aussi déstabilisants qu'un repas de fête sans sa famille. Les plats n'étaient pas du tout les bons[1] – les Rice ont servi des petits pois, un flan à la gélatine, préparé avec un sachet, où nageaient des morceaux de légumes, et des huîtres gratinées en coquilles, que j'ai prises pour la farce –, et la table des enfants se trouvait dans la cuisine, ma tête à la hauteur du plan de travail, où de la sauce se figeait dans une casserole. Tout en mangeant, je me rappelais soudain – réminiscence cauchemardesque – que j'avais une petite sœur affreuse, réalité qui m'ébranlait et m'obligeait à dissimuler.

Ma mère et le bébé sont rentrés à la maison le lendemain matin, et, une fois de plus, mon père est venu me chercher. J'ai rassemblé mes affaires dans le sac en papier froissé et je l'ai suivi jusqu'à la voiture. Il avait le teint terreux d'épuisement et ne sifflotait pas. Me sentant flouée, trahie, je n'ai pas posé de questions, les yeux fixés sur ma vitre. Je ne suis pas obligée d'être contente, ne cessais-je de me répéter.

Une fois à la maison, mon père a jeté ses clés sur la paillasse de la cuisine. Quant à moi, j'ai posé mon sac de papier et laissé mon manteau glisser à terre. J'entendais ma mère qui m'appelait dans sa chambre.

« Vas-y », m'a dit mon père en sentant ma réticence.

---

1. Pour le repas de Thanksgiving, on sert traditionnellement de la dinde farcie, accompagnée de sauce aux airelles, puis une tarte à la citrouille. (*N.d.T.*)

Lentement, j'ai grimpé les marches. Une fois à la porte, j'ai hésité. Ma mère avait l'air amollie et alourdie, dans un kimono de soie que mon père lui avait offert. Ses cheveux étaient noués en queue-de-cheval et elle portait des socquettes rouges. « Entre, m'a-t-elle dit avec un signe de la main. Viens t'asseoir avec nous sur le lit. »

J'ai grimpé sur le haut lit blanc et me suis agenouillée face à ma mère. Clara était endormie dans ses bras. Déjà ma sœur avait perdu sa couleur marbrée de la veille. Elle faisait de minuscules baisers avec sa petite bouche ronde, délicate et boudeuse. « Tu veux la prendre dans tes bras ? » m'a demandé ma mère.

Je n'y tenais pas – tout comme, des années plus tard, je n'aurais pas envie de m'asseoir au volant d'une voiture pour la première fois, ni de gravir un glacier, attachée au câble du guide. J'avais peur ; je ne savais pas quoi faire. Je pensais que je pourrais étouffer Clara ou la casser. Pour le moins, je me ridiculiserais. Mais ma mère a insisté et m'a gentiment encouragée. « Vas-y, a-t-elle murmuré, comme si ce geste était un secret que nous partagions. Tu peux le faire. »

Je me suis tournée et j'ai appuyé le dos à la tête de lit. Avec précaution, ma mère a fait glisser le bébé dans mes bras. Clara était emmitouflée comme un petit Peau-Rouge, et son poids et sa chaleur m'ont aussitôt stupéfiée. Elle ne ressemblait plus à un rat, plutôt à un cochon. Au moment où je voulais lui toucher la joue, elle a ouvert un œil, m'a regardée bien en face, et puis l'a refermé. Je me suis mise à rire. J'étais sûre qu'elle me disait : « Coucou, sœurette… tu ne perds rien pour attendre, je me rattraperai plus tard, quand je serai capable de voir et de parler. »

Mon père est entré dans la chambre. Il a levé l'appareil et pris une photo. Tout le temps que nous avons habité dans l'État de New York, cette photo encadrée a trôné sur le manteau de la cheminée, dans la salle de séjour. Quand nous nous sommes installés dans le New Hampshire, j'ai insisté pour que mon père la déballe et la mette sur une étagère dans la tanière. Dessus, j'ai l'air aux anges, comme si on venait de me caresser intérieurement avec une plume.

Je m'habille autant que si je partais en expédition dans l'Alaska. Tout en m'attendant à voir surgir mon père, qui nous enguirlanderait et m'enverrait dans ma chambre, je prête à Charlotte une écharpe et un bonnet en meilleur état que le premier. Pour ses bottes en cuir, on ne peut pas faire grand-chose. Elle chausse du quarante, moi du trente-sept et demi, et mon père du quarante-six. « Ça ira, dit-elle. Je me fiche complètement de ces bottes. »

Une fois dehors, je lui donne un cours intensif d'utilisation des raquettes. « Ce n'est pas sorcier. Il suffit de les attacher et de se mettre à marcher. » J'ajoute, démonstration à l'appui : « Comme ça.

— Je sais comment on fait. »

Charlotte grimpe sur le talus de neige et se déplace en donnant l'impression que ses jambes sont des morceaux de bois qu'elle doit traîner. Tout en jetant de rapides coups d'œil vers la grange, je lui conseille de se détendre. Il me semble entendre le bruit d'une scie, du moins je l'espère. Nous parviendrons peut-être à la lisière de la forêt sans qu'il nous remarque. Je ne me rappelle pas avoir déjà dû quitter la maison en douce ; de toute façon, depuis deux ans et demi, je n'ai nulle part où aller.

Le temps que nous arrivions à un endroit où nous pouvons nous accorder une pause pour souffler un peu, Charlotte est hors d'haleine. Elle se penche en avant et pose les mains sur ses genoux, dans la posture d'un coureur de marathon après l'effort. Je lui demande une demi-douzaine de fois si ça va, et elle finit par rétorquer que j'ai intérêt à arrêter, qu'elle s'en sort très bien. Si mon père nous surprend (comme il ne peut manquer de le faire, ce n'est qu'une question de temps), il me reprochera moins d'avoir emmené Charlotte à l'endroit où son bébé a été abandonné que d'avoir mis sa vie en danger, je le sais parfaitement. Même si je la connais à peine, je fais confiance à Charlotte pour me prévenir au cas où elle aurait de sérieuses difficultés.

Je lui demande : « Vous êtes sûre de pouvoir y arriver ?

— Certaine. »

Délogée des branches, la neige tombe des pins en averses délicates. Charlotte commence à transpirer. Elle déroule son écharpe, descend à moitié la fermeture de sa parka. Son jean est mouillé jusqu'aux genoux, et je n'ose même pas imaginer l'état de ses bottes en cuir. Chaque pas en avant me paraît conduire au désastre, mais l'orgueil, le sentiment de ne pouvoir agir autrement ou simplement le réflexe de mettre un pied devant l'autre m'obligent à continuer.

Au bout d'un moment, je cesse de penser à une catastrophe imminente, à mon père et à Charlotte, et je me concentre sur la direction à prendre. Dans mon esprit, je revois bien le chemin ; quant à le retrouver, c'est une autre paire de manches. Je reconnais un affleurement rocheux, et l'endroit où mon père et moi avons pris à droite, mais ensuite je me laisse guider par mon instinct plutôt que par des repères précis. Grimpions-nous en contournant la montagne par la droite ? J'essaie de m'en souvenir, et regrette de n'avoir pas prêté plus d'attention au chemin le jour où nous l'avons refait avec l'inspecteur Warren.

Charlotte et moi instaurons une sorte de routine. Après avoir parcouru une trentaine de mètres, je me retourne pour vérifier si elle me suit et j'attends qu'elle me rattrape. Elle a l'air moins gauche qu'au moment où nous sommes parties et avance plus vite. Pendant que je l'attends, des images de catastrophe commencent à défiler dans un coin de mon esprit, mais je les repousse. Mon père ne m'accusera pas tant d'avoir risqué la vie de Charlotte, je m'en rends compte à présent ; le plus grave sera de s'être perdues et de forcer d'autres gens à partir à notre recherche. Si toutefois ils réussissent à nous retrouver.

Nous arrivons dans une clairière que je n'ai encore jamais vue. J'essaie de me convaincre que mon père et moi sommes passés non loin de là au cours de nos précédentes expéditions, mais je sais bien qu'il n'en est rien. Je répugne presque autant à avertir Charlotte que nous avons pris une mauvaise direction qu'à me l'avouer, mais je n'ai pas le choix.

Trop essoufflée, Charlotte se tait.

« Nous allons le retrouver », dis-je.

Nous revenons sur nos pas, faciles à repérer sur la neige vierge. De minuscules empreintes d'oiseau, en V, en marquent faiblement la surface et, de temps à autre, j'aperçois les petites éraflures d'un animal en fuite. Le défi, je le sais, est de repérer l'endroit où je me suis trompée. Je marche lentement, comme un chasseur, en examinant chaque arbre, chaque branche basse, où je cherche des cassures ; mais la végétation que mon père et moi avons pu déranger est recouverte de neige. On dirait que Charlotte et moi flottons au-dessus du sol de la forêt.

Déjà, j'ai reconnu ma défaite, même si je ne l'ai pas annoncée à Charlotte, quand, au loin, j'aperçois un minuscule point couleur framboise. « Attendez-moi ici », dis-je.

J'avance le plus vite possible. À dix mètres de la tache rose, je constate que c'est bien ce que j'espérais : mon bonnet, celui que j'ai perdu ce fameux soir. Il est coincé dans un enchevêtrement de branches, sans doute le vent de la nuit précédente l'a-t-il apporté jusque-là. Ce n'est peut-être pas une indication précise de la direction à prendre, mais le chemin ne doit pas être bien loin. Je hurle à Charlotte de venir me rejoindre.

J'attrape mon bonnet, contente de l'avoir récupéré. J'ai horreur de perdre quelque chose que j'ai tricoté.

Quand Charlotte arrive, je lui explique : « Mon bonnet. Le chemin est sûrement près d'ici. »

Les traces que mon père et moi avons laissées en venant et en repartant à deux reprises ont créé une légère dépression, comme si un ruisseau courait sous la neige. D'un signe de la main, j'enjoins à Charlotte de me suivre. Je ne quitte pas cette piste émoussée par la neige. Nous avançons encore pendant un quart d'heure, et j'aperçois au loin une bande orange révélatrice.

Quand Charlotte arrive à ma hauteur, je lui dis : « C'est là » en désignant l'endroit.

Un instant immobile, elle essaie de ralentir sa respiration. J'attends sa réaction. Pour ma part, j'ai fait mon boulot. Je ne suis rien d'autre que le guide. Mon rôle se termine ici, il ne me restera plus qu'à lui montrer le chemin du retour.

Elle avance, je la suis, nos positions sont à présent inversées. Le vent ploie la cime des pins en précipitant de la poudre blanche sur le sol.

Charlotte se glisse sous la bande orange.

Les empreintes entourées de peinture rouge ont été effacées. Le monticule pourrait être le terrier d'un animal. Je me refuse à penser qu'un bébé aurait pu rester ici, des édredons de neige empilés sur lui.

Charlotte marche jusqu'au milieu et s'agenouille. Elle porte toujours le bonnet rayé violet et blanc que je lui ai donné ; mais elle a déjà ôté les moufles. S'agenouiller dans la neige quand on est chaussé de raquettes est pour le moins malaisé. Ses pieds sont repliés vers l'arrière et les raquettes s'enfoncent dans ses reins.

Voilà qu'elle prend une poignée de neige, la porte à son visage, s'en couvre la bouche, le nez, les yeux pendant ce qui me paraît plusieurs minutes. La neige se met à fondre au contact de sa peau tiède et lui dégouline sur le menton. Charlotte pleure, ses épaules tremblent. D'un geste rapide, félin, elle s'allonge sur la neige, y enfouit la figure.

Je me tiens en dehors des marques. Au bout d'un certain temps, comme elle ne bouge toujours pas, je prononce son nom. « Charlotte ? »

Brusquement, elle se remet à genoux et donne de grands coups dans la neige. D'abord avec sa main droite, puis avec la gauche. La droite, la gauche. La droite, la gauche. Des gestes furieux, accompagnés de mots que je ne distingue pas au début. Je me dis qu'elle est seulement en train de gémir ou de pleurer, mais je comprends alors le mot « stupide ». Ensuite, « comment j'ai pu ». Penchée en avant, elle gifle la neige avec frénésie. Je l'entends répéter : « Mon Dieu, mon Dieu, mon Dieu. »

J'étais loin d'imaginer ça. Je me représentais une scène paisible, satisfaisante, permettant de cicatriser la blessure. Je ne m'attendais pas à cette fureur. Ni à ce déferlement de douleur.

Elle pivote, s'assied sur la neige, les jambes sur le côté, les mains dans le dos. Son visage est cramoisi, humide.

Plus impuissante que jamais, je patiente.

« Mon Dieu ! » dit-elle. Pas à moi, ni à un dieu quelconque, qu'elle soit croyante ou non. Son visage est tourné vers le ciel.

Penchée en avant, elle croise les bras sur sa poitrine, incline la tête, semble se refermer sur elle-même. Pendant cinq ou peut-être dix minutes, elle reste dans cette posture, sans bouger.

« Charlotte ? »

Elle lève les yeux, paraît surprise de me voir là, repousse les cheveux de son visage.

« Je crois que nous ferions mieux de rentrer », lui dis-je.

Avec difficulté, elle se relève, trébuche sur ses raquettes, sort de l'enclos en se glissant sous la bande. Je m'aperçois qu'elle a laissé le bonnet violet et blanc, mais je ne veux pas lui demander de retourner le chercher.

« C'est vous qui allez marcher devant, cette fois. Les traces seront faciles à suivre. Si vous vous trompez, je vous préviens. »

Des égratignures et des crevasses lui zèbrent la figure. Le bleu qu'elle s'est fait au menton en heurtant le coin de la table vire au jaune verdâtre. On dirait qu'on l'a tabassée. Je vais discrètement récupérer le bonnet et le fourre dans ma poche. Pendant que je la suis, j'observe le dos de sa parka bleue. Charlotte s'essuie le nez d'un revers de manche, ce qui ne doit pas servir à grand-chose. En repensant à ses égratignures, je m'inquiète en me demandant si elle ne se serait pas fait des engelures en enfouissant le visage dans la neige.

Elle avance lentement et j'ai du mal à ne pas marcher sur ses raquettes. Mais je n'ai pas envie de la précéder, de crainte qu'elle s'allonge par terre ou s'éloigne. Sa rage, son chagrin m'intriguent. Était-elle furieuse contre elle-même ou contre l'homme qui a abandonné le bébé ? Pas vraiment un homme, d'ailleurs, un garçon. Un étudiant. Comme elle. Elle n'a que dix-neuf ans. Est-ce qu'on est une fille ou une femme à dix-neuf ans ? Je me le demande. Et est-on un garçon ou un homme ?

À l'endroit où je me suis trompée de chemin, je l'appelle et lui indique par où il faut prendre. Tel un automate monté sur bambou, elle avance, parce qu'il n'y a pas d'autre solution. Si elle s'arrête, elle s'affaissera dans la neige, se roulera en boule, et je ne réussirai jamais à la faire se relever. À un moment donné, elle trébuche et met les mains en avant pour ne pas tomber. Ses paumes s'éraflent sur l'écorce rugueuse d'un pin.

Je lui recommande : « Enfilez vos moufles. »

Une fois que nous avons parcouru la moitié du chemin, je m'aperçois que j'ai faim. Je n'ai rien pris depuis le petit déjeuner, et encore, même là je n'ai pas mangé grand-chose tant je craignais de voir mon père descendre avant que j'aie rangé la cuisine.

Je fourrage dans mes poches à la recherche d'un chewing-gum ou d'un cracker sous Cellophane, en miettes, rescapé d'un déjeuner à la cantine. Charlotte s'immobilise et je marche sur l'arrière de ses raquettes.

Je lui demande : « Qu'est-ce qu'il y a ? »

Comme elle ne répond pas, je scrute le paysage. Au loin, j'aperçois une forme beige en mouvement.

« Merde ! »

J'avance à la rencontre de mon père, parce que je sais qu'il sera encore plus en colère s'il est obligé de venir jusqu'à nous. Toujours chaussées de nos raquettes, nous le rejoignons sur le sentier. Sa fureur est comprimée, monumentale.

« Au nom du Ciel, qu'est-ce qui t'est passé par la tête ? me demande-t-il à travers des lèvres presque gelées.

— Je voulais seulement… »

Il me coupe la parole. « Tu te rends compte de ce que tu as fait ? Elle aurait pu s'évanouir une nouvelle fois. Et si tu n'avais pas retrouvé le chemin ? Vous risquiez de mourir toutes les deux. »

Je reconnais à peine ses traits déformés. « Je veux te voir rentrer à la maison aussi vite que tes jambes te le permettront. » Il regarde Charlotte, derrière moi. « Quant à vous… », commence-t-il.

Mais le visage ravagé de Charlotte le réduit au silence. Les égratignures se remarquent encore davantage à présent et ses yeux sont gonflés.

« Que s'est-il passé ? » questionne-t-il.

Aucune de nous deux ne lui répond. J'imagine mal comment je pourrais ne serait-ce qu'essayer de décrire ce qui a eu lieu dans le cercle orange. Je sais, comme on sait ces choses à douze, ou même onze ou dix ans, que j'ai assisté à un spectacle que je n'aurais pas dû voir. Je sais aussi que je ne parviendrai jamais à effacer l'image de Charlotte en train de taper sur la neige à grands coups frénétiques.

Sachant que mon père devra attendre Charlotte, j'avance au milieu des arbres. Je ne tiens pas à ce qu'on me dise de monter dans ma chambre ; je vais y aller toute seule, je me mettrai au lit et rabattrai les couvertures sur ma tête. Avec un peu de chance, je m'endormirai et me réveillerai sans le moindre souvenir de l'heure qui vient de s'écouler.

Le chemin est facile à suivre : trois personnes en raquettes l'ont tassé. Dans sa colère, mon père a laissé les marques les plus profondes. La neige se met à tomber avant que j'arrive à la maison.

Le commencement d'une chute de neige m'étonne toujours. Au début, quelques minuscules flocons criblent l'air, de sorte que je ne sais pas au juste s'ils tombent du ciel ou si le vent les arrache aux branches. Puis ils s'abattent doucement, uniformément, comme au cinéma ou sur les cartes de Noël.

Moins d'un quart d'heure après avoir quitté Charlotte et mon père, j'ai l'impression d'être prise dans une tempête. L'idée me vient de les attendre, au cas où la neige recouvrirait les traces avant qu'ils arrivent à l'endroit où je me trouve, puis je me dis que mon père repérera sûrement le chemin. Je préfère ne pas penser à leur marche silencieuse, Charlotte devant, mon père lui emboîtant le pas, deux étrangers dans les bois.

Une fois arrivée, je détache mes raquettes, entre dans la maison, trouve un paquet de Ring Dings dans un placard de la cuisine et me dépêche de monter dans ma chambre. Je laisse glisser à terre mes vêtements lourds d'humidité et me voilà en sous-vêtements. En regardant dans le miroir suspendu au-dessus du bureau, je remarque des gerçures rouges sur mon visage et constate que mes cheveux se séparent en mèches emmêlées. Je vais m'asseoir au bord du lit et me fourre les Ring Dings dans la bouche.

Toujours en train de mâcher, je m'allonge et tire les couvertures jusqu'au menton. Derrière la fenêtre, le monde est opaque. J'entends une porte s'ouvrir, se refermer, des bottes taper le paillasson dans l'entrée de derrière. Aucun mot n'est échangé, seuls des pieds en chaussettes montent l'escalier. La porte de la chambre d'amis craque. D'autres pas se font entendre dans l'escalier, plus lourds que les premiers. La porte de la chambre de mon père couine. Allongée dans mon lit, je tends l'oreille, mais le silence règne.

Un coup frappé à ma porte me réveille. Il me semble qu'il fait plus froid que d'habitude dans ma chambre. Je me redresse sur les coudes et remarque qu'il fait encore nuit dehors.

« Nicky ! appelle mon père.

— Une minute ! »

Je rejette les couvertures de côté, attrape ma robe de chambre suspendue à la porte et l'enfile. Je noue la cordelière et ouvre.

Mon père se tient sur le palier obscur. Il dirige vers le sol le pinceau d'une torche, si bien que je distingue à peine son visage.

« Nous n'avons plus de courant, dit-il.

— Quelle heure est-il ?

— Sept heures du soir. Habille-toi et descends dans la tanière. Réveille-la et demande-lui de descendre elle aussi. » Mon père ne veut toujours pas prononcer son nom. « Et puis, Nicky…

— Quoi ?

— … ne te lance plus jamais, je dis bien jamais, dans un exploit de ce genre. »

Je me concentre sur le rond de lumière par terre.

« Une demi-heure de plus, et je n'aurais pas pu vous retrouver. » La fureur a disparu de sa voix, mais c'est bien à un savon parental que j'ai droit.

« Je regrette.

— Je l'espère bien », lâche mon père dans l'obscurité.

Il me faut secouer Charlotte par l'épaule pour la réveiller. Elle dort le visage enfoncé dans l'oreiller, la bouche entrouverte. Juste avant de la toucher, je me demande à quoi elle rêve. À son petit ami, qui s'appelle James ? À sa fille, Doris, avant qu'on lui donne ce nom ? Ou ses rêves sont-ils plus précis et plus terrifiants : un bébé enfoui sous un monticule de neige ?

« Le courant est coupé, lui dis-je quand elle se redresse. Nous devons descendre dans la tanière. Il y a une cheminée. »

Elle semble désorientée. « Quoi ? demande-t-elle.

— Habillez-vous chaudement.

— Quelle heure est-il ?

— Sept heures. Vous avez une lampe électrique sur la table de chevet. Servez-vous-en. Surtout dans l'escalier. »

Quand j'arrive dans la tanière, le feu flambe dans la cheminée. Une demi-douzaine de bougies ont été allumées et disposées sur une desserte et sur la table basse. Je sais par expérience qu'il faut superposer les vêtements : j'ai enfilé deux pulls, un caleçon long sous mon jean et deux paires de chaussettes. J'entends mon père dans la cuisine. M'approchant de la fenêtre, je regarde la neige. La tempête s'est arrêtée, la couche de nuages se fissure. À l'ouest, on voit des étoiles et la lune. J'adore le clair de lune sur la neige, ce bleu limpide sur un paysage remodelé. Près du canapé se trouvent deux sacs de couchage enroulés. Normalement, ils devraient être destinés à mon père et à moi, pour que nous passions la nuit devant le feu, mais je suppose que, cette fois, ils serviront à Charlotte et à moi. Parce que je sais bien que mon père n'acceptera jamais de coucher dans la même pièce qu'elle.

Il entre à ce moment-là. « Elle descend ? s'enquiert-il.

— Ouais.

— Ce pull, là, est pour elle. » Un pull gris foncé a été plié et posé sur le bras du canapé.

Je lui demande : « Qu'est-ce que tu prépares ?

— Des œufs brouillés au lard. »

Mon père pourra rester au chaud dans la cuisine en allumant la cuisinière à gaz. Je comprends soudain que c'est sans doute là qu'il dormira.

Je m'agenouille devant la cheminée et alimente le feu avec du petit bois. Il y a deux marques sur le parquet à l'endroit où des étincelles ont jailli quand une bûche s'est renversée. L'intérieur de la cheminée est noir de suie.

Charlotte apparaît sur le seuil. Le cardigan rose est serré sur sa poitrine. Ses cheveux sont brossés et sa peau a une nuance rosée à la lueur du feu.

« Mon père prépare le dîner. Vous avez faim ?

— Oui.

— Moi aussi. Je meurs de faim. »

Charlotte s'assied sur le canapé, les bras croisés devant elle.

Je lui demande : « Que s'est-il passé sur le chemin du retour ? Mon père a dit quelque chose ?

— Non.

— Pas un seul mot ?

— Rien du tout.

— Ouah ! » C'est là ma réponse standard. J'effleure l'ourlet de son jean. « Il est mouillé.

— Un peu humide, c'est tout.

— Vous allez vous geler.

— Ça va.

— Attendez-moi ici. »

Je monte dans la chambre de mon père et fouille dans une pile de linge propre. Il ne se différencie du linge sale qui traîne par terre que parce que les vêtements propres sont pliés. Charlotte va nager, dans un pantalon de mon père.

« Je ne peux pas le mettre », dit-elle quand elle voit ce que je lui ai rapporté.

J'affirme d'une voix égale : « Bien sûr que si. » Je ne suis pas la fille de mon père pour rien. « Enfilez-le. Tenez, voilà une ceinture. Et ce pull est pour vous. »

Charlotte hésite, puis se lève, attrape les vêtements et se dirige vers le salon.

« Accrochez votre jean pour qu'il sèche. À une porte, ou n'importe quoi. »

Je pose les plateaux sur le plan de travail, verse du lait dans les verres, ouvre et referme le frigo comme s'il y avait à l'intérieur un animal qui voulait s'échapper. Mon père sert les œufs brouillés. L'odeur âcre du lard me fait saliver.

Les deux plateaux dans les mains, je trouve Charlotte assise sur le canapé, à la place qui devient bien vite la sienne. Elle a roulé le bas du pantalon et enfilé le pull de mon père sur son cardigan rose. On dirait qu'elle s'est déguisée pour Halloween. Je place un plateau devant elle. Elle le regarde mais ne fait pas mine d'attraper sa fourchette.

Mon père qui entre avec son plateau et la lampe est visiblement décontenancé de voir Charlotte dans ses vêtements. À la lueur de la lanterne, les vitres sont des surfaces noires réfléchissantes. Dans le verre ancien, je vois mon visage déformé.

Charlotte s'empare de sa fourchette et avale une bouchée avec retenue. Je sais qu'elle doit être aussi affamée que moi, mais ses gestes sont raides et compassés. Pour ma part, je fais moins de chichis : s'il n'y avait pas de panne de courant, et si mon père n'était pas plongé dans ce silence à la fois inflexible et pénible, il me dirait presque à coup sûr de ne pas m'empiffrer comme ça.

Qu'est-ce qui définit une famille ? Je me le demande. Mon père et moi formons en principe une famille, mais c'est un mot que nous n'utiliserions ni l'un ni l'autre. Bien sûr, nous sommes père et fille, mais, du fait que nous appartenions autrefois à une famille qui a été démantelée, nous nous considérons à présent comme une moitié de famille, ou comme une famille fantôme. Pourtant, alors que nous sommes assis là avec notre plateau sur les genoux, j'ai l'impression, ou peut-être je l'imagine seulement, que mon père, Charlotte et moi formons une « famille ».

Je l'imagine parce que je le souhaite. Je voudrais avoir une sœur aînée qui ne remplacerait ni ma mère ni Clara, mais serait entre les deux. Quelqu'un qui me dirait comment me coiffer ou quoi raconter à un garçon, qui saurait peut-être s'habiller. Mon père et moi, et Charlotte ne sommes pas du même sang, mais sommes unis par une personne dont la présence plane sur cette pièce, et qui pourrait se trouver couchée au milieu, sur des coussins moelleux et tièdes.

« C'est bon », dit Charlotte.

Mon père hausse les épaules.

Le téléphone sonne, un bruit strident et étranger. Quand il y a une coupure de courant, j'oublie que le téléphone marche toujours. L'espace d'un instant, aucun de nous ne bouge. Je pense à l'inspecteur Warren et me lève d'un bond. « J'y vais. »

En entendant la voix de Jo au bout du fil, je suis soulagée. « Salut.

— Qu'est-ce que tu fais ? me demande-t-elle.

— On mange.

— Je m'ennuie. »

Je jette un coup d'œil dans la tanière. La mère du bébé abandonné est assise en face de mon père.

« Cette tempête est vraiment casse-pieds, dit Jo.

— Ouais.

— On avait l'intention d'aller au cinéma avant cette histoire.

— Avec qui ?

— Mes cousins. Tu viens toujours faire du ski ?

— Bien sûr.

— Qu'est-ce que tu as fait toute la journée ? »

J'ai emmené dans les bois la mère du bébé abandonné et je l'ai vue devenir folle.

Je réponds : « Rien. J'ai enveloppé quelques cadeaux.

— Moi aussi.

— Je ne peux pas rester au téléphone. Tu me rappelles plus tard ?

— D'accord. »

Je raccroche et entre une minute dans la cuisine, où je mange une tranche de lard. Quand je retourne dans la tanière, Charlotte a terminé son repas et est assise toute raide, les mains posées de chaque côté de son plateau, comme si elle attendait qu'on lui dise quoi faire. Mon père finit de manger.

Charlotte se lève alors, lui prend des mains son plateau et le glisse sous le sien. Je la vois se diriger vers la cuisine.

« Que voulait Jo ? interroge mon père.

— Rien... Je ne sais pas pourquoi tu fais ça.

— Quoi ? » Il comprend parfaitement ce que je veux dire.

« Ne pas parler à Charlotte. Je ne pige pas. Ça te tuerait de lui dire un mot ?

— Je la connais à peine.

— Elle n'a pas envie de s'installer ici. Elle n'arrête pas de répéter qu'elle veut repartir.

— Et elle repartira dès le passage du chasse-neige, assène mon père en se levant. Nous ne sommes pas en train de donner une réception. »

Je lâche : « Parce que tu t'y connais en réceptions ? »

Quand j'arrive dans la cuisine, Charlotte récure la vaisselle. J'imagine qu'elle a été habituée à se charger de cette tâche, avec deux frères dans la famille.

Je pose la lampe sur la cuisinière et trouve un torchon dans un tiroir. Cette lumière donne aux cheveux de Charlotte un reflet doré luisant.

Je lui demande : « Vous jouez aux échecs ?

— Pas trop.

— Ça vous dirait de faire cuire des bonbons à la guimauve ?

— Dans le feu de la cheminée ?

— Oui.

— Euh… pas vraiment. Mais vas-y, toi. »

Je me rappelle que ça m'a donné mal au cœur tout à l'heure. Mon père déblaie dehors, je l'entends.

« Mais si tu as un autre jeu, je veux bien y jouer avec toi, ajoute-t-elle.

— Qu'est-ce que vous faisiez le soir ? Quand vous viviez avec James ? » Dès que j'ai posé la question, je me sens gênée. Ils avaient sûrement des relations sexuelles toute la nuit.

« Il rentrait tard de ses cours. On mangeait. On écoutait parfois de la musique pendant un moment. Ensuite il étudiait. Et moi, je lisais ou je regardais la télé. Il m'arrivait de tricoter.

— Vous tricotez ? »

Elle acquiesce.

« Moi, je tricote tout le temps, dis-je en ayant du mal à contenir ma surexcitation. Tenez, le bonnet que vous avez porté aujourd'hui. Le violet et blanc. C'est moi qui l'ai tricoté, il y a à peu près un an.

— Super.

— Je ne rencontre jamais personne qui tricote. À part des vieilles dames... Marion, au magasin du village, tricote.

— Qui t'a appris ?

— Ma mère.

— Moi, c'est ma grand-mère. Elle m'a appris à tricoter, à peindre et à coudre. Elle tenait à ce que je lui parle uniquement en français.

— Et pas votre mère ?

— Ma mère a toujours travaillé en usine. » Charlotte essuie les plateaux et les pose sur le frigo. « En été, James et moi on s'asseyait dans le jardin de derrière. Le propriétaire me permettait de jardiner. J'avais des légumes, mais surtout des fleurs. »

Mon père a réglé le four de la cuisinière sur quatre-vingt-dix degrés, ce qui suffit à chauffer la cuisine, mais il n'y a pas de sièges pour s'asseoir. Juste au moment où je retourne dans la tanière, il apporte un chargement de bois. Sans un mot, il le dépose près de la cheminée et ressort. Charlotte me rejoint devant le feu.

Je lui demande : « Dans quelle année êtes-vous, à l'université ?

— En deuxième année.

— Et vous n'allez pas y retourner ?

— Non. Pas dans celle-là, en tout cas.

— Parce qu'il pourrait y être ?

— Il joue au hockey. C'est comme ça qu'il a obtenu une bourse. » Elle marque un temps d'arrêt. « Il veut étudier la médecine.

— Génial ! dis-je en triturant le tapis.

— C'est pour ça que je ne pouvais en parler à personne.

— Quelqu'un s'en est aperçu ?

— Je portais des grands pulls et des pantalons de survêtement. Je n'avais qu'un cours de travaux dirigés, et je l'ai laissé tomber. Le reste, c'étaient des cours en amphi. Finalement, je les ai abandonnés eux aussi.

— Mais vos amis ou la fille qui partageait votre chambre n'ont rien dit ?

— Je passais tout mon temps dans l'appartement de James. Je ne voyais presque jamais ma compagne de chambre. Elle a peut-être cru que j'avais pris du poids, je ne sais pas. J'avais grossi de partout. Tu ne vas sûrement pas le croire en me voyant maintenant, mais je suis ultramince. »

Je ne peux pas l'imaginer. Charlotte est parfaite comme elle est.

« Les gens auraient commencé à le remarquer, sauf que le bébé est né en avance. D'un mois, je crois.

— Vous n'en êtes pas sûre ?

— Non, pas exactement.

— Votre famille n'était pas au courant ?

— Mes parents auraient été furieux. Et mes frères… mieux vaut ne pas penser à ce qu'ils auraient fait. » Elle secoue la tête d'un mouvement rapide. « Je sais que ce n'est pas facile à comprendre, ajoute-t-elle en me regardant droit dans les yeux. Mais je me suis donnée à lui. À James.

— C'est vrai ?

— Et puis, Nicky…

— Oui ?

— … je voulais le bébé. Je le voulais vraiment.

— Qu'est-ce qu'on ressent quand on attend un bébé ? »

La tête penchée, elle m'examine. « Tu n'as personne à qui parler de ce genre de choses, hein ?

— Non.

— Tu ne peux pas demander à ton père ?

— Non.

— Tu n'as pas une amie ? »

Je pense à Jo, la déesse viking. « Je ne crois pas qu'elle en sache plus que moi. »

Charlotte ramène les genoux sur la poitrine et les entoure de ses bras. Mais cette position doit lui faire mal, car elle replie aussitôt ses jambes sur le côté. « Ça ne ressemble à rien de ce qu'on peut imaginer. »

Dehors, le monde est silencieux – pas de vrombissement de moteur, pas de gémissement de chaudière, seul le feu crépite. De temps à autre, derrière les fenêtres, j'entends le raclement de la pelle sur la neige.

« On sait qu'il y a quelque chose… non pas qui cloche, mais qui n'est pas comme d'habitude. Dès le début. Ce qu'on mange n'a pas le même goût. » Elle se touche la gorge. « On a une sorte de goût métallique, là. Les plats qu'on adorait sentent mauvais. Et les seins font mal. Ils gonflent et deviennent sensibles. On s'aperçoit alors qu'on n'a pas eu ses règles. J'ai acheté un test de grossesse. Dans un drugstore. Et l'anneau était on ne peut plus net. Un beau beignet tout rose. »

Je suis presque sûre de comprendre ce qu'elle veut dire par « beau beignet tout rose ».

« J'ai attendu encore quinze jours avant d'avertir James. À ce moment-là, je ne me sentais déjà pas très bien. J'avais des nausées – et pas seulement le matin, d'ailleurs. Ça donne à la fois mal au cœur et mal à la tête.

— Et alors, vous l'avez mis au courant ?

— Oui.

— Qu'est-ce qu'il a dit ?

— Au début, ça lui a fait un choc, il n'arrêtait pas de demander comment ça avait bien pu arriver. Nous avions toujours fait attention. » Elle me jette un coup d'œil pour vérifier si je comprends. J'incline la tête, même si je suis un peu dans le brouillard pour ce qui est des détails.

« Il faisait sans arrêt les cent pas. Parfois il disait : "Qu'est-ce qu'on va faire ?" Et puis il me demandait comment je me sentais. Il n'était pas content. Il voyait toute sa vie lui échapper. »

Je me mets à détester James encore plus qu'avant. « Et votre vie à vous ? Il s'en souciait ?

— Oui, bien sûr que oui. Il ne m'a pas demandé de me débarrasser du bébé. Il est catholique, comme moi, et je crois qu'il savait bien qu'il ne fallait pas me le demander. Mais il a parlé de le donner à la naissance. Il répétait tout le temps : "Chaque chose en son temps." Une fois les nausées matinales disparues... on est... on est... tellement bien, je ne peux pas l'expliquer. » Elle s'interrompt un instant et courbe le dos. On dirait qu'il lui fait mal. « On sent le bébé donner des coups de pied. Ça chatouille à l'intérieur, comme si des bulles de gaz se déplaçaient. Mais ce n'est pas pareil. On n'a jamais rien éprouvé de pareil. Et on a l'impression d'être... pleine. Pleine, voilà. Et satisfaite. » Elle sourit. « J'avais toujours faim. C'étaient surtout les beignets qui me faisaient envie. Sans rien dessus, nature, mais chauds, bien croustillants. Je les mangeais avec du lait. »

Charlotte étire les jambes devant elle et s'appuie au dossier en s'aidant de ses coudes. Elle bâille. « Pour toi, ce sera différent, reprend-elle en me regardant. Pour toi, ce sera merveilleux, parfait, ça ne finira pas mal. J'en suis sûre. »

Elle bâille une nouvelle fois. « Merci de m'avoir emmenée là-bas. Je regrette que ça t'ait attiré des ennuis avec ton papa.

— Ce n'est pas grave. Il s'en remettra. »

Assise d'un côté du feu, je le tisonne pour rendre les flammes plus vives. J'ajoute une bûche. Je me rappelle que je n'ai pas encore terminé le collier que je vais offrir à ma grand-mère.

Je tends la main pour attraper la lampe électrique. « Il faut que j'aille chercher mes perles dans ma chambre. Je dois finir le collier de ma grand-mère. »

Charlotte bâille une fois de plus. « Le feu me donne envie de dormir. »

Même sans lampe, je réussirais à trouver mon chemin, mais je m'en sers. Attrapant la boîte à chaussures où sont rangées les perles et les lanières de cuir, je la descends dans la tanière. Je la pose près du feu pour mieux voir les perles et fouille dedans pour trouver le fermoir.

« C'est très joli, dit Charlotte.

— C'est pour ma grand-mère. »

Le collier se compose de six boules noires du Kenya, en os teinté, et d'un pendentif d'argent au milieu.

« Moi, je le porterais bien. Tu dois avoir une grand-mère vraiment à la page. »

Elle me regarde batailler, le sertissage étant la phase la plus difficile dans la réalisation d'un collier. « Il faut que je passe la lanière dans ce petit truc, là, lui dis-je, et je vais ensuite l'aplatir pour qu'elle ne puisse plus sortir. C'est avec ça que le collier fermera.

— Oh ! »

Je glisse la lanière dans la pièce métallique, utilise la pince pour l'aplatir. Après quoi je tire sur la lanière pour m'assurer que l'opération a réussi, mais elle se débine. « Merde ! »

Je farfouille dans les perles pour trouver un nouveau fermoir. Il y en a peut-être un là-haut, dans le tiroir de mon bureau, mais je n'ai pas envie de remonter.

Dans la boîte, les perles scintillent à la lueur du feu. Il y a là des perles de verre ordinaires et des perles plus grosses, qui portent le nom des Indiens Crow, des perles en forme de grains et des boules d'argent fabriquées à Bali. « C'est quoi, celle-là ? demande Charlotte en approchant de la lumière une perle de verre bleu.

— Elle vient de Tchécoslovaquie. Elle est polie au feu.

— Qu'est-ce que ça veut dire ?

— Je n'en sais rien.

— Elle est belle.

— Vous devriez la voir au jour. Vous la voulez ?

— Non, non », dit-elle en la laissant retomber dans la boîte.

Je la ressors. « J'en ai six. Vous pourriez faire un collier, vous aussi.

— Mais ce sont tes perles.

— J'en ai beaucoup. »

Charlotte me regarde en penchant la tête, comme ça lui arrive souvent. « Merci. »

Je lui tends une lanière enroulée sur elle-même et cherche les cinq autres perles bleues dans la boîte. La couleur est difficile à distinguer dans l'obscurité, mais ces perles ont une forme particulière – ronde, à plusieurs facettes. Pendant que je m'active sur la seconde pièce du fermoir, Charlotte commence à les enfiler.

Je ferme le collier de ma grand-mère et le soulève à la lueur des flammes. Le pendentif est rigoureusement au milieu.

Je jette un coup d'œil à Charlotte. Elle a enfilé les perles sur la lanière. « Attendez une seconde, dis-je. J'aurais dû vous prévenir. Comme ça, les perles vont glisser et le fermoir va se retrouver devant. Il faut faire un nœud de chaque côté des boules. Puisque vous en avez six, vous devez faire le premier au milieu de la lanière. »

Je lui montre comment réaliser un nœud simple.

« D'accord », dit-elle.

Je lui tends la lanière et l'observe pendant qu'elle enfile une boule. Ses doigts délicats font un nœud souple, bien placé. Ses cheveux lui tombent sur le visage et elle doit les rejeter sur le côté pour qu'ils ne lui cachent pas la lumière du feu. Je la vois enfiler une autre perle, une autre encore, puis passer à l'autre bout de la lanière. C'est un collier facile à réaliser – en fait, ils le sont tous – mais c'est son premier, et bien espacer les nœuds pour obtenir une belle symétrie pose parfois quelques problèmes.

Pendant un moment, je me contente de regarder. Son visage est tendu par la concentration. Je pense qu'elle doit avoir cet air-là quand elle étudie.

Lorsqu'elle a enfilé la dernière perle, elle expose le collier à la lumière. Les facettes étincellent. « Super ! » dis-je.

Charlotte applique le collier sur le petit triangle de peau découvert par le col de son chemisier blanc, par-dessus lequel elle porte le pull à encolure en V de mon père.

J'ajoute : « Demain matin, vous allez l'adorer. »

Tout à l'heure, en fouillant dans la boîte pour trouver les six perles bleues, j'ai senti un autre fermoir sous mes doigts. « Je crois que j'ai un fermoir quelque part », dis-je en levant la boîte et en l'inclinant vers la lumière pour farfouiller dedans. De l'argent réfléchit la lumière. « Bon, maintenant c'est la phase la plus difficile. »

Le téléphone sonne. Je regarde vers la cuisine. « C'est Jo qui rappelle, dis-je en me levant. Je reviens tout de suite. »

M'éloignant de la cheminée, je vais décrocher dans la cuisine. « Allô !

— Nicky ? »

Je pivote pour tourner le dos à la tanière.

« C'est l'inspecteur Warren. Ton père est là ? »

J'entends le raclement régulier de la pelle dehors.

« Non, il est sous la douche. »

J'entends Charlotte derrière moi, sur le seuil.

« Qu'il me rappelle quand il en sortira, d'accord ? reprend Warren.

— Entendu.

— Je te donne le numéro. »

L'inspecteur me dicte un numéro que je n'inscris pas.

« Le courant est coupé chez vous ? questionne-t-il.

— Oui.

— Ici aussi. Restez bien au chaud.

— Bien sûr. »

Je raccroche. « Seigneur !

— Qui était-ce ? s'enquiert Charlotte.

— Le policier. »

Le visage de Charlotte est dénué de toute expression. « Qu'est-ce qu'il voulait ?

— Parler à mon père. » Mon crime me fait haleter. « Je lui ai dit qu'il était sous la douche.

— Je partirai demain matin. Tu ne peux pas continuer comme ça. »

Je me rappelle que mon père est allé au bureau de la police, derrière la poste, et qu'il avait l'intention

210

d'avertir Boyd. Si le policier avait été là, Charlotte se trouverait à présent en prison.

Charlotte tourne les talons et regagne la tanière. Je la suis. Elle se tient une minute devant la cheminée. « Je ferais peut-être mieux de me coucher », dit-elle.

Pour ma part, je n'ai pas sommeil du tout.

Elle scrute la pièce. « C'est là qu'on est censées dormir ? »

Je déroule les deux sacs de couchage. J'installe le sien tout près de la cheminée, parce que c'est la meilleure place. Je réfléchis à tout ce qu'elle m'a raconté. Comment un homme peut-il réellement aimer une femme et espérer qu'elle donnera son bébé après l'avoir mis au monde ? Abandonner un bébé – à plus forte raison le laisser mourir – est pour moi incompréhensible. Je suis incapable d'imaginer qu'on puisse faire une chose pareille. Cela ne vous poursuivrait-il pas toute votre vie, comme la perte de Clara m'affecte, même si je n'y pense pas à chaque seconde qui passe ? C'est pour ça que j'ai été obligée de concevoir l'idée d'une Clara qui continuerait à grandir, qui serait encore vivante. Chaque fois que je pense à elle, c'est là-dessus que je me concentre.

Charlotte se glisse dans son sac de couchage et arrange son oreiller. Assise d'un côté de la cheminée, j'attise le feu de temps en temps pour aviver les flammes. J'ajoute une autre bûche. Je n'ai toujours pas sommeil.

Charlotte s'endort aussitôt et se met à ronfler légèrement.

M'attaquant au collier de Charlotte, je ne le lâche pas avant de l'avoir terminé, et je le dépose dans la boîte. Demain matin, j'insisterai pour qu'elle le porte. Une fois allongée dans mon sac de couchage, je lève les yeux au plafond en pensant aux nausées matinales et au beignet rose. Le goût métallique au fond de la gorge m'intrigue. Quand je regarde Charlotte, je me rends compte une fois de plus qu'elle est la mère d'un bébé qu'on voulait laisser mourir. Elle dort chez nous, par terre, juste à côté de moi. On pourrait l'attraper et l'envoyer en prison. Mon père et moi pourrions nous aussi aller en prison.

Je me tourne et observe le feu. Peut-être ne vais-je pas m'endormir avant des heures, me dis-je. Il me faudra alors aller chercher mon livre et lire à l'aide de la lampe électrique.

Au bout d'un moment, toutefois, je commence à envisager un autre avenir – un avenir dans lequel Charlotte ne se fera pas prendre, mais récupérera son bébé et habitera avec mon père et moi.

Je me le représente en détail. Un berceau blanc dans la chambre d'amis ; dans la tanière, une chaise de bébé ancienne, avec un siège en cuir rouge, comme celle que j'ai vue un jour chez Sweetser ; une poussette bleue dans l'entrée de derrière ; et dans la voiture de Charlotte, un siège de bébé rembourré. Pendant la journée, j'irai en classe et, quand je rentrerai, Charlotte fera les cent pas dans l'entrée avec son bébé sur la hanche, vêtue de son cardigan rose duveteux et d'un jean. Elle m'aura préparé des *brownies* aux pépites de chocolat, et me questionnera sur mon petit ami. Quand elle devra faire une course, ou suivre un cours du soir, elle me demandera de garder sa fille. Sinon, nous ferons nos devoirs ensemble en parlant tout bas pour ne pas réveiller le bébé. Charlotte me conduira à Hanover pour me faire faire une permanente et m'emmènera au cinéma avec mes amis.

Il n'y aura pas de James.

Mon père cédera.

Je fabriquerai une chaîne de cheville pour Charlotte, et je tricoterai une couverture pour le bébé avec ces pelotes pastel que Marion essaie toujours de me refiler et que je n'achète jamais. Non, je la confectionnerai avec la laine jaune pâle que j'ai vue un jour chez Ames à Newport. Charlotte m'y conduira et je paierai avec mon argent de poche. Pendant que je songe à un motif tressé, la chaleur du feu commence à agir sur moi comme elle a dû le faire sur Charlotte. La dernière chose que j'entends, c'est mon père qui frappe du pied dans l'entrée de derrière pour ôter la neige de ses bottillons.

Au cours de la nuit, je me réveille – il y a du remue-ménage –, mais je suis tellement fatiguée par le déblayage de la neige, l'expédition en raquettes et l'atmosphère survoltée qui règne à la maison depuis l'arrivée de Charlotte que je me rendors presque aussitôt. Peu de temps après, un bruit de voix, dans la cuisine, me tire une nouvelle fois du sommeil. Je n'ai pas envie de les entendre, je veux retourner à mon rêve, mais elles m'obligent à ouvrir les yeux. Des voix ? Plutôt des murmures, de longs chapelets de syllabes, des réponses écourtées, des mots que je ne comprends pas. Le feu est sur le point de s'éteindre, seules quelques braises luisent encore. Je constate que Charlotte n'est pas dans son sac de couchage.

Plus tard j'apprendrai qu'elle s'est, elle aussi, réveillée dans la nuit, a éprouvé le besoin de boire un verre d'eau et, ignorant que mon père dormait dans la cuisine, a trébuché sur son sac de couchage. En voulant se retenir, elle s'est violemment heurté les mains à la plaque du gril, sur la cuisinière. Tiré de son sommeil, mon père a examiné ses blessures. À la lueur de la lampe à pétrole, il a rempli de glaçons deux poches

214

en plastique, puis a conseillé à Charlotte de s'asseoir sur son sac de couchage, le dos appuyé au placard, et de laisser agir la glace sur ses paumes meurtries.

Je m'extirpe de mon sac de couchage et traverse le couloir. Charlotte s'applique les poches de glaçons sur les mains, son verre posé à côté d'elle. Mon père se tient debout dans le coin opposé – pas très loin d'elle, toutefois, car la cuisine est très petite. Il a le dos contre le plan de travail, à l'endroit où il forme un angle droit. Je les vois grâce à la lampe à pétrole, mais eux ne me distinguent pas dans le couloir obscur. Je suis sur le point d'entrer dans la cuisine quand j'entends Charlotte dire : « Vous ne devriez pas reprocher à Nicky ce qui s'est passé aujourd'hui. »

Je m'immobilise.

« L'idée venait entièrement de moi, ajoute Charlotte. Je l'ai suppliée de m'emmener.

— Elle aurait dû réfléchir un peu, lâche mon père. Vous auriez dû réfléchir toutes les deux. »

Je recule et m'adosse au mur du couloir.

« C'était horrible, reprend Charlotte.

— Je m'en doute », dit mon père.

Je ne sais pas ce qui m'étonne le plus : voir mon père et Charlotte ensemble dans la cuisine ou les entendre se parler.

« Comment vont les mains ? s'enquiert mon père.

— Un peu engourdies.

— Gardez les glaçons dessus. J'aurais dû prévenir Nicky que je dormais ici avant que vous vous couchiez toutes les deux.

— Je ne vous ai pas vu. »

Me laissant glisser le long du mur, je m'assieds par terre. Je remonte les genoux jusqu'au menton.

« Vous avez assez chaud ? demande mon père.

— Ça va très bien », répond Charlotte.

J'imagine Charlotte, la tête renversée en arrière, appuyée au placard, les yeux fermés peut-être.

Un long silence suit.

Puis mon père annonce : « Vous partirez demain. Le chasse-neige devrait passer dans l'après-midi. »

De nouveau, un long silence s'installe dans la cuisine.

« Nous n'avons jamais eu l'intention d'abandonner le bébé, dit Charlotte. Je veux que vous le sachiez. »

Mon père reste muet.

« James n'arrêtait pas de dire : "Chaque chose en son temps." Il le répétait dès que je parlais d'avenir. Je pensais qu'il saurait quoi faire le moment venu. Il avait travaillé dans un hôpital pendant six mois, et il voulait étudier la médecine. »

J'entends les glaçons tinter dans leur plastique. Ma respiration est tellement superficielle que je suis obligée de prendre une bonne goulée d'air.

« Vous avez cru l'aimer, je suppose, dit mon père.

— Je l'aimais vraiment.

— Quel âge avez-vous ?

— Dix-neuf ans.

— C'est assez vieux pour réfléchir par soi-même. Il ne vous est jamais venu à l'esprit que vous pouviez mettre la vie du bébé en danger si vous n'en parliez à personne ?

— Vous voulez dire à un médecin ?

— Oui, à un médecin.

— J'y ai bien pensé. Je suis allée à la bibliothèque, j'ai lu des ouvrages sur la grossesse et l'accouchement. J'ai été malade pendant tout le début de l'été. Des nausées matinales, sauf qu'elles duraient toute la journée, et je m'inquiétais. Mais, si j'allais voir un médecin, j'avais peur que mes parents ou l'université l'apprennent.

— Les dispensaires, ça existe. »

Il fait froid dans le couloir, je n'ai pas emporté mon sac de couchage. Je me roule en boule.

« Je travaillais comme intérimaire dans une compagnie d'assurances. Je changeais tout le temps d'endroit, je remplaçais les gens qui partaient en vacances. À ce moment-là, je vivais déjà avec James. Mes parents croyaient que je partageais un appartement avec une autre fille. Un jour, ils sont venus me voir, et nous avons été obligés de mettre toutes les affaires de James dans sa voiture pendant le week-end. Mon père a trouvé un exemplaire de *Sports Illustrated* dans la salle de bains, et j'ai dû raconter que je venais de me découvrir une passion pour le base-ball. »

Charlotte s'interrompt, puis reprend : « À l'automne, j'ai cessé d'assister à presque tous mes cours. Je faisais de longues promenades et j'ai appris à préparer plusieurs plats.

— Vous jouiez à la petite femme d'intérieur, dit mon père d'un ton qui n'admet aucune réplique.

— Oui, je suppose.

— Où habitent vos parents ? »

Charlotte ne répond pas.

« Je ne vais pas les appeler, si c'est ce qui vous inquiète.

— Non, c'est juste que…

— Je ne vais pas appeler la police non plus, ajoute mon père. Si j'avais dû le faire, je l'aurais déjà fait. C'est une décision que vous devrez prendre vousmême.

— Je ne suis pas prête…

— Il faudra que vous le soyez. »

217

Là, dans le couloir, je commence à trembler de froid. Je voudrais bien souffler sur mes mains, mais j'ai peur de me trahir. Mon père sera furieux s'il s'aperçoit que je les écoute.

« Ils habitent à Rutland, dit Charlotte.

— Dans le Vermont ?

— Oui. Ils travaillaient dans une usine de papeterie. Ils ont été licenciés. Maintenant, ma mère travaille dans un drugstore, mais mon père est toujours sans emploi.

— Vous payer des études n'a pas dû être facile. »

— L'un de mes frères les aide. Ou plutôt les aidait. Et j'avais contracté des emprunts, encore qu'ils ne doivent plus m'être versés, sans doute.

— Et la voiture ?

— Elle appartenait à mon frère. Quand il en a eu une neuve, il me l'a donnée.

— Où faites-vous vos études ?

— À l'université du Vermont.

— Vous voici bien loin de Burlington. »

Je sais où se trouve Burlington. J'ai skié à Stowe, à proximité de cette ville située presque sur la frontière canadienne.

« Dès que les douleurs ont débuté, nous sommes montés dans la voiture, explique Charlotte. James voulait s'éloigner le plus possible de l'université. Elles se sont interrompues un moment, si bien qu'on a continué de rouler. Quand elles ont repris, nous avons cherché un motel. C'était le plan de James : aller dans un motel pour mettre le bébé au monde tout seuls. En cas de problème, James s'assurerait qu'il y avait un hôpital à quelques minutes à peine. Mais si nous n'étions pas obligés d'y aller, pourquoi prendre ce risque ? »

Écœuré, mon père lâche une exclamation.

« Et c'est vrai, je crois que je jouais à la petite femme d'intérieur. Je me suis persuadée que James et moi allions nous marier, que j'accoucherais, que nous habiterions son appartement, qu'il étudierait la médecine, que tout irait formidablement bien. Le secret rendait les choses… encore plus romantiques. »

J'imagine mon père en train de secouer la tête.

« Et malgré ce qui s'est passé ensuite, ou ce qui va se passer à partir de maintenant… » Charlotte a la voix qui tremble et reprend son souffle pour se maîtriser. « … j'en garderai toujours un bon souvenir. Le temps que j'ai passé avec elle. Avec le bébé. Parce qu'elle était en moi, que je lui parlais, et… »

J'entends qu'on déchire un morceau d'essuie-tout.

« Excusez-moi, dit Charlotte.

— Tenez, prenez ça », fait mon père.

Charlotte se mouche. « Merci.

— Et lui, d'où est-il ? » D'après le son de sa voix, mon père doit s'appuyer de nouveau au plan de travail.

— Vous n'allez pas… ?

— Je vous ai dit que non.

— Son père est médecin. Ils habitent tout près de Boston. Je ne les connais pas.

— Il ne voulait pas que ses parents soient au courant ?

— Rien ne lui faisait plus peur.

— Comment allait-il leur expliquer votre existence et celle du bébé ? Au bout du compte ?

— Je n'en sais rien. »

Mon père s'éclaircit la gorge. « Avez-vous l'intention d'essayer de récupérer le bébé ? demande-t-il.

— Une partie de moi le veut.

— Seriez-vous en mesure de vous en occuper ?

— Non.

— Je ne connais pas la législation. J'ignore si on vous le confierait. Même après un jugement.

— Quand elle était en moi, je la désirais vraiment.

— Charlotte », dit mon père tout bas. C'est la première fois qu'il prononce son nom, et j'en éprouve un choc. « Vous avez toute la vie devant vous. Non, ne détournez pas la tête. Écoutez-moi. Quoi que vous décidiez, il y aura des conséquences à assumer. Des conséquences pénibles. Des choses avec lesquelles il vous faudra vivre le restant de vos jours. Mais d'abord, réfléchissez. Pensez à la petite, à ce qui serait le mieux pour elle. Peut-être devriez-vous vous battre pour la récupérer, ce n'est pas à moi de le dire. Vous seule pouvez prendre la décision.

— Vous dites ça parce que vous avez perdu un bébé », lâche Charlotte d'un ton sec.

Ses mots envoient une décharge électrique dans l'atmosphère. Je m'attends à un bruit de pas, ceux de mon père qui quitterait la pièce.

« Excusez-moi, reprend aussitôt Charlotte. Je n'aurais pas dû dire ça.

— Ce n'était pas la même chose.

— Je regrette vraiment.

— Pas du tout la même chose.

— Je sais, je sais. Vous n'aviez rien à vous reprocher. Vous n'aviez rien fait. Ça vous est tombé dessus.

— Vous êtes au courant de l'accident.

— Oui. Nicky m'en a parlé.

— Allons bon !

— Elle l'a seulement mentionné. Elle a dit que c'était arrivé. »

J'entends un craquement à l'étage. Le bois travaille, m'a un jour expliqué mon père. Même au bout de cent cinquante ans, la maison continue à faire sa place dans le sol. À s'y enfouir.

« Vous devriez peut-être les enlever, maintenant, dit mon père.

— Je tiens à vous raconter ce qui s'est passé dans la chambre du motel.

— Je ne veux pas le savoir.

— Je vous en prie. J'aimerais que vous compreniez.

— Pourquoi ?

— Je ne sais pas. Peut-être parce que vous avez trouvé le bébé.

— Nicky dort ?

— Quand je me suis levée, elle ronflait. »

Je redresse brusquement la tête. Je ronfle ?

« James et moi avons parcouru une longue distance. À un moment donné, j'ai eu besoin qu'on s'arrête. J'avais une envie pressante. Je n'ai même pas eu le temps d'arriver jusqu'à la forêt. Je me suis arrêtée sur le talus de neige. Et alors j'ai eu un frisson terrible, et j'ai vu qu'il y avait du sang et… et d'autres choses sur la neige. Terrorisée, je me suis mise à hurler pour appeler James. Il est descendu de la voiture et il a pâli en voyant le sang. Je ne pouvais pas me relever tant la douleur des contractions était forte, alors il m'a attrapée, ramenée à la voiture, et nous avons réussi à atteindre le motel. »

Dans le couloir, je mets les deux poings sous le menton. Mes yeux sont grands ouverts, même s'il n'y a rien à voir.

« Il devait y avoir deux autres véhicules sur le parking. C'était presque désert. Je suis restée dans la voiture pendant que James allait à la réception. Comme il m'avait demandé de ne pas hurler, je me suis mordu la main. Il est revenu et m'a emmenée dans la chambre. Je ne me rappelle presque pas à quoi elle ressemblait. Il y avait ces rideaux verts. Écossais. Affreux.

— J'ai vu la chambre, dit mon père.

— Je me suis allongée sur le lit. J'avais à peu près une contraction par minute. Ça ne me laissait presque pas le temps de souffler. Je grognais. À cause du sang, je pensais que le bébé allait arriver vite, mais ça n'a pas été le cas. J'ai eu l'impression de rester là pendant des heures.

— Vous n'avez pas eu l'idée d'aller dans un hôpital ?

— À un moment, j'ai dit : "J'ai besoin d'aller à l'hôpital", mais les contractions étaient si rapprochées que je croyais accoucher d'une minute à l'autre, et je ne voulais pas que ça se produise en cours de route. Je souffrais tellement que je ne savais pas comment je pourrais me traîner jusqu'à la voiture. »

Charlotte s'interrompt. « J'ignorais comment ce serait. Ce qui était normal ou non. J'avais une peur bleue. Je croyais que j'allais mourir.

— Et James, que faisait-il pendant tout ce temps ?

— Parfois, il était assis à côté de moi. Je me rappelle que je lui plantais mes ongles dans le bras quand j'avais une contraction. Et puis il faisait aussi les cent pas. Il avait acheté du Demerol à un type pour l'avoir sous la main en cas de douleur, et il m'en a donné deux avec un verre d'eau. Quand j'ai eu encore plus mal, il m'en a donné deux autres. Je ne me souciais plus de savoir quelle était la bonne dose. J'en aurais avalé une centaine. Tout ce que je voulais, c'était ne plus souffrir. »

J'entends mon père soupirer.

« Je commençais à avoir besoin de pousser. Je me suis alors rendu compte que je n'aurais jamais réussi à me lever de ce lit pour arriver jusqu'à la voiture. Ce qui devait se passer se passerait dans cette chambre d'hôtel. C'est là que James s'est vraiment effondré. Il ne cessait de brailler : "Qu'est-ce qu'on va faire ? Je ne sais pas quoi faire !" Il a donc fallu que je lui explique, que je lui parle pendant tout le temps. Je lui ai demandé s'il pouvait voir la tête du bébé. Ensuite, je lui ai dit d'aller se laver les mains. À ce moment-là, je me contentais de grogner. J'essayais de respirer comme on le conseille dans les livres, mais ça ne marchait pas. »

Je m'entoure les jambes de mes bras.

« Et tout d'un coup, je n'ai plus pu m'empêcher de pousser, et la souffrance était inouïe. J'avais l'impression qu'on m'écartelait. J'étais sûre que j'allais mourir. Je hurlais, c'est d'ailleurs étonnant que personne ne m'ait entendue. »

Dans la cuisine, il y a un long silence.

« Et puis elle est sortie, poursuit enfin Charlotte. Elle était née. James pleurait. Je lui ai dit de la prendre et de la nettoyer, et elle a crié tout de suite. Elle était couverte de ce truc blanc. James croyait qu'il y avait un problème. Je lui ai dit de couper le cordon – les ciseaux étaient dans mon sac, enroulés dans un plastique –, et c'est ce qu'il a fait. Ensuite, je lui ai dit d'envelopper le bébé dans une serviette et de surveiller le placenta, il fallait qu'il soit expulsé. Ça m'a fait très mal, j'en ai été surprise. J'ai pensé que quelque chose s'était déchiré. Je frissonnais, j'avais un mal de tête épouvantable. »

Nouveau silence.

223

« Je crois que c'est à ce moment-là que je me suis rendu compte que James ne voulait pas garder le bébé, poursuit Charlotte. J'ai commencé à m'affoler. Je pleurais. Je lui ai dit de prendre le bébé dans ses bras et de vérifier s'il avait tous ses doigts et tous ses orteils. Il a semblé plus calme. Je lui ai demandé de me donner le bébé, et il me l'a posé sur le ventre. Je l'ai touché, mais je perdais conscience de temps en temps. Je me rappelle que je me suis redressée pour le regarder. Son visage était tourné vers moi. J'ai alors senti un énorme soulagement. Puis je me suis rallongée, juste pour me reposer une seconde. Et j'ai dû m'évanouir.

— Vous vous êtes évanouie ? répète mon père.

— Ensuite, James était juste sous mon nez et me disait : "Lève-toi. Il faut qu'on file d'ici. Il faut que tu montes dans la voiture." Je lui ai demandé : "Où est le bébé ?" Il m'a répondu : "Dans la voiture. Il dort dans le panier qu'on a apporté. Mais il fait froid, ici, et il faut qu'on reparte."

« Il m'a aidée à me lever. J'étais à vif, je pouvais à peine bouger. "Marche comme si de rien n'était", m'a-t-il dit. Il a fermé la porte de la chambre et gardé la clé. Il m'a installée sur le siège du passager, puis a ouvert la portière arrière et a fait semblant de border le bébé, de voir comment il allait, en disant : "Elle dort, maintenant." Je lui ai expliqué qu'il fallait que je la nourrisse. Il a répondu : "Quand elle se réveillera." Je m'en souviens, je me suis retournée et, en voyant le panier débordant des couvertures que nous avions apportées, j'ai cru qu'elle était dedans. Je n'ai pas pu m'empêcher de tendre la main pour la poser sur les couvertures. James a mis la clé de contact et il a démarré. Je me suis assoupie. À un moment donné, je me suis réveillée, je ne sais pas quelle distance nous avions parcourue, et j'ai demandé : "Elle dort toujours ?" et il m'a répondu : "Oui." C'est tout. Juste "oui". Et alors je me suis rendormie.

— Vous ne l'avez pas vue du tout, remarque mon père.

— Seulement quand elle était sur mon ventre.

— Et ensuite, que s'est-il passé ? » La voix de mon père est ferme, même un peu dure.

« Quand nous nous sommes arrêtés en bas de notre appartement, je me suis réveillée. J'ai demandé à James : "Va chercher le bébé. Il y a peut-être un problème. Je ne l'entends pas." Il m'a dit : "Elle s'est réveillée tout à l'heure. Tu dormais. Elle va bien." J'ai demandé : "Elle s'est réveillée ?" Il m'a dit : "Occupons-nous d'abord de toi. Je reviendrai ensuite chercher le bébé."

« Il a donc fait le tour de la voiture, m'a aidée à descendre et à entrer dans l'appartement, et, pendant tout ce temps, je ne cessais de répéter : "Moi, ça va, occupe-toi du bébé." Il m'a retiré mon manteau, je me suis assise sur le canapé, il est ressorti pour aller chercher le bébé, et voilà. »

Le silence s'éternise, et j'en déduis que Charlotte a fini de raconter son histoire. Mais elle reprend : « J'ai dû m'assoupir quelques minutes, parce que, en me réveillant, j'ai vu James assis en face de moi, en train de pleurer. »

La voix de Charlotte est à présent tellement basse que je dois tendre l'oreille.

« J'ai tout de suite compris que quelque chose de terrible était arrivé, et j'ai demandé : "Qu'est-ce qu'il y a ? Qu'est-ce qu'il y a ?" James m'a répondu que le bébé était mort. "Ce n'est pas vrai ! Je l'ai entendu pleurer", me suis-je écriée. Il m'a dit qu'il avait vécu quelques minutes, puis qu'il était mort. James a ajouté qu'il s'était affolé, l'avait enveloppé dans une serviette, était sorti derrière le motel, et avait laissé le corps dans un sac de couchage qu'il gardait dans le coffre de la voiture.

« Je l'ai giflé, puis je suis tombée par terre. La rage m'a prise. "Elle était peut-être encore vivante", ne cessais-je de répéter. "Non, elle était morte", a-t-il soutenu. "Qu'est-ce qu'il y avait donc dans le panier ?" ai-je hurlé. "Rien." Et moi : "Pourquoi tu ne me l'as pas dit ?" Alors, lui : "Je pensais que tu perdrais la tête et que je n'arriverais pas à te faire monter dans la voiture. Je voulais d'abord te ramener à la maison." J'ai explosé : "À la maison ? Je préférerais être morte !" »

Dans le couloir, je pose le front sur mes genoux.

« Je me suis aperçue que James pleurait lui aussi, autant que moi, et ça m'a terrifiée parce que, soudain, je l'ai cru. J'ai compris que c'était vrai et, Seigneur ! j'étais triste à un point… »

Je m'entoure la tête de mes bras.

Charlotte poursuit : « J'ai dit à James : "C'est la punition." "La punition pour quoi ?" m'a-t-il demandé. "Pour ce qu'on a fait. Pour n'en avoir parlé à personne. Pour ne pas être allés à l'hôpital. Si j'avais accouché à l'hôpital, elle serait en vie." D'après lui, nous ne pouvions pas en être sûrs. Mais moi, j'en étais persuadée. C'est pour ça que les choses étaient encore plus terribles.

« Cette nuit-là et presque toute la journée du lendemain, il est resté avec moi. Mais ensuite, il m'a avertie qu'il devait aller voir ses parents. C'étaient les vacances de Noël, et il avait déjà dû trouver des tas de prétextes pour ne pas y être allé plus tôt. J'ai répondu qu'il n'y avait pas de problème. Je voulais qu'il s'en aille. Je voulais être seule. James a préparé son sac et m'a dit au revoir, je me rappelle que nous ne nous sommes même pas embrassés. Je pensais : C'est un signe. Je savais qu'il avait autant envie de me quitter que j'avais envie de le voir partir. » Elle s'interrompt. « Il ne m'aimait pas, hein ?

— Non, confirme mon père.

— On ne fait pas ce genre de choses à quelqu'un qu'on aime.

— Non, en effet. »

Charlotte recommence à pleurer. Au bout d'un moment, je l'entends se moucher. « Environ une heure plus tard, je suis entrée dans la chambre pour m'allonger, et la radio était allumée. Je me rappelle en avoir été étonnée. Mais je n'avais pas la force de contourner le lit pour l'éteindre et je me suis contentée de me coucher et de rabattre les couvertures sur ma tête. À l'heure des informations, j'ai vaguement entendu qu'on avait découvert un bébé dont l'état était jugé satisfaisant. Je me suis redressée. Le présentateur a mentionné Shepherd, dans le New Hampshire. J'ignorais où était situé le motel, mais j'avais une carte de la Nouvelle-Angleterre dans ma voiture et je suis allée la chercher. J'ai fini par trouver Shepherd, puis je suis revenue en courant dans l'appartement, j'ai attrapé mes clés et je suis allée acheter un journal. Il y avait un article sur le bébé. Je me suis mise à pleurer. De joie. De joie qu'il ne soit pas mort. » Charlotte s'interrompt. « Et c'est alors que j'ai compris. Je me suis rendu compte de ce que James avait fait. Il voulait que la petite meure. Au début, je n'arrivais pas à y croire, je me répétais qu'il avait seulement

227

commis une effroyable erreur. Il avait cru qu'elle était morte alors qu'elle était vivante. Mais, peu à peu, j'ai dû accepter l'idée que, la sachant vivante, il avait crapahuté dans la neige pour l'abandonner. Je ne pouvais presque plus respirer. Je n'ai pas pleuré. Et je n'aurais pas réussi à hurler. Je n'étais plus capable de réagir.

— Il a fait ça délibérément, affirme mon père. Il ne pouvait pas ignorer qu'elle était vivante. »

Charlotte se tait.

« Il en avait l'intention depuis le début, assène mon père.

— Je n'en sais rien. Peut-être s'est-il affolé au dernier moment. J'ai du mal à imaginer qu'il aurait fait tout ce chemin s'il prévoyait de la tuer.

— Pourquoi n'avez-vous pas prévenu la police ?

— J'avais peur. Si j'allais voir la police, je savais qu'on m'inculperait de tentative d'homicide. J'étais terrorisée. Si bien que j'ai commencé par me dire : Bon, tout va bien maintenant. Elle est en vie, quelqu'un va s'occuper d'elle. Moi, j'en étais incapable. Je n'avais pas d'argent, j'allais devoir quitter l'appartement de James et je ne pouvais pas retourner chez mes parents avec un bébé. Alors, c'était aussi bien comme ça. »

Mon père ne répond rien.

« J'ai téléphoné à James. Il n'était pas là. Sa mère m'a dit qu'il était allé faire du ski avec des amis.

— Faire du ski ? répète mon père d'un ton incrédule.

— Ça m'a tellement sonnée que je me suis contentée de raccrocher.

— C'est inouï, observe mon père.

— Pendant une semaine, je suis restée au lit et je n'ai presque rien mangé. J'étais épuisée. Finalement, je me suis levée, j'ai pris la voiture pour aller à la bibliothèque, et j'ai consulté tous les journaux publiés entre-temps, jusqu'à ce que je tombe sur un article qui mentionnait votre nom. » Elle marque un temps d'arrêt. « Et je suis venue.

— Pourquoi ?

— Il fallait que je vous voie.

— Je ne comprends pas.

— Que vaudrait ma vie si je ne vous avais pas remercié ? »

Sa question extraordinaire – presque plus stupéfiante que sa confession, presque plus étonnante que sa triste histoire – flotte dans la cuisine et dans le couloir. Le sang commence à marteler mon oreille gauche.

« Je ferais mieux de retourner me coucher », dit Charlotte. J'entends un bruissement, un bruit mat contre le placard. « Ma jambe est engourdie.

— Secouez-la.

— Tout ça ne doit pas être facile à entendre pour vous.

— Ce serait difficile pour n'importe qui.

— Écoutez, je regrette d'avoir parlé de l'enfant que vous avez perdu.

— Ce n'est pas grave.

— Je pense sans arrêt que j'aurais pu l'empêcher de faire ça. »

Je m'abrite les yeux de la main. Une bombe a explosé, une bombe muette. La lumière m'aveugle momentanément. Notre maison se met à bourdonner.

« Oh ! lâche Charlotte, surprise.

— Le courant est rétabli », explique mon père.

La lumière trop vive me fait loucher. Les lames de parquet luisent, la peinture du mur a un reflet éblouissant. J'ai envie de fermer les yeux. Le monde est dur, horrible, je le déteste.

À croupetons, je file me glisser dans mon sac de couchage. Quand Charlotte entre dans la pièce, je me redresse et lui demande en plissant les yeux : « Qu'est-ce qui se passe ?

— Le courant est revenu. » Les paumes de ses mains sont toutes rouges. Son nez est enflammé.

« Ça fait drôle, dis-je.

— On est en pleine nuit. Tu veux que j'éteigne la lumière pour que tu puisses te rendormir ?

— Oui, bien sûr. Où est-ce que vous étiez ?

— Je me suis levée pour aller boire.

— Qu'est-ce qui vous est arrivé aux mains ?

— J'ai trébuché sur ton père. » Elle éteint et se faufile dans son sac de couchage à côté de moi.

Je me rallonge dans le mien et appuie la main sur ma poitrine pour empêcher mon cœur de s'échapper d'un bond.

Je pense à la façon dont mon père et moi sommes montés vers le nord en quittant l'État de New York et nous sommes installés dans un village appelé Shepherd ; dont Charlotte et James sont descendus de Burlington et ont trouvé par hasard un motel à Shepherd ; dont nos chemins se sont croisés à un endroit particulier dans les bois. Et si, le deuxième jour de notre voyage, mon père et moi ne nous étions pas trompés à l'échangeur compliqué de White River Junction et avions poursuivi vers le nord, comme nous étions censés le faire ? Et si mon père, après tout, avait décidé de tenter le coup sans déménager ? Et si ma mère avait fait tomber une pièce de monnaie à la caisse au moment où elle achetait un cadeau pour ses parents au centre commercial, si elle s'était agenouillée pour la ramasser, regagnant ainsi sa voiture deux secondes plus tard ? Et si mon père, d'après ce que m'a raconté ma mère, n'était pas entré dans la bibliothèque universitaire un beau matin de printemps pour lire le compte rendu du match disputé la veille par les Yankees et les Orioles, s'il n'avait pas aperçu ma mère au bureau des emprunts, en train de réviser un examen de chimie pendant les heures de travail que l'université lui payait pour financer ses études, s'il ne lui avait pas demandé, pris d'une soudaine impulsion, à consulter des dessins rares de Jefferson conservés dans un coffre ?

Je n'existerais pas. Mon père et ma mère ne se seraient pas mariés. Il n'y aurait jamais eu de Clara.

J'aimerais croire que mon père et moi étions voués à tomber sur la petite Doris et à lui donner sa chance dans la vie. Mais je n'en suis pas sûre. Je songe aussi aux accidents et aux chemins qui se croisent, et je m'endors.

Six jours après sa naissance, Clara a été prise de toux et de fièvre. Ma mère l'a emmenée chez un pédiatre qui a prescrit un antibiotique léger et des bains froids qui faisaient hurler ma sœur. Sa température a baissé et ma mère pensait que le pire était passé. Dans l'après-midi, je suis entrée dans la chambre de mes parents pour la voir. Clara dormait sur le dos, nue à l'exception d'une couche. Ma mère, qui n'avait rien mangé depuis la veille au soir, était descendue se préparer un bol de soupe. Assise sur le lit de mes parents, je regardais le berceau et le corps minuscule devenait net ou flou selon que je fixais les yeux sur lui ou sur les barreaux en bois. Le drap et l'édredon étaient pastel, à carreaux. Un canard défraîchi que nous appelions Couac-Couac trônait dans un coin. Remarquablement intact, il ne lui manquait qu'une petite touffe de fourrure d'un côté de la tête. Pour ma part, il me faisait un peu peur et j'ai été bien contente quand Clara en a hérité. Au moment où mon regard se focalisait sur ma sœur, j'ai remarqué que son ventre, sous la cage thoracique, se creusait après chaque respiration. Jusque-là, j'ignorais que les bébés faisaient ça, et j'ai été fascinée. On aurait dit que sa peau était une fine membrane de caoutchouc et que quelqu'un aspirait l'air dans son dos. J'ai observé ce phénomène pendant quelques minutes, et soudain il m'est venu à l'esprit que ce n'était peut-être pas normal. Je suis sortie sur le palier et, du haut de l'escalier, j'ai appelé ma mère.

« Maman ? »

Je l'entendais dans la cuisine.

« Maman ! ai-je braillé.

— Quoi ? a-t-elle demandé d'en bas.

— Le ventre de Clara fait un truc bizarre. »

Peut-être m'en étais-je aperçue parce que j'avais les yeux à sa hauteur. Ou alors simplement parce que je m'ennuyais et n'avais rien à faire. Ma mère a grimpé l'escalier à toute vitesse. J'ai tendu le doigt. « Tu vois ? Il monte et il descend.

— Tu as raison. » Au début, elle n'a pas compris le problème. « Je vais en parler au Dr Blake. »

Elle s'est assise sur le lit pour téléphoner. Pendant qu'elle décrivait la situation, on l'a interrompue. Elle s'est alors redressée. « Oui, je m'en occupe tout de suite. »

Elle a raccroché, puis a appelé une ambulance.

« Maman ? Qu'est-ce qui se passe ?

— Tout va bien. Il faut seulement que Clara se fasse examiner. »

Elle a pris Clara dans ses bras et lui a maintenu la tête sur son épaule. « Va chercher le paquet de couches, m'a-t-elle demandé.

— Qu'est-ce qui se passe ?

— Nous attendons l'ambulance.

— Pour aller à l'hôpital ?

— Oui.

233

« — Pourquoi on n'y va pas en voiture ?

— Le Dr Blake a dit que ça irait plus vite en ambulance. »

Ma mère a fait les cent pas devant la porte, jetant de temps en temps un coup d'œil dehors. J'avais déjà mon manteau sur le dos, et le paquet de couches passé sur l'épaule. Au bout de quelques minutes, nous avons entendu la sirène.

Ni ma mère mi moi n'avons eu le droit de monter dans l'ambulance. Ma mère a remis le bébé entre les mains des infirmiers, et ce n'est que des années plus tard que j'ai compris à quel point c'était dur pour elle. Une fois les portes arrière refermées, ma mère a couru vers sa voiture, la Volkswagen verte. « Grimpe », m'a-t-elle lancé.

D'ordinaire d'une prudence excessive – parfois au point d'exaspérer ses passagers, moi le plus souvent –, ma mère a reculé dans l'allée à toute allure et démarré sur les chapeaux de roue derrière l'ambulance. Elle a poussé la Coccinelle à fond, faisant peiner le moteur, de façon à ne pas perdre de vue l'ambulance. Je m'accrochais à la portière et essayais de tenir ma langue, car, même dans des circonstances moins pénibles, ma mère n'était pas une conductrice hors pair. En général, elle se tenait penchée en avant, agrippée au volant, et regardait derrière elle des deux côtés avant d'oser changer de file, pratique que je n'avais jamais remarquée chez mon père. Mais, ce jour-là, ma mère s'est vraiment montrée à la hauteur.

Elle a abandonné la Volkswagen, portière ouverte, devant les urgences, et couru après le brancard sur lequel était Clara, dont nous entendions les pleurs décroître avec la distance. J'ai suivi ma mère ; l'énorme paquet de couches me battait la cuisse et me ralentissait. Dès que j'ai vu le médecin se pencher sur le brancard, j'ai compris que c'était grave. On l'a roulée dans un compartiment fermé par des rideaux blancs de chaque côté. On l'a mise dans une boîte métallique, qui m'a paru curieuse et a horrifié ma mère. « Est-ce que je ne peux pas au moins la prendre dans mes bras ? a-t-elle supplié.

— Écartez-vous, madame Dillon, a répliqué le médecin.

— Si je lui donne le sein, elle s'arrêtera de pleurer.

— Lui donner le sein maintenant serait la pire chose que vous pourriez lui faire. »

Ce médecin, qui me semblait autoritaire, imbu de lui-même, et parlait aux infirmières d'un ton sec, ne m'a pas plu. Il traitait ma mère en simple objet gênant sur son chemin.

« C'est grave ? a-t-elle demandé.

— Votre bébé ne peut pas respirer. »

Appuyée contre le mur, au fond de la pièce, j'ai laissé les couches tomber par terre.

« Nicky, voilà deux pièces de vingt-cinq *cents*, m'a dit ma mère en se plantant devant moi. Cherche un téléphone et appelle ton père. Tu connais le numéro ? »

Je le connaissais. J'appelais parfois mon père après l'école quand j'avais un problème de maths que je n'arrivais pas à résoudre.

Ma mère a insisté. « Vas-y tout de suite. »

J'ai attrapé le paquet de couches et cherché un taxiphone. Une femme assise à un bureau m'a renseignée, et j'ai enfin trouvé des téléphones alignés près d'un ascenseur. « Papa, tu ferais mieux de venir.

— Pourquoi ? » J'ai perçu de l'inquiétude dans sa voix.

235

« Clara n'arrive pas à respirer.

— Où êtes-vous ?

— À l'hôpital où Clara est née.

— Dis à ta mère que j'arrive tout de suite. »

J'étais assise contre le mur, séparée de Clara par un rempart d'infirmières et de rideaux. On l'a transportée dans une autre partie de l'hôpital et j'ai suivi le mouvement. À un moment donné, ce soir-là, ma mère a regardé dans ma direction et a dit : « Rob, elle est livide. »

Mon père est venu s'asseoir à côté de moi.

« Elle va mourir, c'est ça ? ai-je demandé.

— Bien sûr que non.

— Alors, pourquoi il y a tant d'agitation ?

— C'est toujours comme ça dans les hôpitaux. »

Je savais que ce n'était pas vrai. Quand je m'étais cassé le poignet, l'année précédente, on avait dû patienter deux heures aux urgences avant que mon père finisse par se mettre en colère et hurle à l'infirmière chargée d'orienter les malades que sa fille souffrait.

« Je vais appeler Jeff et Mary, a dit mon père en parlant d'un couple d'amis qui habitaient près de l'hôpital. Tu pourras manger et regarder la télé chez eux, et je passerai te chercher dans un moment. »

Ce soir-là, les médecins se sont occupés de Clara pendant des heures. Elle avait une forme de pneumonie infantile qui, sans être rare, peut se révéler mortelle. On avait d'ailleurs prévenu ma mère qu'elle ne passerait peut-être pas la nuit, ce que je n'apprendrais que longtemps après. Chez Jeff et Mary, j'ai mangé de la pizza et veillé tard devant la télé. J'ai couché dans la chambre d'amis, vêtue d'une chemise de nuit appartenant à Mary. Le lendemain matin, Jeff m'a accompagnée chez nous pour que je puisse me changer et aller à l'école. Quand nous sommes arrivés, la porte d'entrée était ouverte, et la maison glaciale. Un journal que ma mère avait posé sur la table basse avait volé dans tout le salon. Jeff m'a fait attendre dehors pendant qu'il vérifiait toutes les pièces, accroupi, comme les flics à la télé. Il est revenu me dire qu'il n'y avait personne et que rien n'avait été dérangé. Même alors, j'ai eu peur de franchir le seuil. Jeff a été obligé de m'expliquer que ma mère avait oublié de refermer la porte quand elle avait couru vers l'ambulance. Je lui ai demandé de monter avec moi et de se poster devant la porte de ma chambre pendant que je me changeais.

Clara est restée trois jours à l'hôpital et ma mère ne l'a pas quittée. Mon père allait travailler uniquement le matin, de sorte qu'il se trouvait à la maison quand je revenais de l'école en car. Nous nous rendions ensemble à l'hôpital, plus détendus le deuxième jour que le premier, et encore plus le troisième. Le troisième soir, nous sommes rentrés avec une Clara qui pesait près d'un kilo de moins qu'en quittant la maison. Décharnée, elle ressemblait à un oiseau plumé. Plus d'une fois durant cette semaine et la suivante, mes parents se sont regardés, ont soupiré, puis secoué la tête d'un air de dire : « On l'a échappé belle. »

« Si ça se trouve, tu as sauvé ta sœur », m'a dit un jour ma mère.

Je me réveille à l'aube. D'où je suis, par terre, j'aperçois une chose que je n'ai pas vue depuis plusieurs jours : un ciel bleu pastel traversé de soie rose. À côté de moi, Charlotte dort. Même mon père semble encore couché.

Le jour arrive vite dans le nord de la Nouvelle-Angleterre. Je sais que le soleil va se lever dans quelques minutes à peine, voire dans quelques secondes. J'attends, bien au chaud dans mon sac de couchage. Je me remémore les événements de la veille. Toute une histoire a été racontée. À la lumière du jour, ça semble impossible.

Le soleil se hisse au-dessus du mont Bott, et jette sur les bois et les prés couverts de neige une lueur d'un rose si vif que je me lève pour l'admirer. La couleur se répand lentement sur le paysage et, pour la première fois de ma vie, je regrette de ne pas avoir d'appareil. Je sais que nous en possédions un autrefois – je me rappelle mon père en train de me photographier avec Clara dans les bras, sur le lit de ma mère, et il y a bien d'autres photos dans mon album pour le prouver –, mais je ne l'ai pas vu depuis que nous avons emménagé dans le New Hampshire. Comme tout ce qui concerne notre vie passée, cet objet rappelant les photographies familiales a été trop difficile à affronter pour mon père. N'empêche que ce matin, durant ces trois ou quatre minutes de neige embrasée, j'aimerais bien en avoir un. Des pouces et des index, je forme un carré et, plantée devant la fenêtre, je cadre et mime des déclics en claquant tout doucement la langue. Puis, à une rapidité telle qu'on dirait un tour de passe-passe, le joli rose disparaît, et la neige est blanche, brillante, aveuglante. Le ciel fonce et prend le bleu acier des cartes postales. Seuls les plus hauts pins montrent un peu de vert.

Charlotte ronfle toujours légèrement sur le sol. Peut-être que tout le monde ronfle. Qu'elle continue à dormir me paraît sidérant – la tanière est plus claire qu'elle ne l'a été depuis plusieurs semaines, peut-être même depuis un an. Et cette lumière vive fait ressortir la poussière : cendres dans le foyer, fine couche de poussière ordinaire sur la table basse, poudre étrange, arachnéenne, sur les abat-jour. Le soleil dessine des rectangles d'un grand réalisme sur le sol, le tapis, et sur Charlotte qui roule sur le côté pour détourner le visage.

Dans la cuisine, je sors de la farine de maïs, de la farine de blé, du bicarbonate de soude et des œufs. Je mélange le tout dans un bol et je fais chauffer une poêle. Je me déplace avec aisance entre le plan de travail et le fourneau tout en me demandant si on peut raconter des histoires tristes quand le soleil entre à flots par les fenêtres. Comme si je semais des graines, je saupoudre de framboises la pâte en train de cuire. Les framboises ont été surgelées en été. Nous en avons des sacs et des sacs dans le congélateur, au sous-sol. Je vais en écraser quelques-unes avec du sucre et les servir dans un petit pichet pour qu'on en arrose les *pancakes*.

J'attrape les plateaux sur le frigo et je commence à les étaler. La pâte crépite dans l'huile chaude. Mes *pancakes* sont toujours croustillants ; le secret, c'est la farine de maïs.

Trouver un endroit pour poser les plateaux est un éternel problème. J'en mets un en travers de l'évier, un autre sur une pile de livres. Charlotte apparaît sur le seuil.

Elle a retiré les vêtements de mon père et porte son chemisier blanc froissé et son jean. Son visage est rosé et chiffonné de sommeil. Ses cheveux, qu'elle n'a pas peignés, se séparent au-dessus d'une oreille. Elle se tapote les bras. « J'ai roulé les sacs de couchage », dit-elle.

Comme si on l'avait appelé, mon père se présente lui aussi à l'autre porte. Ses cheveux sont hérissés dans tous les sens. Il a mis un pull grenat et une paire de mocassins en cuir fauve usés aux talons. L'espace d'un instant, je ne pense qu'à mon père et à Charlotte ensemble dans la cuisine cette nuit.

« Bonjour », dit-il. Il a le même air qu'hier. Je me rends compte que je m'attendais à un autre père, à un papa différent.

« Bonjour, dit-il à Charlotte.

— Bonjour », lui retourne-t-elle.

Mon regard passe de Charlotte à mon père, pour revenir se poser sur elle. Est-ce que je surprends une connivence entre eux, ou ne fais-je que l'imaginer ?

« Des *pancakes*, dit mon père. Parfait. Je meurs de faim. »

Il prend la verseuse de la cafetière et la remplit d'eau.

« Que puis-je faire ? demande Charlotte.

— Rien », dis-je avant de m'interrompre. Une idée me vient.

Je montre la poêle à mon père. « Surveille les *pancakes*. Je les ai mis à cuire à l'instant. J'en ai pour une minute... Charlotte, venez avec moi. »

Elle me suit dans le salon, aussi clair que les autres pièces. J'effleure la surface d'une table de salle à manger en noyer, ovale, à la très belle finition.

« Qu'est-ce qu'on fait ? questionne Charlotte.

— On va soulever le plateau et l'emporter dans la cuisine. Attrapez ce bout. »

Charlotte et moi réussissons à faire passer le plateau par la porte de la cuisine et le dressons contre un placard.

Mon père nous observe, la spatule à la main.

Charlotte retourne avec moi dans le salon et m'aide à transporter les pieds. Nous y adaptons le plateau. La table prend presque toute la place. Si on veut faire la cuisine et la vaisselle, il faudra en laisser dépasser un bon tiers dans le couloir qui sépare la tanière de l'entrée de derrière. Mais nous avons une table dans la cuisine.

« Bon ! » dit mon père.

Je pose les assiettes, les couverts, les verres sur la table, et empile les plateaux sur le frigo. Ensuite je rapporte deux chaises du salon, et je vais chercher la troisième dans ma chambre.

Je sers du jus d'orange dans les verres et emplis un pichet blanc avec du sirop de framboises. Nous nous asseyons pour prendre le petit déjeuner.

Mon père s'installe au bout de la table, Charlotte et moi sommes en face l'une de l'autre. Pendant quelques secondes, nous nous dévisageons, puis regardons la pile de *pancakes*, comme si nous formions une famille et nous demandions s'il fallait réciter une prière. Se retrouver assis autour d'une table dans notre cuisine est à la fois curieux et familier. C'est tout simple, mais mon père et moi nous en sommes passés pendant longtemps.

En regardant l'endroit, par terre, où Charlotte était assise la nuit dernière, je me rappelle le tintement des glaçons, le petit rond de lumière dessiné par la lampe. Je me rappelle ces formes, ces bruits, mais les mots que j'ai entendus me semblent appartenir à un rêve vaporeux.

« C'est très bon », dit Charlotte.

En attrapant ma fourchette et en avalant une bouchée, je me rends compte que j'aime bien avoir mon assiette posée sur une surface stable et pouvoir bouger les jambes pendant que je mange. Voir le petit pichet blanc de sirop de framboises sur le bois foncé me ravit l'œil. Pour la seconde fois de la journée, je regrette de ne pas avoir d'appareil photo.

« C'est une belle table, déclare Charlotte au bout d'un moment.

— Mon père m'a appris les rudiments de la menuiserie quand j'avais quatorze ans, dit mon père. Je l'ai aidé à construire une maison. »

Je l'ignorais. J'examine mon père. Il y a peut-être des pans entiers de sa vie que je ne connais pas. « À quelle heure arrive l'avion de mamie ?

— Deux heures et demie », répond mon père.

Je remue mon chocolat. Les bonbons à la guimauve sont de vraies boulettes de carton. Je sais que, si je bois le chocolat, je serai malade.

« Tu as un cadeau pour elle ? demande mon père.

— Je lui ai fait un collier. »

C'est à ce moment-là que j'entends un bruit que je n'identifie pas tout de suite. Retenant mon souffle, j'écoute. Le bruit est faible. C'est un moteur, mais ce n'est pas tout – un moteur qui grince et gratte, grince et gratte. Je repose ma fourchette. Ce bruit est aussi déplaisant dans ce monde paisible et silencieux qu'un tank qui déboule dans un village pour le raser.

« Harry, explique mon père.

— Il arrive trop tôt.

— Je vais aller le voir. »

Notre côte est la dernière route que Harry déblaie. Souvent mon père l'accueille avec une grande tasse de café, ou, si la journée est bien avancée, avec une bière. Un jour, Harry est entré chez nous pour aller aux toilettes, et il est resté à bavarder avec mon père, une Beck à la main, pendant une heure. C'est un type du

242

coin, qui, l'hiver, gagne sa vie en déblayant la neige pour la municipalité et pour des clients privés. Ce genre de travail ne manque pas dans le New Hampshire en hiver.

Charlotte avale le reste de son café, repose sa tasse.

L'affolement me comprime la poitrine.

« Je crois que je vais monter faire le lit, dit Charlotte. Tu as des draps propres pour ta grand-mère ?

— Pourquoi ?

— Elle arrive, oui ou non ?

— J'ignore où sont les draps propres, dis-je, alors que je le sais fort bien : dans le tiroir du haut de la commode.

— Bon, je vais me contenter de retirer les autres. » Elle se lève.

La vision de Charlotte en train d'arracher les draps et de mettre le matelas à nu me vient à l'esprit. « Vous ne pouvez pas partir.

— Il le faut bien.

— Vous pourriez habiter avec nous. Où serait le mal ? On vous ferait passer pour ma cousine, ça vous permettrait de rester un moment. Vous pourriez trouver du travail, économiser de l'argent et reprendre vos études. »

Charlotte secoue la tête d'un geste rapide.

« Mais j'ai déjà tout organisé, dis-je.

— Si la police me trouve ici, ton père et toi serez considérés comme des complices. »

Ce mot, encore une fois. « Je m'en fiche. » Et c'est vrai, ça m'est égal. J'ai même envie d'être une complice dans la vie de Charlotte.

Je l'observe quand elle apporte la vaisselle dans l'évier. Elle la lave avec soin, s'essuie les mains sur un torchon, se faufile devant ma chaise et se dirige vers l'escalier.

Pendant une minute, je reste assise toute seule. J'effleure la surface de la table et me remémore Charlotte dans le salon le premier jour, en train de laisser courir ses doigts sur les meubles. Je l'entends à l'étage, et l'image du matelas à nu, des couvertures et des draps bien pliés me revient à l'esprit.

J'attrape mon manteau dans l'entrée de derrière. Lorsque Harry sera reparti, j'implorerai mon père. Nous ne pouvons quand même pas renvoyer Charlotte, nous ne pouvons pas faire ça, lui dirai-je.

Assis dans son camion, Harry a baissé sa vitre et tient une tasse de café. Les mains dans les poches, mon père est planté devant sa portière. « Bonjour ! me lance Harry quand j'arrive près de mon père.

— Bonjour.

— Tu es prête pour Noël ? me demande-t-il avec ce ton jovial que prennent les adultes pour s'adresser aux enfants.

— Je crois. »

Plus âgé que mon père, Harry a une maigre barbe et une queue-de-cheval encore moins conséquente. Son camion est couvert d'affiches des Pink Floyd. Derrière lui, il y a un beau chemin d'un mètre vingt qu'il a dégagé, et la neige s'entasse bien haut sur la droite. En redescendant, il s'occupera du côté gauche.

« Vous arrivez tôt aujourd'hui, remarque mon père.

— J'ai pas arrêté de toute la nuit. On m'a appelé vers dix heures du soir.

— Vous devez être rétamé.

— Non, ça va, réplique Harry en ajustant sa casquette de base-ball, qui arbore le nom des Red Sox. Je rentre à la maison m'occuper de l'arbre de Noël.

— Combien de neige on a eu ?

— Je peux vous le dire exactement : un mètre douze.

— Ça doit pas être commode de déblayer avec cette glace en dessous.

— Vous voulez que je dégage jusqu'à la grange ?

— Non, ça ira. Je m'en suis occupé. Faites seulement ce qui reste. »

Harry tend à mon père la tasse vide et, tout en embrayant, agite un doigt dans ma direction. « N'oublie pas la bière et les petits gâteaux pour le Père Noël », dit-il.

Mon père et moi reculons. Harry abaisse son chasse-neige. Nous le voyons creuser un large chemin jusqu'à la grange.

« Papa !

— Ne commence pas.

— Elle n'a nulle part où aller.

— Mais si.

— On ne peut pas la renvoyer.

— C'est une grande fille. Elle s'en sortira. »

Harry fait demi-tour et reprend son déblayage en revenant vers nous. En abordant la longue pente, il sort une main par la vitre pour nous dire au revoir.

« Papa, s'il te plaît ! »

Mon père me plante là pour se diriger vers la grange. Il jette un coup d'œil, semble satisfait, et se tourne vers la maison. Je le suis pour voir ce qu'il regarde. Sa camionnette et la voiture de Charlotte sont entièrement dégagées, une fine couche de neige en recouvre le toit. Voilà ce que mon père a fait pendant toute la nuit – il s'assurait que Charlotte pourrait partir le lendemain.

Quand nous entrons tous les deux dans la maison, Charlotte se tient dans le couloir. Elle a mis sa parka et ses bottes. Son sac est passé sur son épaule.

Non !

« Je crois que je ferais mieux d'y aller, dit-elle.

— Accordez encore une minute à Harry pour qu'il arrive en bas de la côte, conseille mon père. Donnez-moi vos clés. Je vais faire tourner le moteur de votre voiture. »

Charlotte attrape ses clés dans sa poche.

Je me mets à hurler : « Arrêtez ! Arrêtez ! »

Mon père paraît interloqué, plus par le ton de ma voix que par ce que j'ai dit. Il ouvre la porte et sort.

Charlotte fait glisser mes cheveux hors du col de ma parka. « Ne laisse pas tomber le tricot, dit-elle avec légèreté.

— Je ne veux pas que vous partiez.

— Tout ira bien.

— Non, ce n'est pas vrai. Et puis, comment est-ce que je vais savoir où vous êtes ? Vous m'écrirez ? Ou vous me téléphonerez ?

— Bien sûr que je t'écrirai.

— Mais vous ne connaissez même pas notre adresse. Il faut que vous ayez notre adresse. » Je cours dans la cuisine, trouve un morceau d'essuie-tout et un stylo-bille. J'inscris mon adresse et mon numéro de téléphone de mon mieux, en caractères d'imprimerie. J'ajoute mon nom, au cas où elle oublierait de qui il s'agit.

« Je suis contente de t'avoir connue, dit Charlotte quand je lui donne le papier. Je suis contente d'être venue ici. »

D'une voix désespérée, je proteste : « Mais j'aimerais que vous restiez habiter ici !

— Ce n'est pas possible. Tu le sais bien. » Elle se tapote les dents. « Quand est-ce qu'on va te l'enlever ?

— En avril.

246

— Tu seras très belle », affirme-t-elle en souriant.

J'entends le bruit d'un moteur et je vois mon père amener la voiture de Charlotte sur le côté de la maison. De la vapeur monte de la berline bleue.

« Je déteste les au revoir, dis-je. Pourquoi est-ce que tout le monde m'abandonne toujours ? »

Mon père entre, secoue ses bottillons sur le paillasson et remet ses clés à Charlotte. Je tourne la tête pour ne pas le regarder.

« Merci pour tout, déclare-t-elle.

— Soyez prudente dans la côte, recommande mon père. On l'a déblayée, mais elle reste glissante. Et roulez tout doucement dans les rues. »

Charlotte tend la main, mon père la prend. « Bon, eh bien voilà », dit-il.

Charlotte penche la tête et me sourit. Je lui attrape la manche. Elle me laisse la serrer dans mes bras. Sous son manteau matelassé, je sens son corps. Même son odeur de pâte levée me parvient. Charlotte se dégage, et la voilà partie.

Je cours à la fenêtre et y écrase le nez. Je la vois se diriger vers sa voiture, ouvrir sa portière et monter.

Je m'écrie : « Ça ne va pas du tout ! »

Charlotte demeure un instant au volant sans démarrer. Peut-être règle-t-elle le chauffage ou choisit-elle une station de radio. Ou bien elle enfile ses gants. Je me rappelle alors le collier de perles bleues polies au feu qu'elle a fabriqué la veille. Il faut que je le lui donne ; elle ne sait même pas que je l'ai terminé.

Je le trouve dans la boîte à chaussures, restée dans la tanière. Par la fenêtre, j'aperçois la voiture bleue qui avance lentement, comme si Charlotte vérifiait l'adhérence des roues à la neige. Je me rue sur la porte de derrière et l'ouvre d'un geste brusque en hurlant : « Attendez ! »

En chaussettes, je dévale la pente, le collier brandi bien haut, en espérant qu'elle jettera un coup d'œil dans son rétroviseur et le verra. Je braille : « Arrêtez ! Charlotte, arrêtez, s'il vous plaît ! »

Au milieu de la pente, mon père a déblayé jusqu'à la couche de glace. Quand j'arrive sur cette plaque de verglas, mes pieds en chaussettes glissent, mes bras battent l'air pour m'empêcher de tomber. Je m'immobilise soudain à l'endroit où la glace est de nouveau recouverte par la neige. En trébuchant, je fais trois ou quatre énormes pas, puis je reprends l'équilibre.

Quand je relève les yeux, je constate que la berline bleue s'est éloignée – elle est à présent trop loin pour que je puisse la rattraper.

À travers les arbres, dans le tournant de la longue pente, je vois une tache rouge. Je distingue un homme qui s'avance au milieu de la route. Les feux arrière s'allument lorsque Charlotte freine et s'arrête.

Le matin de l'accident, j'ai préparé dans un sac à dos en Nylon bleu les affaires dont j'avais besoin pour passer la nuit chez Tara. J'ai aussi emporté une petite trousse en plastique, remise gracieusement par la compagnie Delta Airlines et contenant une brosse à dents repliée, un minuscule tube de dentifrice, un peigne, une paire de chaussettes et un masque pour les yeux. Même si j'avais plusieurs fois couché chez des amies cet automne, je n'avais encore jamais utilisé cette trousse. Dans un élan de prodigalité, j'ai décidé de m'en servir ce soir-là.

J'ai enfilé une salopette de velours rose et un haut violet. Lorsque je suis descendue, ma mère était assise à la table de la cuisine. Elle portait une vieille robe de chambre écossaise informe qui « sentait maman », même quand elle ne l'avait pas sur elle. Le col était souillé de taches difficilement identifiables, mais qui, à mon avis, étaient pour la plupart le fait de Clara. Du mascara avait coulé sous les yeux de ma mère, et ses cheveux étaient aplatis d'un côté. Sous la robe de chambre, elle avait une chemise de nuit en Nylon bleu pâle, et ses pieds étaient couverts d'épaisses chaussettes blanches qui viraient au marron sous les talons. Apparemment, Clara dormait encore.

Un bol, une cuiller, un verre de jus de fruit et une vitamine Flintstones étaient posés à ma place. J'ai versé des céréales Cheerios dans le bol.

« Tu as préparé tes affaires ? m'a demandé ma mère.

— Ouais.

— N'oublie pas de dire merci.

— M'man, je ne suis même pas partie.

— N'empêche. Et tu feras ton lit, là-bas. Il faut toujours faire son lit.

— On dort par terre.

— Eh bien, tu rouleras ton sac de couchage.

— D'accord. »

Ma mère a bu une gorgée de thé. « Tu as de quoi payer ton repas à la cantine ?

— Non. »

Elle s'est levée et a pris trois pièces de vingt-cinq cents dans un gobelet en carton rangé dans un placard. « Nous passerons te chercher à dix heures.

— À dix heures ?

— Nana et Poppy viennent fêter Noël avec nous demain matin avant d'aller en Floride. »

J'ai regardé autour de moi. « Où est papa ?

— Il va descendre. Il s'est réveillé plus tard que d'habitude. »

De l'étage me parvenaient des piétinements rapides entre la salle de bains et la chambre.

« Tu as enveloppé tes cadeaux ? a ajouté ma mère.

— Pas encore.

— Tu pourras le faire demain.

— Tout le monde reste jusqu'à onze heures. Mme Rice nous prépare un gros petit déjeuner.

— Dix heures », a rappelé ma mère.

Je me souviens qu'elle est allée arroser une plante sur le rebord de la fenêtre, au-dessus de l'évier. Mon père a descendu l'escalier en lâchant une odeur de shampooing Neutrogena. Il a avalé son café à la hâte, debout. « Tu as vu mes clés ? a-t-il demandé à ma mère.

— Elles sont sur la table de la salle à manger.

— Prête, la mominette ? » m'a-t-il lancé en me tapotant la nuque.

J'ai enfilé mon manteau. Ma mère s'est penchée pour me serrer dans ses bras. « Sois sage. Je t'aime.

— Je suis toujours sage », ai-je répliqué d'un ton agacé.

Quand nous avons quitté la maison, je ne me suis pas retournée. Je n'ai pas remarqué si ma mère se tenait toujours sur le seuil en refermant bien le col de sa robe de chambre sur son cou. Peut-être a-t-elle agité la main, ou peut-être est-elle aussitôt montée prendre une douche avant le réveil de Clara. Je n'ai pas répondu : « Je t'aime, moi aussi » à ma mère. Je n'ai pas dit au revoir à Clara. J'ignore si ma sœur dormait sur le ventre, bras et jambes écartés, sa couche formant un paquet serré sous son pyjama, ou si elle avait rampé dans un coin du lit, comme elle le faisait parfois en pressant sur son menton un bout de la couverture blanche faite au crochet. J'ignore si Couac-Couac se trouvait dans le berceau. Je ne sais même pas quand j'ai vu Clara pour la dernière fois – au dîner sur les genoux de mon père, ou dans son berceau en m'arrêtant sur le chemin de la salle de bains ?

Je partais pour l'école et je ne me suis pas retournée. Ce soir-là, j'avais rendez-vous chez Tara.

Un adjoint de Boyd vient nous informer que Charlotte a été emmenée à Concord dans une voiture de police. Son véhicule sera remorqué jusqu'au poste de Shepherd. Nous ne devons sortir ni l'un ni l'autre de la maison. Un policier viendra bientôt nous interroger.

« Où est Warren ? demande mon père.

— Il a accompagné la jeune femme à Concord », répond l'adjoint.

Mon père referme la porte et garde la main sur le loquet. Ce n'est pas possible qu'une chose pareille nous arrive ! me dis-je. C'est la première fois que je pense ça depuis que nous avons trouvé le bébé.

« Elle va croire que nous avons appelé la police », dis-je.

Mon père est cloué sur place.

« Tu les as appelés ? dis-je.

— Non. »

Je hurle : « Fais quelque chose ! »

Il ôte la main du loquet.

Je braille : « Tu sais bien qu'elle n'était pas au courant ! Tu sais bien que ce n'est pas elle ! »

Mon père se retourne pour me dévisager d'un air interrogateur.

« Je vous ai entendus parler dans la cuisine.

— Tu as tout entendu ?

— Pas un mot ne m'a échappé, dis-je d'un air de défi.

— Nicky !

— Charlotte s'est endormie. Elle était assommée par les médicaments. Elle ne s'est pas rendu compte de ce que faisait James. Ce n'est pas juste !

— Quand elle est rentrée, elle l'a appris, réplique-t-il en ouvrant les yeux.

— Elle était terrifiée. Elle était malade.

— Elle aurait pu prévenir la police.

— Tu l'aurais fait, toi ? À dix-neuf ans, tu aurais prévenu la police ? »

Il ouvre son manteau, le retire et le jette sur le banc. « J'aimerais bien me dire que oui.

— Si tu ne fais pas quelque chose tout de suite, ils vont la mettre en prison et elle ne récupérera jamais son bébé !

— C'est ça qui te préoccupe ? demande mon père en ôtant ses bottillons d'un coup de pied.

— Non. C'est de sauver Charlotte. »

Je me rends vaguement compte que j'emploie un ton un peu trop mélodramatique, un langage que mon père et moi n'utilisons jamais. D'une voix plus égale, je reprends : « Tu dois faire le nécessaire. Il le faut.

— Rien de ce que je pourrais dire ne changera quoi que ce soit. »

Je baisse les yeux sur le collier que j'ai toujours dans les mains. Je le lance aussi fort que je peux dans sa direction.

Le collier le frappe à la mâchoire. À la manière dont mon père porte une main à sa joue, je comprends qu'il a mal. « Nicky ! s'exclame-t-il avec plus de stupéfaction que de colère.

— C'est Charlotte qui l'a fait. Et maintenant, elle ne l'aura jamais. Alors, autant que tu le gardes. »

Mon père avance d'un pas, mais je ne recule pas. Il retire la main de sa joue. Il a une marque rouge à l'endroit où le collier l'a heurté. « Va dans ta chambre.

— Non.

— Ça suffit, maintenant, dit-il d'une voix plus sévère.

— Non, je n'irai pas dans ma chambre, et tu ne peux pas m'y forcer. »

Et soudain, je comprends que c'est vrai. Il n'y a rien que mon père puisse faire pour m'obliger à aller dans ma chambre. M'en rendre compte est à la fois grisant et terrifiant.

« Tu es faible, un point c'est tout, dis-je en mettant les poings sur les hanches. Tu as peur d'aller voir la police. Tu as peur d'aller n'importe où. Tu te contentes de te cacher, de te retirer du monde.

— Nicky, arrête !

— Tu te retires du monde, comme un lâche. » Une terreur qui a quelque chose d'excitant me court le long de l'échine. Jamais encore je n'avais parlé à mon père sur ce ton.

« J'ai de bonnes raisons.

— Ah oui ? Au cas où ça t'intéresse, j'ai perdu ma mère et ma sœur, moi ! »

Mon père ferme brièvement les paupières. J'attends que son visage se referme à sa manière horrible – avec des yeux vides, qui ne voient que des images du passé. Pendant un moment, nous ne prenons la parole ni l'un ni l'autre.

« Je le sais bien.

— Tu ne mènes pas une vie normale, papa.

— Je fais de mon mieux. »

J'avance brusquement le menton. « Mais moi, je ne mène pas une vie normale non plus. Comment tu crois que je le vis ? Jamais d'amis à la maison. Pas de télé. Nous n'allons jamais nulle part. Tu ne réponds jamais au téléphone. Pendant six mois, nous n'avons même pas eu le téléphone, parce que tu ne voulais parler à personne. Et pourquoi est-ce que tu as donné à ce Steve un faux numéro, hein ? Parce que tu ne voulais pas qu'il t'appelle. C'est malsain, papa. C'est malsain.

— Tu exiges trop.

— Je veux seulement qu'on me rende ma vie ! C'est trop demander ? » Surtout ne pas pleurer – ça gâche tout raisonnement –, n'empêche que les larmes coulent.

« Tu ne peux pas retrouver cette vie-là. »

Je suis allée trop loin, je le sais, mais, incapable de m'arrêter, je proteste : « Je pourrais au moins avoir une vie digne de ce nom ! »

Mon père se tourne, regarde par la fenêtre et pose une main sur l'encadrement pour soutenir son poids. « Cent fois j'ai regretté ce déménagement, dit-il.

— Nous aurions pu rester dans l'État de New York.

— Tu étais jeune, et je pensais que tu surmonterais ça très vite.

— Ça n'a pas été le cas.

— J'ai toujours cru que tu t'en tirais plutôt bien.

— J'ai fait semblant, c'est tout. Pour toi. »

Il pivote vers moi, surpris. « Tu as fait semblant ? Pendant tout ce temps, tu faisais semblant ?

— Pour que tu ne sois pas triste. Je ne supporte pas de te voir triste. »

Mon père se mord l'intérieur de la joue. Je vois bien que je l'ai blessé.

Je lui demande : « Est-ce que tu essaies à toute force de rester triste ? Pour t'accrocher à maman et à Clara ? »

Mon père ne me répond pas.

« Parce que, papa, écoute, je ne peux plus continuer à m'occuper de toi ! »

Mon père détourne le regard. Un bruit blanc me siffle dans les oreilles. Avec des gestes d'une lenteur délibérée, mon père remet ses bottillons et attrape son manteau. En trois enjambées, il est dehors.

Prise de vertige, hors d'haleine, je m'écroule sur le banc.

Je décide de ne pas courir après mon père.

Le soleil entre par les fenêtres du couloir de derrière. Maintenant qu'il chauffe, il fait tiède. Mes chaussettes sont trempées aux talons et je les enlève.

Pas question de demander pardon.

Je ramasse le collier et me hisse dans l'escalier en m'appuyant à la rampe comme si je pesais cent kilos. Une fois dans ma chambre, je m'allonge sur le lit.

J'ai mal au ventre. J'ai mangé trop de *pancakes*. Me tournant sur le côté, je pose les deux mains sur mon ventre. Soudain, je me demande où est passé le policier qui devait venir. Va-t-il nous arrêter, mon père et moi ? J'essaie d'imaginer cette situation. Mon père et moi menottés, emmenés jusqu'à une voiture de police. Puis tous deux assis à l'intérieur, enchaînés côte à côte. C'est vraiment un truc bizarre à envisager. Qu'est-ce que nous nous dirions ? On nous conduirait au poste. Warren nous attendrait là-bas, un sourire narquois aux lèvres. Il aurait gagné, pas vrai ? Ensuite, mon père et moi serions séparés, et une bonne femme qui ressemblerait à Mme Sunderland, du lycée, grosse de partout, m'emmènerait en prison. Est-ce que Charlotte serait dans une cellule proche ? Pourrions-nous nous parler ? Devrions-nous inventer un code et communiquer par des coups frappés au mur ? Et pourquoi, Seigneur, pourquoi est-ce que j'ai mangé autant de *pancakes* ? Les crampes d'estomac sont violentes.

Je pense à mon père, tout seul dans la grange. Est-il furieux, donne-t-il des coups de pied dans le bois, jette-t-il les outils sur son établi ? À moins que ce soit encore pire ? Est-il assis dans son fauteuil, dans sa posture habituelle, et se contente-t-il de regarder la neige ? Si je n'avais pas aussi mal au ventre, je crois que j'irais le trouver. Je ne sais pas ce que je lui dirais, mais j'essaierais de le persuader qu'il a fait de son mieux. Que je n'ai pas feint tout le temps. Et que, en réalité, je ne m'en suis pas trop mal tirée.

Je me lève pour aller aux toilettes. Je jure de ne plus jamais manger de *pancakes*. Ce sera ma bonne résolution du jour de l'An : ne plus jamais manger de pancakes. En m'arrêtant devant le lavabo, j'examine mon reflet dans le miroir. Mon teint est livide, j'ai l'air malade. Je tente un sourire, mais tout ce que je vois, c'est du métal sur mes dents. Je me détourne, descends la fermeture de mon jean et m'assieds sur le siège des toilettes.

Ma tête part brusquement en arrière. Ce n'est pas possible !

Je regarde mieux ma culotte.

La tache est minuscule, mais c'est indéniablement du sang.

Ce n'est peut-être qu'une coïncidence. À moins que la dispute en soit la cause. Ou, plus probablement, le moment était venu. Mais, en abordant cette phase déroutante et grisante, j'ai du mal à ne pas voir là quelque chose que Charlotte m'a transmis. En pensant à ma mère, je sens un pincement au cœur, mais c'est à Charlotte surtout que je voudrais l'annoncer.

Dès son arrivée, je l'annoncerai à ma grand-mère. Elle va peut-être se mettre à pleurer. Et je le dirai à Jo le lendemain de Noël quand nous irons faire du ski.

Je l'imagine déjà en train de pousser des petits cris. Peu à peu, je le raconterai à tout le monde, ou Jo s'en chargera. En voyant la boîte de Kotex dans la salle de bains, mon père pensera que c'est Charlotte qui l'a oubliée et il la rangera. En guise de discrète allusion, je la ressortirai et la poserai sur le lavabo. Finalement, il comprendra sans que j'aie besoin de prononcer un seul mot. Je me demande si, à un moment donné, il me regardera autrement, et, dans ce cas, si je m'en apercevrai. J'espère qu'il ne sera pas triste, triste que ma mère ne soit pas là pour me voir franchir cette étape.

La tristesse, j'en ai déjà eu assez pour le restant de mes jours.

Je n'ai pas vu Charlotte emporter la boîte de Kotex. Je fouille dans le placard de la salle de bains. Il y a des tubes de dentifrice pressés jusqu'au bout, des restes de savon, mais pas de serviettes hygiéniques. Je vais dans la chambre d'amis et j'ouvre la porte du placard. La boîte est là, sur l'étagère du haut, à moitié cachée par une couverture en laine gansée de satin. Je l'attrape, retourne dans la salle de bains et, bien que non initiée, je m'attaque au processus relativement simple qui consiste à mettre en place une serviette hygiénique.

De nouveau, je me regarde dans le miroir. « Je suis une femme », dis-je à mon reflet, pour voir l'effet que ça fait.

Puis je pense : Non, non. Je ne suis qu'une gamine de douze ans qui attend qu'un policier vienne l'arrêter. Les crampes n'ont pas disparu, mais, depuis que je sais que je ne vais pas vomir, la douleur est plus supportable. J'essaie de me rappeler ce que prend toujours Jo quand ça lui arrive en classe, trouve des comprimés de Motrin dans l'armoire à pharmacie, et en avale deux.

J'entends alors un bruit que je reconnaîtrais entre tous, et je sais que je dispose à peine de soixante secondes pour courir jusqu'au siège du passager, le temps dont a toujours besoin mon père pour faire chauffer le moteur de la camionnette. Me précipitant hors de la salle de bains, je dégringole les marches deux par deux, passe une manche de mon manteau et glisse les pieds dans mes bottillons. Avec mon manteau qui pendouille de mon bras, je sautille jusqu'à la voiture, tandis que les lacets de mes chaussures traînent derrière moi. J'ouvre la portière de la camionnette et grimpe sur le siège. Mon père me jette un coup d'œil, puis passe la première.

« Je viens d'avoir mes règles », dis-je.

Pour prendre l'autoroute qui passe au sud de Concord, mon père et moi sommes obligés de traverser Shepherd. Rares sont les voitures qui roulent, la plupart des gens ne voulant pas courir le risque de déraper sur les routes toujours glissantes, même après le passage du chasse-neige. Comme c'est la veille de Noël, tous les magasins et certaines maisons sont décorés de guirlandes électriques. Elles clignotent faiblement au soleil vif. Éblouie, je plisse les yeux.

« Ça va ? me demande mon père.

— Très bien. » D'un geste brusque, je force mes pieds au fond de mes bottillons.

« Tu n'as pas besoin de t'arrêter dans un magasin ?

— Non, ça va », m'empressé-je de répondre.

J'entends presque mon père chercher les mots qu'il convient de dire à sa fille. Au cours de l'heure qui s'est écoulée, je l'ai semoncé, peiné, puni, mis en colère. Et maintenant, voilà que je lui assène cette nouvelle sans ménagement, sans réflexion préalable. Il en est resté muet.

Au moment où la camionnette prend l'autoroute 89,

je lui demande : « À ton avis, il va accepter de te parler ?

— Je crois.

— Et elle, on va l'envoyer en prison ?

— Si elle est reconnue coupable, elle ira sans doute en prison.

— De quoi va-t-on l'accuser ?

— Je ne sais pas au juste. Défaut de surveillance ? Mise en danger de la vie d'un enfant ? »

Il ne parle pas de tentative d'homicide.

« C'est vraiment malheureux.

— Oui, c'est malheureux », reconnaît-il.

Il conduit lentement, avec une plus grande vigilance que d'habitude. Seule une voie de l'autoroute est praticable, glissante à l'ombre, et couverte de neige fondue au soleil. En sens inverse, en direction du nord, une voiture dérape et se déporte sur la bande médiane en soulevant très haut des cristaux brillants emportés par le vent.

Anxieuse, impatiente, je me tiens penchée en avant. Charlotte sera-t-elle encore au poste de police ou l'aura-t-on envoyée ailleurs ? Voûtée, je garde les mains dans les poches. Le chauffage de la camionnette est pitoyable.

De chaque côté, les talus de neige s'élèvent à trois mètres, trois mètres cinquante. Les voitures se terrent au milieu, et les pins alourdis penchent vers le sol. Quand la neige fondra ou tombera par terre, les branches se redresseront, une par une, soulagées de leur fardeau.

Je demande : « Est-ce qu'on va nous arrêter ?

— Je n'en sais rien. »

Nous avons abrité une criminelle chez nous. Warren soutiendra que nous pouvions fort bien prévenir la police, que c'était notre devoir. Il nous l'a déjà plus ou moins dit. Comme nous ne l'avons pas fait, nous serons déclarés coupables.

Je demande à mon père : « Tu as peur ? »

Il tourne le regard vers moi, puis le reporte sur la route. « Tu es une fille courageuse. Comme ta mère. »

Les larmes me montent aux yeux. Je m'étreins les mains au point que mes jointures deviennent blanches. Je ne pleurerai pas, me dis-je.

Après avoir changé d'autoroute, nous prenons la sortie de Concord et trouvons la rue du poste de police. Le bâtiment de la Garde nationale fait le coin, puis vient le service des transports, et la Cour suprême. Mon père tourne à droite et entre sur un grand parking, derrière un immeuble vaste, carré et moderne qui me rappelle le lycée.

« Je vais avec toi », dis-je. Avant même que mon père se soit arrêté, j'ai ouvert la portière. À la moindre hésitation dans sa voix, je descends d'un bond.

« Tu te gèlerais en restant ici », concède-t-il. Il est coiffé d'un bonnet tricoté marron, et il a les yeux rouges à cause de la lumière aveuglante ou du manque de sommeil. Warren va croire que ce type ne se rase jamais. Les taches sur sa parka – ce vêtement beige avachi, informe, auquel je suis tellement habituée que je ne le remarque même plus – sont avivées par le soleil éclatant.

Je suis mon père sur le chemin déblayé qui conduit au poste.

Il fronce les sourcils. Apparemment, nous sommes dans le service des véhicules à moteur. Il vérifie l'adresse inscrite sur un bout de papier, puis demande à un employé où il pourrait trouver l'inspecteur

Warren. « Prenez cet ascenseur, là, répond-il avec un geste de la main. Deuxième étage. »

Nous montons. Le sol est mouillé, la cage sent le tabac. Au deuxième étage, nous ne voyons qu'une série de couloirs cirés, un alignement de portes en bois. Mon père passe la tête derrière l'une d'elles et demande l'inspecteur Warren.

« Oh ! s'exclame une jeune femme. C'est au sous-sol. »

Mon père a l'air perplexe.

« Attendez une seconde. Je vais vous y emmener. »

Elle porte un pull à col roulé, une jupe en laine et des bottes noires. « Quelle tempête ! » dit-elle pendant que nous descendons.

Une fois au sous-sol, elle sort de l'ascenseur, maintient les portes ouvertes et montre un couloir. « Les salles d'interrogatoire et de détecteurs de mensonges sont par là. L'inspecteur Warren s'y trouve sûrement. Vous ne pouvez pas pénétrer dans cette zone, mais un peu plus loin, vous avez une cafétéria. Demandez-le à quelqu'un, et on l'avertira que vous êtes là.

— Merci », dit mon père.

La cafétéria a des murs de brique et des lucarnes. La plupart des tables en Formica sont vides. Mon père indique une chaise en plastique noir. « Attends-moi ici. »

Il s'approche d'une table et déclare à un policier en tenue qu'il voudrait rencontrer l'inspecteur Warren. Il donne son nom. Robert Dillon. L'entendre me fait sursauter et me rappelle qu'il n'est pas que mon père ou papa. On le prie de s'asseoir.

Il revient à notre table et prend place en face de moi. Deux personnes d'un certain âge sont installées à la table voisine, tournées l'une vers l'autre, parlant tout bas en messages codés. La femme dit : « La troisième » et, une minute plus tard, l'homme dit : « À peine dix-huit ans ». Puis la femme demande : « Comment on va... » et l'homme répond : « À pied ».

L'inspecteur Warren apparaît sur le seuil.

« Papa ! » Je le lui montre du doigt.

Mon père se lève. « Je reviens tout de suite. Voilà un peu d'argent. Il y a des distributeurs là-bas, ou alors tu peux commander un sandwich. »

Je vois mon père passer devant l'inspecteur. Le regard de Warren est franc, sa bouche ferme. Rien n'indique qu'il connaît mon père. Juste avant de pivoter pour lui emboîter le pas, il me regarde. Sans le moindre sourire.

J'ignore ce qui se raconte dans cette petite pièce. Je ne suis pas avec eux. Plus tard, je pourrai plus ou moins reconstituer leur conversation grâce à des bribes que se rappellera mon père. Il y a un miroir sans tain, et un magnétophone posé sur une table. Personne ne propose une tasse de café ou un verre d'eau à mon père. On lui dit de retirer son manteau. Il ne voit aucune trace de Charlotte, ni à ce moment-là ni plus tard.

On lui demande de reprendre toute l'histoire depuis le début.

Depuis la découverte du bébé ? veut savoir mon père.

Depuis le début, réplique Warren.

Mon père explique comment il a trouvé le bébé dans le sac de couchage. Il le raconte lentement, avec précaution, en essayant de se rappeler tous les détails.

Connaissiez-vous Charlotte Thiel avant ce soir-là ? questionne Warren.

Non, répond mon père.

Vous ne l'aviez jamais vue ?

Non.

Mon père dit qu'il a fait la connaissance de Charlotte chez nous, dans l'entrée de derrière, quand elle est arrivée dans sa Malibu bleue. Elle a déclaré qu'elle voulait acheter un cadeau de Noël à ses parents, un prétexte que, en y repensant, il a trouvé assez difficile à avaler, même sur le moment. Il se souvient de la façon dont Charlotte a avoué plus tard qu'elle n'était rien venue acheter, mais voulait simplement le voir.

Pourquoi ? demande Warren.

Pour me remercier.

Pour vous remercier ?

Oui.

Pourquoi ?

Pour avoir trouvé le bébé. Mon père réfléchit une minute. *Elle voulait aussi qu'on lui montre l'endroit où on l'avait trouvé.*

Dans les bois ?

Oui.

Et vous l'avez emmenée ?

Non. Bon, oui. Pas moi, mais Nicky... a tenté d'y aller. Le lendemain.

Mon père explique qu'il tenait à ce que Charlotte s'en aille tout de suite. *En fait, elle a essayé de repartir.*

Il parle à Warren de son évanouissement.

Dit que nous lui avons donné à manger, que nous l'avons laissée dormir.

Puis il avoue qu'il ne voulait pas en savoir trop.

Il mentionne qu'elle a trébuché sur son sac de couchage et s'est fait mal aux mains.

Enfin il en arrive à son récit.

Soyons bien clairs, dit Warren en approchant sa chaise. *D'après ce qu'elle vous a raconté, James a prétendu que le bébé était dans la voiture... Elle ne vous a pas donné son nom de famille ?*

Non.

Quand elle est montée dans la voiture, elle a touché le bébé ?

Non, elle a touché le tas de couvertures. Elle croyait que le bébé était dessous.

Elle ne s'est doutée de rien ?

Non.

Et vous l'avez crue ?

Oui.

Ce que mon père ignore, et n'apprendra que plus tard, c'est que Warren a déjà auditionné Charlotte. La version de mon père – outre la possibilité de nouvelles révélations – est un moyen de vérifier la cohérence de sa confession.

Est-ce que vous allez m'arrêter ? demande mon père.

Nous n'en sommes pas encore là.

Ma fille n'a rien à voir avec tout ça, déclare mon père.

Je croyais vous avoir entendu dire que Nicky avait essayé d'emmener Charlotte Thiel à l'endroit en question dans les bois.

Bon, oui.

Que s'est-il passé là-bas ?

Rien. Je me suis aperçu de leur absence, et je les ai rattrapées avant qu'elles arrivent sur les lieux.

Quelqu'un y est pourtant allé, objecte Warren. *Et a d'ailleurs plutôt saccagé les lieux.*

Mon père se rend immédiatement compte de son erreur. Il ne sait pas que Charlotte est déjà passée aux aveux, mais il croit qu'elle pourrait le faire bientôt. Et il n'a aucune idée de ce qui s'est déroulé à l'intérieur des bandes orange.

J'ai eu la nette impression qu'elles s'éloignaient de la maison au lieu d'y revenir, dit-il dans une faible tentative pour recouvrer sa crédibilité et pour me protéger.

Mais il n'est pas de taille à lutter contre Warren.

Pourquoi n'avez-vous pas prévenu la police ? lui lance l'inspecteur.

Je savais qu'elle partirait dès que je décrocherais le téléphone.

Vous vouliez pourtant qu'elle s'en aille.

C'est vrai. Mais elle était malade. Elle ne se sentait pas bien.

Pourquoi ne pas avoir appelé une ambulance ?

Je me disais qu'elle n'aurait jamais pu grimper la côte.

J'y ai bien réussi, moi.

Mon père marque un temps d'arrêt. *Sommes-nous arrivés au point où j'ai besoin de téléphoner à un avocat ?*

Warren ignore sa question. *Ce matin, elle s'en allait pour de bon.*

Oui.

Où allait-elle ?

Je l'ignore.

Vous ne le lui avez pas demandé ?

Non.

Pourquoi ?

Je ne voulais pas le savoir.

Un adolescent est amené dans la cafétéria et remis aux parents d'un certain âge assis non loin de moi. Le fils est maussade, et le père semble nerveux de l'avoir devant lui en chair et en os. « Le garçon est confié à ses parents, dit un policier, mais il devra se présenter

cet après-midi pour la lecture de l'acte d'accusation. »
Je suis des yeux le trio qui quitte la cafétéria, les
parents déconcertés avançant d'un pas traînant derrière leur rejeton.

Je me lève et m'approche des distributeurs. Il y en
a un pour les boissons et un pour les friandises. Je
choisis un Coca et un sachet de M & M, et je retourne
à ma table.

Je termine le Coca et les sucreries. Le policier en
tenue se prépare à partir. Je songe à m'acheter des
Fritos[1]. Au bout de trois quarts d'heure, je commence
à m'inquiéter. Est-ce qu'ils n'auraient pas arrêté mon
père et oublié de me prévenir ? Comment vais-je pouvoir rentrer à la maison ? Qui ira chercher ma grand-
mère à l'aéroport ? Mon père va-t-il passer Noël en
prison ?

Vous a-t-elle parlé de son petit ami ?

*Elle m'a seulement dit qu'ils étaient tous les deux à
l'université. Qu'il jouait au hockey. Ses parents habitent la banlieue de Boston. Elle a appelé chez eux et sa
mère lui a répondu qu'il était allé faire du ski.*

Incroyable, dit Warren.

Oui, incroyable, répète mon père dans un rare élan
de camaraderie.

Mes crampes ont disparu, je m'en aperçois soudain.
Les comprimés de Motrin font des miracles. Je me
demande si j'ai besoin de me changer. Comment
savoir ? Est-ce qu'on vend des garnitures périodiques
dans les toilettes des femmes, comme au lycée ? Il me
reste encore un peu de monnaie.

Je sors de la cafétéria et cherche les toilettes. Après
avoir repéré une flèche, je la suis en me demandant

---

1. Chips de maïs. *(N.d.T.)*

derrière quelle porte se trouve mon père et en tendant l'oreille. J'arrive devant les toilettes. Impossible de les manquer tant le symbole féminin est énorme.

En revenant à la cafétéria, je suis déçue de ne pas voir mon père en train de m'attendre. À moins qu'il soit venu en mon absence ? Un homme en costume est assis dans un coin, avec une tasse de café et un journal. Après avoir pris une profonde inspiration, je me dirige vers lui. « Excusez-moi.

— Oui ? dit-il en levant les yeux.

— Vous travaillez ici ?

— Oui.

— Je voudrais savoir… Mon père est entré quelque part avec l'inspecteur Warren.

— Eh bien, il est sans doute encore avec lui.

— On ne va pas l'obliger à repartir sans moi ?

— Non, je suis sûr que quelqu'un viendra te prévenir. »

Ce n'est pas là une réponse rassurante, mais je vois bien que je n'en obtiendrai pas d'autre.

« Merci. »

Que s'est-il passé une fois que Charlotte et James sont montés dans la voiture ? questionne Warren.

Ils sont retournés chez eux.

Et ensuite ?

Elle a dit qu'elle voulait transporter le bébé elle-même, mais il lui a répondu qu'il préférait la faire entrer d'abord, et qu'il irait chercher le bébé ensuite. Elle est donc entrée. D'après elle, elle a dû s'assoupir un moment, parce que, lorsqu'elle s'est réveillée, James était assis en face d'elle et pleurait.

Et après ?

Il lui a dit que le bébé était mort.

Et vous l'avez crue ? Vous trouvez normal qu'une mère entre dans une maison en laissant son nouveauné dans un panier sur la banquette arrière d'une voiture ?

Étant donné les circonstances, j'ai eu l'impression que c'était très possible. Oui, j'ai eu l'impression qu'elle disait la vérité.

Pourquoi n'avez-vous pas appelé la police ?

Warren a déjà posé cette question. La poitrine de mon père se serre. *Je vous l'ai déjà expliqué.*

Warren croise les mains sur la table. *Elle est restée avec vous... combien de temps ? Quarante-huit heures ? Vous auriez pu à tout moment décrocher votre téléphone. Ça fait beaucoup de minutes pour décider de ne pas prévenir la police.*

Mon père garde le silence.

Je pourrais vous boucler pendant un an, tout au moins six mois. Qui s'occuperait alors de votre fille ?

Ne me menacez pas, réplique mon père en se levant.

Asseyez-vous, monsieur Dillon... Pourquoi n'avez-vous pas décroché votre téléphone ?

Je vous l'ai déjà expliqué. Je voulais qu'elle s'en aille tout de suite. Quand elle a senti que je ne l'emmènerais pas à ce fameux endroit... dans les bois... elle a décidé de repartir. Mais à ce moment précis, elle s'est évanouie. J'ai dit que j'allais appeler une ambulance, mais elle s'est agrippée à mon bras. D'après elle, si elle se rendait à l'hôpital, vous... vous l'arrêteriez. Ce qui était vrai.

Et alors ?

Je ne pouvais tout de même pas embarquer cette femme de force. Elle ne partirait pas de son plein gré. Par ailleurs, je n'avais pas envie qu'elle quitte la maison, de crainte qu'elle s'évanouisse une nouvelle fois.

Alors, pourquoi n'avez-vous pas appelé la police ? interroge Warren pour la troisième fois.

À quoi jouez-vous ?

Expliquez-moi pourquoi vous n'avez pas décroché votre téléphone.

Ça suffit. Je m'en vais.

Quoi d'autre ? demande Warren.

Quoi d'autre ? J'ignore ce que vous voulez savoir. Je me rappelle avoir pensé : Si j'accompagne cette femme à l'hôpital – à supposer que je puisse la faire monter dans ma camionnette – ou si je l'y conduis tout simplement et la lâche devant, il ne faudra pas longtemps pour que la police entende parler de la patiente qui vient d'accoucher et de la vieille camionnette esquintée dans laquelle elle est arrivée. Je serais alors encore plus impliqué là-dedans. Ce qui, pour être franc, ne m'inquiétait pas outre mesure. Non, ce qui m'embêtait, c'était Nicky. Si on me gardait un certain temps, ou pire, si on m'arrêtait, qu'allait-il lui arriver ? Toute décision que je prends maintenant doit tenir compte d'elle.

Mon père se penche vers Warren. *Il y a autre chose. Ma fille observe tout ce que je fais. Elle compte sur moi pour agir correctement. Il était possible que Charlotte soit innocente. Je n'ai donc pas décroché le téléphone tout de suite. J'ai attendu. Et plus j'attendais, plus c'était compliqué.*

Warren continue à le dévisager. Mon père a la nette impression qu'en agissant ainsi il se condamne tout seul, mais il éprouve le besoin d'expliquer – peut-être surtout pour comprendre lui-même.

Je n'étais pas prêt à la larguer comme ça. À vous la refiler, si vous voulez savoir la vérité. Chaque fois que je pensais à décrocher ce téléphone, j'avais un mauvais goût dans la bouche.

Mon père se lève une nouvelle fois. Il remonte la fermeture de son manteau.

Elle a quitté le type, annonce Warren.

Cette nouvelle surprend mon père. *Vous avez déjà parlé à Charlotte ?*

Il est parti en Suisse.

Elle vous a déjà tout raconté ?

Pour faire du ski, conclut Warren.

L'inspecteur et mon père apparaissent à l'entrée de la cafétéria. Je sursaute en les apercevant. « Tout va bien, assure mon père.

— Et Charlotte ?

— Elle va être inculpée, et une date de jugement sera fixée », explique Warren.

Je lui demande : « Est-ce que je pourrai aller la voir ?

— Ce n'est pas possible. » Warren se tourne vers mon père. « Écoutez, j'ai des choses à régler, mais vous disiez que vous resteriez là pour Noël...

— Oui.

— J'aurai peut-être besoin de vous recontacter.

— Comment saviez-vous que vous deviez venir chez nous ce matin ? » demande mon père.

Warren fait tinter de la monnaie dans les poches de son pantalon. Il me lance un bref regard. « Le propriétaire de la quincaillerie a dit qu'il n'avait vu que trois nouvelles personnes dans son magasin ces derniers jours, répond-il. Un couple de New York, et une femme qui demandait où elle pourrait acheter une table.

L'inspecteur me jette un nouveau coup d'œil. Il ne précise pas que, s'il a questionné Sweetser, c'est parce que j'ai dit que les Kotex n'étaient pas pour moi, ou que j'ai menti à propos de la hache de mon père, ou encore que, dans une maison isolée comme la nôtre, la douche n'aurait pas pu fonctionner durant une panne de courant.

« C'est pour ça que le chasse-neige est arrivé aussi tôt, dit mon père.

— On n'a pas pu monter chez vous avant. Nous venions d'arriver quand nous avons vu la Malibu.

— C'est bien triste.

— Pour tout le monde », complète Warren.

Mon père et moi sortons dans la lumière éclatante. Il met ses lunettes de soleil. Je m'abrite les yeux de ma main et lui demande :

« Qu'est-ce qui s'est passé ?

— Il m'a posé tout un tas de questions.

— Est-ce qu'il y avait un miroir sans tain ?

— Oui.

— Et une lumière éblouissante au plafond ?

— C'était une pièce ordinaire, avec une table et deux chaises.

— Et vous avez seulement parlé ?

— Plus ou moins. » Mon père me regarde. « Pourquoi ? Qu'est-ce que tu imaginais ?

— Je ne sais pas. Je croyais qu'il allait se passer quelque chose. »

Nous montons dans la camionnette glaciale. Mon père met le contact et recule sur le parking, puis s'engage prudemment sur la route. Il se range trop tard dans la file de droite et déboîte devant une voiture. Le conducteur klaxonne, mon père ne semble pas l'entendre. Ses mouvements sont lents, ses yeux vitreux. Il s'arrête à un feu.

Je lui demande : « Tu crois qu'on reverra Charlotte ?

— Je n'en sais rien. »

Le feu passe au vert, mais mon père ne réagit pas. La voiture de derrière se remet à klaxonner. « C'est vert », dis-je.

Nous sortons de Concord à une allure de conducteur du troisième âge et nous dirigeons vers notre maison reculée, à la lisière des bois. Mon père est perdu dans ses pensées, ou se rejoue mentalement certaines scènes. Peut-être songe-t-il à ce qu'a dit l'inspecteur Warren sur le besoin de retourner sur les lieux qui nous ont marqués. Je scrute la route comme on le ferait à côté de quelqu'un qui a l'air de s'être endormi au volant. Les deux voies sont ouvertes à la circulation, les véhicules avancent bien. C'est le soir de Noël, et tout le monde a un endroit où aller.

En revenant de Concord, nous traversons le village. Je n'ai plus besoin de dire à mon père de surveiller les feux. Il s'arrête devant chez Remy pour faire quelques courses demandées par mamie. Chaque année, ma grand-mère donne par téléphone la liste des ingrédients dont elle a besoin pour préparer le repas de réveillon. Dès son arrivée, elle se met aux fourneaux.

J'attends dans la camionnette les six ou sept minutes qu'il faut à mon père pour effectuer ses achats. C'est l'acheteur le plus rapide de tout le sud du New Hampshire. Je suis encore ensommeillée et j'ai besoin de prendre une douche. Je ne me suis pas brossé les dents depuis le petit déjeuner d'hier. Mais je suis contente de rester assise là, les pieds sur le tableau de bord, à regarder les gens qui se hâtent chez Remy, chez Sweetser, ou vers le sous-sol de l'église, où les congrégationalistes se réunissent pour leur kermesse annuelle, la veille de Noël. Même les hommes font des pas de bébé sur les trottoirs glissants, bras tendus pour garder l'équilibre. J'aperçois Mme Kelly, la mère de mon ami Roger, qui va à la poste. Je vois Mme Trisk, mon professeur d'espagnol, et je retire mes pieds du tableau de bord. Mon père sort de chez Remy avec, à la main, un sac en papier d'où pointe un journal, ce qui représente un petit miracle. Il pose ses provisions sur la banquette entre nous et me lance une énorme tourte au chocolat. C'est la sœur de Muriel qui les prépare le matin et, en général, dès dix heures elles sont toutes parties. Mon père ôte le papier de la sienne, mord dedans et reprend la route.

Tout en léchant la crème qui gicle de la pâte, je demande : « On pourra aller voir Charlotte en prison ?

— On essaiera.

— Je pourrai lui apporter le collier ?

— Je ne connais pas le règlement. »

Nous passons devant les belles demeures, les tapis Serenity, les pompiers.

« Écoute, je vais t'indiquer deux règles que tu devras toujours respecter. »

Je me fige, la langue dehors, collée à la tourte, comme si elle était congelée dessus.

« Ne jamais avoir de rapports sexuels non protégés, dit-il en s'interrompant un instant pour laisser ses paroles faire leur chemin. Et ne jamais, jamais monter dans un véhicule dont le conducteur a bu, même si le conducteur c'est toi. »

Ces règles sont énoncées d'un ton parental sévère. C'est la première fois que nous abordons l'un ou l'autre la sexualité, j'en suis certaine.

Je remets ma langue dans ma bouche. Qu'est-ce qui a amené ce sujet ? Bientôt, je le devine : mon père s'est livré à cette déclaration moins de trois heures après avoir appris que j'avais mes règles ; il ne peut s'agir d'une simple coïncidence.

276

Dans les années à venir, au-dessus du tumulte, je n'allais pas oublier ces deux règles.

Mon père regarde droit devant lui, comme s'il n'avait pas prononcé un seul mot.

« D'accord », dis-je d'une toute petite voix.

Ses traits se détendent visiblement. Au bout d'une minute, j'ose remordre dans ma tourte au chocolat. Quand j'ai terminé mon gâteau, je regarde par la vitre, et je vois que la neige a changé. Elle a fondu, puis gelé en fins cristaux qui étincellent partout. Je me lèche les pouces et les index, les rassemble en carré et claque la langue.

« Qu'est-ce que tu fais ? demande mon père.

— Je prends une photo. Je n'ai pas arrêté de toute la journée.

— Qu'est-ce que tu photographies ?

— Juste la neige. Ses différentes formes. La manière dont elle couvre les choses – les arbres, les clôtures – et dont elle scintille. Comme des diamants. »

Nous arrivons devant le cottage peuplé de garçons. Une luge est appuyée contre la terrasse de devant. Je remarque une couronne de Noël sur la porte. J'essaie de voir derrière les fenêtres. Il me semble distinguer une cheminée, mais je l'imagine peut-être seulement. Dans l'allée, sur le côté de la maison, une petite voiture grise est coincée. Une femme est au volant, et avec elle il y a un garçon qui doit avoir environ huit ans. Alors que nous passons, j'entends le moteur s'emballer et les roues patiner.

Mon père se range sur le côté, s'arrête. Il ouvre sa portière et descend. Les mains dans les poches, il s'approche de la voiture grise. Je me penche pour baisser la vitre de mon père.

277

« Bonjour, dit-il.

— Bonjour, répond la femme.

— Vous voulez un coup de main ?

— J'ai fait marche arrière, et maintenant la voiture est embourbée, explique-t-elle d'un air d'excuse.

— Laissez-moi essayer. »

Elle descend, en parka verte, le jean rentré dans des bottes en caoutchouc qui lui arrivent presque aux genoux. Un bonnet tricoté bleu marine lui couvre les cheveux. Le petit garçon sort lui aussi de la voiture.

Nous entendons mon père faire plusieurs fois rugir le moteur et patiner les roues, jusqu'au moment où il descend à son tour. « Vous avez une pelle ? demande-t-il.

— Je ne veux pas vous déranger, dit la femme en plissant les yeux à cause du soleil.

— Il n'y a pas de problème.

— Bon… d'accord… merci », répond-elle d'un ton hésitant. Elle s'avance pour lui tendre la main. « À propos, je m'appelle Leslie.

— Robert », lui retourne mon père en lui serrant la main. Il pivote et me montre du doigt, invitation à quitter la camionnette. « Ma fille, Nicky.

— Et voici Jake. » Elle pose une main sur l'épaule de son fils.

Je m'approche de mon père pendant que la femme va chercher la pelle dans son garage.

Mon père attrape la pelle qu'elle lui tend en riant un peu. Par-dessus l'épaule de mon père, j'aperçois un garçon plus âgé, de dix ou onze ans, en train d'observer la scène derrière une fenêtre.

Jake vient vers moi en disant : « C'est toi qui as trouvé le bébé. » Il a un visage rond et un menton fuyant. De la morve a gelé sur sa lèvre supérieure, et un appareil dentaire ne lui ferait pas de mal. Je remarque que le haut de sa moufle est grignoté. Comment peut-on avoir envie de mâchonner de la laine ?

« C'est mon père et moi qui l'avons trouvé.

— Il était vivant ?

— Elle est toujours vivante.

— C'était une fille ?

— Ouais.

— Et il lui manquait un doigt ?

— Non, elle avait tous ses doigts. Il y en a un qui a gelé, et on a dû le lui couper.

— Beurk !

— Ouais, bon. »

Je scrute chaque fenêtre, note les rideaux blancs froncés, un papier peint à fleurs, un rouleau de papier cadeau argenté, une lampe en forme d'avion. Je remarque qu'il y a bel et bien une cheminée. De l'endroit où je me tiens, sur une congère, je vois même dans la cuisine. Quelqu'un a causé un désordre effroyable sur la table : morceaux de pâte, fine couche de farine, sac froissé de King Arthur[1]. Sur le plan de travail, une bouteille familiale de soda à l'orange et, à côté, une grande tasse avec un sachet de thé étalé dessus. Accroché à une porte qui conduit peut-être à une cave ou à un garde-manger, un père Noël est réalisé au point de tapisserie.

« Tu veux faire un bonhomme de neige ? me demande le petit garçon.

— Oui. Pourquoi pas ? »

---

1. Mélange tout prêt à base de farine permettant de préparer, selon la composition, pain ou gâteaux. (*N.d.T.*)

Jake et moi avançons, tombons, avançons, tombons dans la neige, dans deux directions opposées. Je prépare une boule pour le bas, il en prépare une pour le haut. Nous creusons des traces irrégulières à travers le jardin. Je pousse ma boule géante vers la sienne, plus modeste. De temps en temps, je lève les yeux sur mon père, qui dégage les roues arrière, ou bien souffle un peu.

« Bon, mettons ta boule sur la mienne. »

Nous bataillons tous deux pour fixer le haut du corps au bas. Je roule vite une autre boule pour la tête. Nous creusons les yeux. « Il nous faut une carotte, dis-je. Et deux cailloux.

— Maman ! beugle-t-il. T'as une carotte ?

— Dans le frigo. »

Le gamin se dirige vers la maison et je le suis, bien qu'on ne m'y ait pas invitée. Je secoue les pieds dans l'entrée de derrière, mais Jake file directement au frigo en laissant des petits quadrillages de neige sur le sol.

Le garçon plus grand que j'ai aperçu par la fenêtre, et un autre, âgé de six ou sept ans, viennent se poster sur le seuil de la cuisine. L'aîné a un sweat-shirt avec le logo des Bruins[1]. Le petit porte des lunettes aux verres épais qui lui font des yeux globuleux.

« Tu habites en haut de la colline, dit l'aîné. C'est toi qui as trouvé le bébé.

— Il avait un doigt gelé, annonce Jake en refermant bruyamment le compartiment à légumes.

— Je sais, espèce d'idiot », réplique son frère.

La cuisine est peinte en jaune, et plus petite que je ne l'imaginais. Un bocal de confiture avec un couteau planté dedans est posé près d'un grille-pain. Une

---

1. Équipe de hockey sur glace de Boston. (*N.d.T.*)

boîte de Cocoa Puffs[1] est par terre. Je comprends la raison du désordre sur la table : deux assiettes de petits gâteaux décorés, enveloppés d'un film en plastique, trônent sur le réfrigérateur.

« Il nous faut des cailloux, annonce Jake.

— Pour quoi faire ? demande l'aîné.

— Les yeux. »

Le grand frère scrute la cuisine. Il se décide pour une boîte de chez Whitman. Il arrache la Cellophane, soulève le couvercle, et douze chocolats ronds, foncés, apparaissent.

Parfait, me dis-je.

Il passe la boîte à la ronde, et nous en mangeons chacun un. J'en prends deux et les pose dans ma main. Les garçons enfilent leur manteau et leurs bottes. L'aîné déniche un bonnet et une écharpe pour le bonhomme de neige.

Je lui demande : « Comment tu t'appelles ?

— Jonah. Et lui, c'est Jeremy », ajoute-t-il en montrant le gamin à lunettes. Ils ressemblent tous à leur mère, avec un petit nez retroussé et des pommettes larges, bien que seuls Jonah et Jeremy soient bruns. Jeremy a les cheveux presque blancs.

Nous habillons notre bonhomme de neige. La carotte et les chocolats lui donnent l'air d'un brave type, mais pas très futé. Pendant que nous avons le dos tourné, Jonah mange l'un des yeux. Furieux, au bord des larmes, Jake jette sur lui une boule hâtivement roulée. Aussitôt, je me retrouve en pleine bataille de boules de neige, même si je ne sais pas vraiment dans quel camp je suis.

---

1. Céréales au goût de chocolat, surtout destinées aux enfants. (*N.d.T.*)

« Les garçons ! » gronde la mère d'une voix lasse, comme si elle répétait ces mots pour la cinquantième fois.

Jonah s'écroule sur la neige et remue les bras pour laisser une empreinte figurant des ailes. Sans pouvoir résister, je tombe moi aussi en arrière. La neige pénètre sous mon manteau et mon pull. Je me rappelle que je viens d'avoir mes règles, et je me redresse en me disant que je suis trop vieille pour ce genre de jeux.

Mon père remonte dans la voiture, met le moteur en marche et démarre comme une flèche. La femme qui s'appelle Leslie ôte son bonnet. Des boucles châtaines lui tombent sur les épaules. Sa frange reste collée à son front. Mon père descend et dit quelque chose que je n'entends pas. Elle lui montre la maison, je suppose qu'elle l'invite à entrer boire une tasse de café ou de chocolat. Mon père me regarde et désigne la camionnette. Il lui parle sans doute des provisions. Explique qu'il doit aller chercher sa mère à l'aéroport. Elle lui sourit, et je sais qu'elle ne ménage pas ses remerciements. Il secoue la tête. Pas de quoi.

« Nicky ! appelle-t-il.

— À bientôt ! » me disent les garçons.

Mon père et moi remontons dans la camionnette. J'ai de la neige dans mes chaussettes et sous la taille de mon jean. La femme agite la main jusqu'à ce que nous rejoignions la route.

« Bon ! » dit mon père.

Pendant qu'il va chercher ma grand-mère à l'aéroport, je trie les décorations de Noël. Je m'affaire avec des ornements qui ne sont pas de premier choix. La boîte contenant les plus beaux a disparu, ni mon père ni moi ne savons où elle est passée. Parmi les rescapés se trouvent six bonshommes de neige en bois sculpté, peints à la main. On reconnaît tout de suite ceux que j'ai peints, et ceux que ma mère a peints. Il y a aussi cinq boules argentées avec de fausses pierres précieuses collées dessus, résultat d'une autre entreprise de travaux manuels que j'ai tentée à huit ans. Je me rappelle l'odeur de la colle, les paillettes qui tombaient sur la table, et qui, des mois plus tard, scintillaient encore dans les poils de la moquette. Et puis douze petites pommes rouges, la plupart couvertes de fines craquelures dues aux changements de température dans le grenier. Une assiette en carton avec des macaronis dorés collés dessus, et une photo de moi à six ans au centre. Ma mère disait que c'était le plus beau cadeau qu'elle avait eu cette année-là. Certaines décorations sont munies de crochets pour être suspendues à l'arbre de Noël, d'autres non. Je fabrique des attaches de fortune en découpant du papier. Sur les guirlandes lumineuses, j'ôte le faux givre argenté datant de l'année dernière, et je les branche pour voir si elles fonctionnent. Elles s'allument mais ont un aspect pitoyable. Tous les ans, nous nous promettons de les ranger avec soin dans la boîte, mais nous ne le faisons jamais. Nous nous contentons de les fourrer dedans.

En chemin, mon père parle à ma grand-mère de la découverte du bébé, de l'inspecteur et de la venue de Charlotte. Il lui raconte sa visite au poste de police, explique que Charlotte est en prison. Ma grand-mère éprouve un choc, et quelque frayeur. Mon père a dû aussi lui annoncer que j'avais eu mes règles, parce qu'elle me serre dans ses bras et me fait osciller d'avant en arrière dans une étreinte dont je n'avais pas fait l'expérience depuis bien longtemps. Sa peau est blanche, fragile, avec des taches sur les joues et le front. Elle a l'odeur du sachet de lavande qu'elle glissera dans ma chaussette à cadeaux. Je crois que ses dents sont fausses, mais je n'en suis pas sûre. C'est bon de se coller contre elle, car son corps remplit tous les espaces vides.

À peine a-t-elle ôté son manteau qu'elle ouvre le placard et le frigo pour voir si mon père a acheté ce dont elle a besoin pour préparer le repas de réveillon. Je l'entends égrener la liste entre ses dents : « Oignons blancs ; noix de muscade ; bouillon de bœuf... » Elle a apporté son tablier et son éplucheur, et me charge de peler les pommes de terre avec cet engin tout neuf qui marche tellement bien que je ne renâcle pas à la tâche. Je laisse couler un filet d'eau au robinet pour faciliter l'épluchage et le rinçage. À côté de moi, ma grand-mère retire la peau coriace des navets avec une lame d'environ trente centimètres, digne d'un film d'horreur. Elle plonge la lame à deux mains dans le navet et appuie dessus. Le couteau fait un bruit sec en heurtant la planche à découper. La force qu'elle a dans les bras me surprend. Vue de derrière, ma grand-mère forme une grosse masse, avec une petite tête couverte de boucles grises serrées. Vue de côté, elle est presque jolie.

Je lui annonce : « Je viens d'avoir mes règles. »

Elle pose son couteau et s'essuie les mains sur son tablier. Feignant de ne pas être déjà au courant, elle m'enveloppe de ses bras. J'ai toujours l'éplucheur et une pomme de terre à la main.

« Comment te sens-tu ? me demande-t-elle en m'éloignant d'elle pour me dévisager.

— Bien. J'ai eu des crampes, mais maintenant c'est fini.

— Tu as ce qu'il te faut comme garnitures ? »

Je fais oui de la tête.

« As-tu besoin d'aide ?

— Je ne crois pas. »

Elle met ses doigts sous mon menton et me soulève le visage. « Si jamais tu as envie de parler de quoi que ce soit, je suis là. Il y a bien longtemps que je ne suis plus embêtée par ce genre de choses, mais ça ne veut pas dire que je ne sais pas ce qu'il faut faire. »

Elle me presse une nouvelle fois contre elle, et je perçois sa réticence à me lâcher.

« Mamie..., dis-je au bout d'un moment.

— Qu'y a-t-il, ma chérie ?

— Tu sais ce que sont les *pfeffernusse* ? »

Pendant que ma grand-mère fait la cuisine, mon père et moi allons dans les bois pour couper un arbre. Inquiète, je me demande si nous n'avons pas trop tardé ; on est en fin d'après-midi, le soleil va se coucher. Il faut choisir parmi des centaines d'arbres ; le problème est d'en déterrer un que nous pourrons faire entrer dans la maison. Nous portons tous deux une pelle, et mon père a une hache.

Nous restons muets durant tout le temps que nous sommes dans les bois. Le silence semble parfaitement naturel, n'engendre aucun malaise, et ce n'est que dans la soirée que nous en prendrons conscience. Nous avons chaussé nos raquettes et je suis les traces de mon père. Comme j'ai une pelle à la main, je ne peux pas rassembler pouces et index, mais je claque quand même la langue pour prendre des photos ; d'un vase de fleurs, toutes mortes, sauf, miraculeusement, un brin violet ; d'une neige rose qui rampe sur le côté d'un arbre ; des cimes des pins, rouille, en feu. Mon père s'immobilise et secoue les branches de ce qui a l'air d'un arbuste pointu, puis se met à retirer la neige des branches basses. À l'endroit où la neige est tassée, nous creusons avec les pelles. Il ne nous faut pas longtemps pour dégager le pied de l'arbre. Mon père se penche pour donner quelques coups de hache. L'arbre bascule, nous l'arrachons à la neige et le posons par terre. Il est maigrelet, quelques branches sont dénudées, mais il fera l'affaire. Mon père attrape le bout le plus lourd, moi le haut, et nous l'apportons à la maison.

L'arbre est trop grand, si bien que mon père doit le ressortir et en scier quinze centimètres. Une fois que nous l'avons fixé à son support, je recule et m'aperçois qu'il penche. Nous nous affairons un moment jusqu'à ce que mon père décide de l'attacher à un loquet pour l'empêcher de tomber dans la pièce. Il trie les guirlandes et les installe sur l'arbre pendant que j'aligne les décorations sur la table.

Cette année, je suis assez grande pour atteindre les branches les plus hautes. Je suspends les décorations avec méthode, en essayant de les placer à intervalles réguliers. Mon père m'abandonne à ma tâche pour monter prendre une douche. Les guirlandes ont de grosses ampoules colorées, plus ou moins celles que mon père avait, paraît-il, dans son enfance. L'arbre de Jo a de minuscules ampoules blanches, des boules argentées, des rubans écarlates, et ressemble à ceux qu'on voit sur les couvertures des magazines.

Quand j'ai fini, je descends pour admirer mon œuvre. Je la contemple dans les reflets renvoyés par les trois fenêtres obscures, puis j'appelle ma grand-mère pour la lui faire admirer. Assise dans le fauteuil en cuir de mon père, j'essaie de décider si je dois déplacer l'assiette aux macaronis de façon à dissimuler un endroit dénudé, quand je repense soudain à Charlotte. En prison. Le soir de Noël. Je me donne des gifles. Elle est dans une cellule. Ses parents doivent à présent savoir qu'elle a eu un bébé. Peut-être va-t-elle devoir rester très longtemps en prison.

Je repose la tête sur le coussin en cuir et lève les yeux au plafond. Déjà, je sais que Charlotte sera toujours avec moi, que je penserai à elle tous les jours. Elle deviendra l'un des personnages auxquels je m'adresse souvent, dont je dois quotidiennement imaginer la vie. Il y en a quatre dans ma petite pièce de théâtre : ma mère, qui garde l'âge qu'elle avait quand elle est morte, et me donne quelques conseils pour mieux m'y prendre avec mon père ; Clara, qui a trois ans et se verra offrir une poupée Cabbage Patch[1] pour Noël ; Charlotte, qui me coiffera, m'accompagnera dans les magasins de vêtements et sera mon amie ; et la petite Doris, qui est peut-être en train de boire son biberon à cet instant, ou de faire la sieste.

Je reste assise pendant quelques minutes, puis décide d'étaler tous les cadeaux sous l'arbre. Il n'y en a pas beaucoup, mais je remarque mon nom sur certains. Demain matin, je donnerai à mon père les moufles que j'ai tricotées, à ma grand-mère le collier au pendentif sculpté. Elle va en faire tout un plat et pousser force exclamations, mais je me doute qu'elle ne le portera jamais une fois qu'elle aura quitté notre maison.

Ma grand-mère me demande de mettre la table, qui est déjà à moitié en dehors de la cuisine. Je m'efforce d'en faire une table de fête en disposant au milieu une

---

1. Créées en 1979, ces poupées, toutes différentes, molles, étranges, étaient exposées dans ce qui ressemblait à une maternité, à Babyland, en Géorgie, où elles attendaient d'être « adoptées ». *(N.d.T.)*

rangée de bougies à moitié consumées. J'essaie de penser à quelque chose qui pourrait servir de ronds de serviette quand j'aperçois des phares dans la côte. La voiture s'arrête et les phares s'éteignent.

Mon père, qui savoure l'avantage de ne pas être obligé de préparer un repas, quitte la tanière et entre dans la cuisine en retirant ses lunettes de lecture. « Restez ici », nous dit-il.

Ma grand-mère vient se planter à mon côté. Une portière claque. Quelques secondes plus tard, j'entends une voix d'homme.

L'inspecteur Warren entre dans la maison.

Et voilà ! me dis-je.

Je m'inquiète pour ma grand-mère. Pour le repas qu'elle a préparé. Pour les cadeaux sous l'arbre. Qui sera là pour les ouvrir ?

« Je sais que j'arrive à un mauvais moment, déclare Warren.

— Entrez. » Mon père referme la porte.

Warren secoue chaque pied sur le paillasson. Son manteau bleu marine est ouvert, son écharpe est lâche autour de son cou. Pour ma part, je suis habituée à son visage, mais je me demande quel effet auront sur ma grand-mère les cicatrices bosselées et le lambeau de peau.

« Nicky, dit-il.

— Bonsoir.

— Voici ma mère, précise mon père.

— Enchanté. George Warren. »

Il n'a pas dit : « Inspecteur Warren ». Ni ajouté : « De la police du New Hampshire ».

Les deux mains posées sur mes épaules, ma grand-mère se contente d'un signe de tête. Si Warren veut m'arrêter, il devra m'arracher à elle.

« Vous alliez dîner, reprend Warren. Ça sent drôlement bon.

— Que puis-je pour vous ? demande mon père.

— Je sais que le moment est mal choisi – moi aussi, je dois rentrer auprès de mes fils –, mais il y a quelque chose que vous devriez voir, à mon avis.

— Où ça ?

— Pas très loin d'ici.

— Ça ne peut pas attendre ?

— Je pense que vous devriez le voir tout de suite. »

Je crois surprendre l'échange d'un regard – marquant une sorte de trêve – entre mon père et l'inspecteur.

« Combien de temps ça va prendre ? s'enquiert mon père.

— Une demi-heure, quarante minutes tout au plus. »

Ma grand-mère me lâche les épaules et fait glisser son tablier par-dessus sa tête. « Ne t'inquiète pas pour le dîner, dit-elle à mon père. De toute façon, il faut que je monte défaire ma valise. » Elle plie son tablier et le pose sur une chaise.

Mon père attrape son manteau à une patère.

« Je crois que Nicky devrait venir avec nous », suggère Warren.

Mon père s'installe sur le siège du passager, je me faufile sur la banquette arrière. Warren fait demi-tour et descend la côte. Je remarque une barre Snickers glissée dans le vide-poche devant moi.

« Le frère de Charlotte Thiel est venu déposer la caution, annonce Warren pendant que la Jeep cahote sur les ornières. Le problème, c'est qu'elle n'a pas le droit de quitter le New Hampshire. Pour l'instant, elle est hébergée chez une tante.

— Jusqu'au jugement, dit mon père.

— Ou jusqu'à ce qu'elle invoque une raison recevable.

— Quelle peine encourt-elle ? » demande mon père.

Warren s'engage sur la route qui mène au village. « Ça dépend de James Lamont. S'il l'aide ou non. Et de l'avocat de Lamont. Trois ans, peut-être ? Au pire, elle sera sortie au bout de quinze mois.

— Et Lamont ? Où est-il ?

— Ses parents sont allés le chercher en Suisse. Bon, lui… une condamnation plus sérieuse lui pend au nez. Dix, douze ans. Il sortira peut-être au bout de six ans. Les jurés n'apprécieront pas sa fuite à l'étranger. Et il peut dire adieu à une caution.

— Charlotte a-t-elle un avocat ?

— Son frère s'en occupe. »

Je me demande à quoi ressemble son frère. Que s'est-il passé quand ils se sont revus ? Se sont-ils enlacés, comme les membres d'une famille en situation de crise ? Ou était-il horrifié ? Furieux ? Sonné ?

« Où vit la tante ? demande mon père.

— À Manchester. Je peux vous donner l'adresse.

— S'il vous plaît. »

Merci, papa.

J'enverrai le collier à Charlotte. Je lui annoncerai que j'ai eu mes règles juste après son départ. À sa sortie de prison, elle me téléphonera.

Nous quittons Shepherd et prenons l'autoroute 89. Les voies sont complètement dégagées. Au bout d'une vingtaine de minutes, Warren ralentit et emprunte une sortie. Aussitôt, nous nous retrouvons dans un village vaguement familier, où mon père et moi sommes peut-être passés au cours de nos trajets sans but de l'été.

Nous traversons un tout petit village, plongé dans l'obscurité à l'exception d'une station-service Shell à un croisement. Sur quelques mètres, les lampadaires sont ornés de couronnes de Noël. Je me demande l'heure qu'il est. Cinq heures ? Six heures ? Warren prend à gauche, à droite, puis grimpe une côte qui mène à un quartier résidentiel. Je regarde chez les gens pendant que nous passons. Nous voyons une maison avec des dizaines de voitures garées devant. Par les fenêtres, j'aperçois des hommes en veston et des femmes en robe, un verre à la main. Une réception. Une réception, ça me plairait bien, me dis-je.

Warren consulte un bout de papier portant une adresse et tourne une nouvelle fois. Nous arrivons dans une rue bordée de maisons à un étage, plutôt petites. Certaines ont des spots sur la porte ; d'autres des lampes sur l'avancée du toit et aux fenêtres. L'une est complètement obscure, hormis une ampoule bleue à chaque fenêtre. L'effet est glaçant et sinistre. La route est déblayée, mais encore blanche. La neige forme de hauts talus de chaque côté. Pendant que nous roulons, je compte les arbres de Noël.

Warren scrute les numéros. Bientôt il ralentit, gare la Jeep au bord du trottoir, près d'un croisement, baisse sa vitre et scrute l'intérieur d'une maison. « Ça devrait être là », annonce-t-il avec un geste de la main.

C'est une bâtisse à un étage, avec un toit en pente et une pièce qui avance du côté où nous nous trouvons. Cette pièce possède de nombreuses fenêtres et pourrait être considérée comme une véranda. Les propriétaires ont dû toutefois décider de s'en servir de salle à manger, car plusieurs convives sont assis autour d'une grande table ovale.

Je baisse moi aussi ma vitre, et de l'air froid s'engouffre dans la Jeep. « On m'a donné l'adresse il y a une heure, précise Warren. Je voulais voir l'endroit par moi-même. On dirait que nous avons de la chance. »

La table est bien éclairée par un plafonnier. Je repère une dinde, des fleurs rouges, des saladiers blancs. Je dénombre une demi-douzaine de gosses, et au moins autant d'adultes. Une vieille dame se trouve à un bout de la table, un homme à l'autre. Un petit garçon tend la main pour attraper une cruche. Une femme fait les cent pas sous la large voûte qui sépare la salle à manger du reste de la maison. Elle tient un bébé contre son épaule.

Je jette un bref coup d'œil à mon père.

Le bébé est enveloppé dans une couverture blanche qui ne révèle qu'un visage minuscule et des cheveux bruns hérissés. La femme avance avec des petites secousses, comme si elle essayait d'endormir le bébé ou de lui faire faire son rot. Elle se met à rire et dit quelque chose à un homme assis à la table. Le bébé donne un petit coup de tête, puis enfouit le visage dans l'épaule de la femme. D'un geste presque distrait, elle dépose un baiser sur la tête du bébé.

« Il s'agit d'un foyer qui accueille des enfants, explique Warren. Le bébé sera presque certainement adopté. Blanc. Nouveau-né. Mais, en attendant, cet endroit est très bien. Certains le sont plus ou moins, mais celui-ci est très bien. Ensuite, je ne saurai plus ce qu'elle deviendra. C'est pourquoi je voulais que vous la voyiez maintenant. »

Mon père se tient immobile, comme s'il regardait une scène cruciale dans un film, une scène où on est obligé de retenir son souffle. Je sais qu'il pense à

Clara et qu'il y a en lui une immense souffrance. Mais aussi une sorte d'apaisement, l'équivalent d'un soupir de soulagement. Par une fenêtre éclairée, nous observons la petite Doris, dont le vrai nom ne nous sera jamais communiqué.

Au bout d'un moment, mon père se retourne. « Tu es prête ? » me demande-t-il.

J'essaie de parler. Je ne peux que hocher la tête.

Mon père acquiesce, et Warren comprend qu'il est temps de passer la première.

Photocomposé par Nord Compo
à Villeneuve-d'Ascq

Achevé d'imprimer en février 2007
sur les presses numériques de Bookpole
BP 12 - ZI Route d'Étampes - 45330 Malesherbes
http://www.imprimerie-bookpole.com

pour le compte de Place des Editeurs
12, avenue d'Italie
75627 Paris Cedex 13

N° d'Edition : 4145 - N° d'impression : B07/10379U
Dépôt légal : septembre 2005
suite du premier tirage
Imprimé en France